ヘダップ!

HEADS UP!

三羽省吾

MITSUBA SHOGO

新潮社

ヘダップ！

1

アップシューズが砂利を噛む音に、規則正しく自らの呼吸音が重なる。そこに、風が空気を切る高い音が即興演奏のように加わる。

それらの音を味わうように、桐山勇《きりやまいさむ》は河川敷の悪路を走っていた。

音を楽しみながらも、いつもの確認は怠らない。足首、膝、股関節へと伝わる地面からの圧、筋肉の張り具合、心拍数、喉の渇きの程度、それらが身体の状態を教えてくれる。

北関東に春の気配はまだ遠い二月、しかし勇の身体は暦よりもひと月以上早く春仕様になりつつあった。

ここを走り始めて、何年になるのだろう……。

最初はただ、一般道は人や車が邪魔だしアスファルトは硬過ぎるとなにかに書いてあった、という理由だけで選んだコースだった。小学四年生の秋のことだ。台風が直撃した時とインフルエンザを患った時、修学旅行や合宿で町を離れた数日を除けば、ほぼ毎朝ここを走っている。

時折、最寄の階段をダッシュで五往復する。その他、短距離の無呼吸ダッシュも織り交ぜる。

始めた頃は二キロくらい走ればヘトヘトになり、帰りは歩いていた。徐々に距離を伸ばし、今では三倍以上の距離を三十分ほどで走り切ることが出来るようになった。もっとタイムを縮める、或いは距離を伸ばすことも可能だったが、それらはランナーではない勇にとってあまり意味のないことだった。

中学生になった頃、近くの公園にゴムチップ舗装されたジョギングコースが出来た。勇も数日はそちらを走ってみたのだが、すぐにこのでこぼこ道に戻った。雨上がりにぬかるみ、冬の凍《い》てついた朝はスリッピーになる。それが、勇にとっては重要だったのだ。

今日、勇は生まれ育ったこの町を離れる。この河川敷とも暫くお別れだ。

走りながら振り返ると、走ってきたところは周りよりも雑草が少なく、やや凹んで見える。九年間踏みしめてきた跡だ。ものを言わないこのでこぼこの河川敷が、トレーニング方法も分からずただ闇雲に走っていただけの少年に、実にたくさんのことを教えてくれた。

新しく住むことになる町をグーグルマップでチェックしたら、入居予定のコーポから三キロほど離れた場所に、無舗装の林道らしきものがあった。

自転車で十分くらいなら、毎朝通うのもそれほど苦ではない。坂が多くてきついコースかもしれないが、それも願ったり叶ったりだ。その道が、ここの代わりに多くのことを教えてくれる。多分……。

本当は、不安だらけだった。朝のランニングコースのことばかりではない。

新しい環境に飛び込む。そんな、誰でも経験するようなことに臆している。人前では平気な素振りを通しているが、自分を誤魔化すことは出来ない。

考え事をしているうちに、動きが止まっていた。走るのをやめても、無意識に身体を動かし続ける習慣は付いているつもりだったのに、冷たく乾いた二月の空気に身体が冷え始めていた。

「いけね……」

その場でジャンプを繰り返し、腿と脹《ふく》ら脛《はぎ》を軽く叩いた。

ブルっていようがいまいが、あそこへ行くことを中止する選択肢はない。

自分にそう言い聞かせ、勇は再び走り出した。


家に着くと勇はシャワーを浴び、服を着替え、仏壇に線香を上げ、濡れた短髪にタオルを被せたまま朝食を摂った。

ほぼ、いつも通りの朝の行動だ。少しだけ違うのは、着替えた服が学校の制服ではなく新品のスーツだったこと、仏壇の前に座っていた時間が僅かに長かったこと、そして、朝食のメニューがトーストとベーコンエッグではなく、赤飯と味噌汁と小さな鯛だったことだ。

「もう行くの?」

玄関で靴紐を結んでいた勇の背中に、姉の美緒《みお》が声を掛けた。彼女も大学へ行く身支度中でバタバタしていたはずだが、玄関先まで出て来た。

「いつも通りの朝みたいに出て行くんだね」

勇は顔も上げずに「あぁ」と答えた。

「〝朝飯チョー美味《うま》かったよ、姉ちゃん〟とか、言えないもんですかねぇ」

新品の革靴が、勇を苛つかせた。すぐに履けるよう、昨夜のうちに用意しておかなかったことを後悔しながら、勇は「あんな立派な朝飯、頼んでない」と答えた。

「可愛くねー。せっかく早起きしてやったのに」

「だから、頼んでないって。めでたい門出じゃないんだぞ」

「めでたくないの? やっぱ不本意?」

「当たり前だ」

「諦めなさい。運も実力のうちって言うでしょ」

「それ、実力以上の結果が出た時に使う言葉だろ」

「そうだっけ?」

美緒の声色に、からかって楽しんでいるニュアンスがあった。いつものことではあるが、今朝は付き合ってやる気分がしない。こういう場合、黙ってやり過ごすのが一番だ。

だが美緒の方が一枚上手で、「お父さんに挨拶した?」と話題を切り替えられた。

この質問は無視するわけにはいかない。

「別に。親父だって昨日の夜は、飯喰ったらすぐ部屋に行ったたし、俺と喋ることなんかないって感じだったたから」

「まぁ、ああいう性格だからね」

美緒は父の書斎兼寝室の方を振り返り、「逆に似た者同士ってことなのかなぁ」とこぼした。

二人の父は建築設計事務所を経営している。もっとも五十歳を過ぎてからは「若隠居だ」と言って、仕事はほとんど従業員に任せきりだ。起床は勇も美緒も出掛けた後の午前十時頃、午後から出社して二十時前後に帰宅し、一人で晩酌をした後は、趣味か仕事か分からないが遅くまで製図台に向かっている。そんな生活サイクルなので、子供達と接する時間は極端に少ない。

「でもね、あんたの方から言うべきなんじゃない? 〝今までありがとう〟が無理でも、〝今日、発つよ〟くらいのことはねぇ……」

「うるせぇな」

「はいはい。で、来月の九日だっけ? 食べたいものがあったら言ってね、用意するから」

美緒が言おうとしていることは分かったし、勇を試していることも分かっていた。だから彼は敢えて「なんかあったたっけ?」ととぼけた。

「帰って来るでしょ。卒業式なんだから」

「出られるわけねぇだろ。シーズン始まってるっつーんだよ」

やっと靴紐を結び終えると、勇は勢いよく立ち上がった。

「卒業式はともかく、サッカー部のみんなとは、こんな中途半端なままサヨナラして平気なの？」

美緒が本当に言いたかったのは、これだ。

ゆっくり振り返ると、美緒の表情が、少し寂し気な笑顔に変わった。それを見て、勇はドキリとした。そして、自分がどんな顔をしていたのか分かった。

「やっぱ紺が無難だったかなぁ」

美緒は勇を上から下まで見て、また話題を変えた。

「似合わないわけじゃないけど、着せられてる感があるんだよね。シルエットは学校のブレザーと変わらないのに、なんでだろ」

そのグレーのスーツは、美緒が買ってくれたものだ。入社式があるわけでもないので必要ないと言ったのだが、そういうわけにはいかないとプレゼントしてくれたのだ。仕立て上がった時に礼は言ったが、食卓で醤油を取ってもらった時と同じくらいの言い方だったのを思い出した。

「バイト代、使わせて悪かったな。あんま着る機会はないと思うけど、大切にするよ」

「ずいぶん仏頂面のお礼もあったもんね」

美緒は朗らかに笑いながら、「はい」と四角い箱を勇の胸に押し付けた。見慣れた赤と青のバンダナに包まれた、二つの弁当箱だった。いつもの朝なら下駄箱の上に置かれているものだ。さっき、勇もつい習慣でそこに目をやってしまった。

一つは朝練の後、もう一つは十時くらいに食べてしまうので、ランチボックスとは呼べない。二つとも午前中のうちに恐るべき十八歳の胃袋に取り込まれてしまう運命にある、高タンパク低カロリー、ご飯少なめ、揚げ物抜きの弁当だ。

「なんだよ、今日はこんなの……」

言い掛けて、『ヤバい』と思った。これは罠だ。

もし〝生意気盛りの弟を素直にさせる方法選手権大会〟があったら、美緒は圧倒的な強さで三連覇くらいしてしまうに違いない。

母が亡くなったのは、勇が十歳、美緒が十二歳の時のことだった。

父は初七日が過ぎた頃には何事もなかったように仕事に励むようになり、勇はただただボールを蹴飛ばし、たまに母が恋しくなれば泣いていればよかった。あの道なき河川敷を走るようになったのは、その悲しみを誤魔化す為だったのかもしれない。

だが美緒は、父とも勇とも違った。以前通りの生活に戻ることも、悲しみを紛らわせることもなく、女だから、長女だから、という自覚からか、親戚や近所のおばさん達に色々と教えて貰いながら、家事の一切を請け負った。

中学でも高校でも部活動はやらなかったが、勉強だけは疎かにしなかった。地元の進学校に苦もなく受かり、そこでも成績はトップクラスだった。教師は東京や関西の有名大学へ進むことを勧めたが、本人は「やりたいことがあるので」と地元の国立大学に進んだ。

地元と言っても、実家からバスと電車を乗り継いで片道二時間近く掛かる。それでも美緒は当たり前のように家事のすべてを行ないながら、実家から大学へ通った。つまりそれが、彼女の「やりたいこと」だった。

美緒は、高校の担任に対しても親戚に対しても、近所の人達に対しても、決して「父と弟の世話があるので」とは言わず、それを「やりたいこと」と言った。

その意味に勇が気付いたのは、中学三年生になった頃、つまり姉が腹を括ったであろう年頃から二年ほど遅れてのことだ。

一対一の競り合いに負けなくなったり、フリーキックの精度が上がったり、そんなことにやたらと興奮していた頃だ。自分が馬鹿みたいに夢中になっていることが、姉の我慢や辛抱の上に成り立っているのだと気付き、さすがに愕然とした。にもかかわらず、感謝の言葉を口にするどころか、悪態ばかり吐いて更に三年が経ってしまった。

「電車の中で食べなさい。お弁当箱とバンダナは、むこうで捨てちゃえばいいから」

だからこのタイミングで、面倒を見てくれたことの象徴のような弁当を手渡されるのは正直言ってキツい。反則だ。

それでも、涙を見せるわけにはいかなかった。世話になったことは事実だが、この姉には底意地の悪いところがある。泣かせに来ているに違いないのだ。

勇はなんとか平静を保ち、話の矛先を変えた。

「自転車《チャリンコ》、やっぱ送ってくんないかな」

図星だったらしい。美緒は一瞬、毒気を含んだ「くそ〜」という感じの笑みを浮かべた。

「あんたがいらないって言うから、引越し屋さんに頼まなかったんじゃない。送るの手間だし、あっちで新しいの買いなさい。ママチャリなら一万円以内で買えるでしょ」

にゅっと右手を出すと、その手を思い切り叩かれた。

「お父さんに言いなさい」

「じゃ、いい。給料出たら自分で買う」

「駄ぁ目。自転車のことはともかく、電話はしなさい。それから、卒業式に出ないならサッカー部のみんなにはちゃんと……」

逸れた筈の話題が、嫌な方向へ戻ってしまった。言葉のやり取りでは姉には敵わない。

勇は「もういいよ。じゃあな」と、逃げるように玄関を飛び出した。

門扉のところまで来て「勇！」と呼び止められた。

ささくれた気分をなんとか抑えながら「なんだよ」と振り返ると、サンダル履きで玄関先に立った美緒が右拳で左胸を二度叩き、人差し指をニュッと突き出した。

『イッポン！』

一本行こう。攻撃態勢なら一点取って行こう、少なくともシュートで終わろう。守備態勢なら身体を張ってでも死守しよう、マークとスペースを再確認せよ。状況によって意味は変わる。

サッカー部に代々伝わる、一旦プレーが途切れた時に「今一度集中力を高めよ」と呼び掛ける合図だ。試合用ユニフォームの左胸には、『高』の字が月桂樹に囲まれた校章があった。

「勇」

もう一度言われ、勇は自分の左胸を二度叩いて人差し指を突き立てた。

「よし。いってらっしゃい！」

「あぁ、じゃあな」

決めてやるさ。一本じゃなく、何本でもな。

勇は胸の内でそう誓った。すると、ここ数カ月、攻めているのか守りに入っているのかすら曖昧で妙にフワフワしていた気分が、少しだけ定まったような気がした。

桐山勇　十八歳　北関東A県峰山《みねやま》市出身　県立峰山南高等学校サッカー部前年度副主将　身長百七十八センチ　体重七十二キロ　ポジションFW　右利き　五十メートル走ベスト五秒八　垂直跳びベスト七十二センチ。
サッカーを始めた直後から同年代の中ではずば抜けた存在で、小中高を通じて常にエースストライカーだった。

小学生の頃は自陣から一人でドリブルで上がり、シュートまで持って行くことが出来た。中学時代は勇と同等の走力を持つ味方が一人いれば、攻め上がってシュート若しくはアシストでフィニッシュすることが出来た。高校生になるとさすがに簡単ではなくなったが、それでも相手が二人か三人なら個人技で突破出来たし、少し上手いパサーやポスト役が味方にいれば強豪校を驚かせることも出来た。

レギュラーに定着した高校一年の秋頃からは、サッカー専門誌に何度か名前も載った。『田舎の公立高校に面白いFWがいる。荒削りではあるが今後どう化けるか楽しみだ。桐山勇という名前を覚えておいて損はない』

取り上げられ方は、概ねそんな感じだった。大きな扱いではなかったが、それらの記事によって勇の周りはお祭り騒ぎになった。地元の新聞では『北関東の○○』『未来の□□』等々、世界的な選手に準《なぞら》えて様々な形容を冠せられたこともあった。

僅か数カ月前まで続いていたその騒動が、もう随分と昔の出来事のように感じられる。

「遠《とお》ッ！」

東京で東海道新幹線に乗り換え、名古屋から在来線で更に小一時間ほど走った辺りで、勇はたまらず一人で小さく叫んでしまった。

市街地、住宅地と田畑、連なる山の稜線。窓の外には、同じような風景が繰り返し流れて行く。名古屋を出た時はほぼ満席だったが、今は乗客もまばらだ。

LINEをチェックすると、サッカー部で同期だったトラから『今日だっけ？』と書き込みがあり、勇は『おう、いま電車。遠いわ』と答えた。ほどなくして、同じく同期のテツやペニーから『ちゃんと働けよ』『土産はいらねーぞ』と反応があった。『うっせー』『餞別もらってねーからな』と軽口で返しているると、同じグループに入っている女子マネージャーの酒井《さかい》このはから『なに？　聞いてない！　こら桐山勇！　ちゃんと挨拶して行きなさいよ！』と、怒りのスタンプだらけの書き込みがあった。

今日、峰山を発つことは口頭でトラ達に伝えていたが、酒井には言っていなかった。既読になると面倒だと思い、勇は『悪い悪い』と返信した後、それ以降の酒井の書き込みを読まないようにした。

一つ目の弁当は新幹線の中で食べたが、朝練をこなしていないので二つ目を開ける気にはならなかった。ゲームにも飽き、本を読むのも目が疲れ、勇はただぼんやりと代わり映えしない窓の外を眺めているしかなかった。

「兄ちゃん、ちょっといいかい？」

幾度目かの市街地を抜け、田畑に混じって果樹園の割合が増えて来た頃、通路を挟んで斜向かいにいた男から声を掛けられた。

勇はさっきから何度か男の視線を感じていた。カーゴパンツにスニーカー、上はパーカーという若々しい服装だが、近くで見ると白髪頭の還暦前後と思しき男だった。

「どっかで見たような顔だけど、俺の勘違いかな」

「えっと……」と口籠っていると、男は「こいつかな」と言って手にした雑誌をポンと叩いた。過去に勇を取り上げてくれたことのあるサッカー雑誌の最新号だった。

「それに載せて貰ったことはありますけど、小さい記事でしたよ」

過去にもこういうことは何度かあったが、まさか県外で声を掛けられるとは思わなかった。男は軽装で、いかにも普段使いの電車に乗っている感じだ。峰山の住民とは思えない。よほど影響力のある雑誌なのか、それともこの男がマニアックなのか、と考えていると、

「どこかのユースだっけか？」

「いえ、峰山南って高校ですけど」

「あぁ、ＦＷの桐山……アユムじゃなくてススムじゃなくてオサムじゃなくて……」

惜しい。近付いてはいる。

「そう、イサム。桐山勇くんか？」

インターハイ地区予選準決勝敗退、プリンスリーグ関東二部六位、選手権大会地区予選決勝敗退、県大会準決勝敗退。それが最終年次の成績だ。その程度の高校の名前を聞いてピンと来るということは、相当なマニアだ。

「なんだい、人違いだったか？」

男に言われて我に返り、勇は慌てて「そうです」と答えた。

途端に、男は歯を剝き出しにして「いや〜」と笑いながら、勇の向かいの席に移動して来た。

「こんなところで会えるとは光栄だ。ツイてるなぁ、がははは」

男は豪快に笑い、勇の膝を軽く叩いた。

「桐山くんは確か、エスペランサに入ったんじゃなかったっけ？」

詳し過ぎる。勇がＪ１の古豪、エスペランサ加賀《かが》のトライアルを受け内定を貰ったことは、地元の新聞に小さく載った程度だ。

「もしかして、マスコミ関係の方ですか？」

男は「違う違う」と頭を振り、自分のこめかみを指して「いい選手のことは、だいたいここに入ってる」と片頰を吊り上げた。

大人ならこういう時は嘘でも「光栄です」とか言うものなのだろう。勇にもそれは分かっていたが、まだ若い身体が心にもないことを言うのを拒んだ。

「ところで、地元でも北陸でもないこんなローカル線に、なんだって一人で乗ってるんだ？　旅行って格好でもないよな」

「エスペランサの件は流れました」

質問の答えにはなっていない。だが男の方でも悪いことを訊いたと思ったのだろう、内定取り消しの理由は訊ねず「そうかい」と控え目に頷いただけだった。

「けど、サッカーは続けるんだろう？　大学か？」

勇は「まぁ」と曖昧な返事をし、男はまた「そうかい」と頷いてパーカーの上にジャンパーを羽織り、白髪頭にハンチングを冠った。降りる駅が近付いているらしい。

「君のプレーは動画サイトで観ただけだが、ああいうガツガツ行くFWは嫌いじゃない。応援してるよ」

やっと解放されると思い、勇は安心して「どうも」と頭を下げた。だがその直後、車内アナウンスで自分も降りる駅であることに気付いた。慌てて網棚からキャリーバッグを下ろしていると、行きかけていた男が「お、なんだい」と足を止めた。

「武山《ぶざん》で降りるのか？」

「え～と……」と口籠っていると、男は「エスペランサの件は流れたと言ったな」と確認するように言った。

「どっちだ。北か、南か」

東海地区B県武山市には、かつて北と南に二つのサッカークラブチームがあった。所属するリーグは違うし、いまでは北の方はホームタウンを市外へ移しているが、まだ互いにライバル視しているらしい。最初にオファーがあった時、ファンサイトで調べて知ったことだ。

勇が観念して「南の方です」と答えると、男は「そうかい」と呟いて扉の方へ向かった。

『ヤベェ、このおっさん、北のサポーターだ』

強化部長と電話で話をした時、「ウチと北は張り合ってるんで、そっちのサポーターに気を付けて」と言われていた。その時は『ミラノやマンチェスターでもあるまいに』と苦笑した勇だったが、いざコアなサポーターと接してみて、『まんざら大袈裟でもねぇぞ』と考えを改めた。

電車を降りて改札に向かう間、男はずっと無言だった。離れて歩きたかったが、一箇所しかない改札を出る前に「じゃあここで」と言うのも不自然だ。

改札を抜けると、男は真っ直ぐ南口へ向かった。勇はそっと北口へ向かおうとした。そちらが目的地に近いのかどうかは分からないが、一刻も早く男から離れることを優先した。

「そっちじゃねぇよ」

背後から肩を摑まれ、勇はビクリと首をすくめた。

「南のクラブハウスに行くんじゃないのか」

「えぇ、そうなんですけど」

男はメッセンジャーバッグを肩から下ろし、ジャンパーとパーカーのジッパーを下ろした。

『え〜、着いて早々？　人の目がある駅構内で？　まだ正式に加入したわけでもないのに？』

そんなことを考えながら勇も身構えたが、男はパーカーの身頃をガバッと開くと、ニカッと歯を見せて言った。

「ようこそ、武山ＦＣへ」

パーカーの下はレプリカユニフォームで、その胸には『ＢＵＺＡＮ』とあった。

ＪＦＬ＝日本フットボールリーグ所属『武山ＦＣ』。それが、勇がこれから正式契約を交わすチームだった。

その年輩の男は、地元で酒屋を営む苅屋《かりや》以作《いさく》という男だった。

「サポーターの間じゃ〝イサクのおっさん〟で通ってるから、桐山くんもそう呼んでくれよな」

十八歳が簡単に「はいそうですか」と答えられる言葉ではなく戸惑っていると、イサクはその反応を楽しむかのように「ガハハ」と声を上げて笑った。

イサクは「通り道だ」と言って、駅前に停めていた車で勇をクラブハウスまで送ってくれた。配送用と思しきライトバンは当然のように武山ＦＣのチームカラーである鳶色で、フロントにもリアにもスライドドアにも、大小様々なチームロゴやトンビのマスコットキャラクターのステッカーが貼られていた。

彼が経営する『苅屋酒店』は全国各地の地酒や地ビールを置くことで量販店との差別化を図っており、その日も鳥羽《とば》と三島《みしま》の造り酒屋に買付けに回った帰りとのことだった。

「三重と静岡ですか。武山を挟んで真逆ですね」

「へへ、そうなんだけどな、どっちにもＪＦＬのチームがある。敵情視察も出来ると思ったもんで、ついでだ」

商売と視察のどちらがついでなのか分からないが、勇はなんとなく『こういうのを〝趣味と実益を兼ねる〟って言うのかな』と助手席で納得していた。

「九州沖縄や東北だと、しょっちゅう行くわけにはいかないけど、出来る範囲で情報収集しなきゃ。今年は大切なシーズンだし」

酒を呑まない勇にも分かるくらいメジャーな、焼酎と泡盛と米どころを除いている。『実益、小《ち》ッさ』と思ったが、勇はなんとか笑いを堪えた。

「しっかし、腹立つなぁ」

一通り自分の素性を話し終わると、イサクはチームに対する不平を並べ立てた。

曰く、長年サポーターをやっており、チームの最新情報は公表される前に耳に入って来て当然だった。選手もスタッフも町でしょっちゅう顔を合わせるし、時には食事をする機会もある。シーズンオフの話題は当然、来季の戦力補強についてだ。それなのに勇の加入に関してはなに一つ、噂レベルの話さえ漏れて来なかった。

「あ、それでさっき急に黙り込んだんですか」

「ん？　いや、あれは怒ってたわけじゃなくて、ちょっと分からないことがあってな」

Ｊリーグにディビジョン３が設けられて以降、ＪＦＬのレベルは下がったと言われている。実際、ＪＦＬから九チームがＪ３に移っただけでなく、少なくない数の選手とスタッフがＪ３のチームに移籍した。

だが、実質的Ｊ３と呼ばれていたＪＦＬが、そのままＪ４に格下げになったとは、残った人間は誰一人として思っていない。Ｊ３が、ＪＦＬで決して強豪と呼べないチームや、ＪＦＬより下部の地域リーグから参入したチームによってスタートしたからだ。

「だから、カップ戦でＪ３のチームと対戦することがあれば、特に憎き北と当たった時は、圧倒的な強さで勝たにゃならん。もちろん、リーグも制覇しなきゃならん。ま、ここ数年ずっと言ってることだがな」

そしてこのオフ、武山ＦＣは即戦力を探していたのだが、最初は守備的なＭＦを求めていた筈だ。活きのいい若い選手は歓迎だが、自分が思うに今の武山ＦＣにＦＷの駒は足りているのではないか、とイサクは早口で捲し立てた。

「守備的ＭＦですか」

「あぁ。しかもだ、監督が赤瀬《あかせ》さんになってから今季で五年目。過去四季、フォーメーションの基本は４-５-１か４-２-３-１、状況によってはスリーバックもあったが、ワントップだけは変わってない。去年やっと上手く機能するようになって、最終的には五位だったが、手応えはあったんだ。だから、桐山くんみたいなバリバリのFWを獲って、どこにハメるんだろうと思ってな」

現在、武山FCには四人のFW登録選手がいる。二十五名前後を抱えるのが限界のチーム事情の中、更にFWを増やす意味はあるのか。そうでなくても、昨シーズンの活躍で絶対的なエースに育ちつつあるFWがおり、他の三人は二列目の一角を担うか、そうでなければ万年控えになるのではないかと懸念していたところなのに……。

勇にとっては初耳の話ばかりだった。急遽加入が決まったこともあり、武山FCのことはネットで調べられた範囲しか知らない。

自分は五番手のFWとして誘われたのか、それとも熱心なサポーターでも知らないところでエースの放出でもあったのか、まさか誰かと間違えられているのか、と不安が頭を過った。

ルームミラーにぶら下がっていたトンビのキャラクターが、「イヒヒ」と笑っているような気がした。

「急な誘いだったのに、受けてくれて嬉しい。歓迎するよ」

強化部長の案内で小さなプレハブ作りの建物に入ると、代表の近江《おうみ》が勇の手を強く握った。傍らにいたもう少し若い男は「赤瀬だ」と名乗り、軽く握手しただけだった。

学校の教室を一回り小さくしたくらいの空間に、長机とパイプ椅子が並べられ、壁際の事務用ラックにはファイルやDVDが大量に収められていた。長机と向き合う位置には、ホワイトボード、ノートパソコンが置かれた事務机、四十数インチのテレビ。ホワイトボードには、フォーメーションらしきものが描かれている。

二階にあるその部屋の窓からは、金網越しにサブグラウンドが見え、そこで十名ほどがランニングをしていた。ボールやパイロンを用意しているスタッフに混じり、ここまで送ってくれたイサクも当たり前のように手伝っている。

「あの……」

勇は契約書にサインをする前に、イサクから聞いた疑問を切り出そうとした。だが、近江が「そうだよな」と勘違いの先回りをして、突然の身元照会に至った経緯を説明し始めた。

「桐山くんの存在は高一の頃から小耳に挟んではいたんだが、失礼ながらスタッフの誰もプレーを見たことがなかった。ただ、去年の十月だったかな、ほれ、御殿場《ごてんば》の」

十月の御殿場、それだけで分かった。

「あの合宿のミニゲームだったか紅白戦だったかで、桐山くんの動きを見た誰もが〝誰だ、あのビブス組のワントップ〟と言ってた。その中にエスペランサの関係者もいたんだろう。まぁ、ウチとしてはそちらと契約に至らずに助かった格好だが」

勇は、小さな町で飛び抜けた存在だった。飛び抜け過ぎていた。それはつまり、常に自分を中心としたチームが編成され、自分の方からチームの戦術に合わせる必要がなかったということだ。高いレベルのサッカーと出会った時は、負ける時ということでもあった。

選手権大会地区予選では、得点王になった。県大会ではベストイレブンに選出され、県選抜の中心選手として国体に出場した。仲間達も指導者達も惜しみない賛辞を贈ってくれたが、勇に言わせれば〝せいぜいその程度〟だった。

全国レベルの大会で、自分がどの程度通用するものか試すことが出来なかった。自信喪失することすら適わず、ただ悶々とした気持ちを抱えて高校サッカーを終えようとしていた。

そんな時にU‐18日本代表候補合宿に呼ばれたことは、小躍りするほど嬉しいサプライズだった。

それが、近江の言う去年の十月、御殿場で行なわれた合宿だ。招集された勇以外のメンバー五十数名は、全国的に名を知られた高校やクラブユースの中心選手だった。既にJリーグでのプレー経験がある者も数名いた。

間違いなくこの中の何人かは、そう遠くない将来、Jリーグばかりか欧州で、オリンピックで、そしてA代表でプレーする。そう考えただけで勇は武者震いした。

残念ながら勇は代表に残ることが出来なかったが、それは想定内のことだった。収穫は、未来の国民的スター選手達と二週間ほど練習を共にしてみて、自分になにが足りないのか嫌と言うほど思い知らされたことだ。

単純なフィジカルテストやボール回し、シュート練習では、引けを取らなかった。だが少し複雑な連携やスペース取り、トライアングルやスクエアでのランダムな動きを求められると、途端に付いて行けなくなった。ミニゲームなどやろうものなら、自分以外の全員が加速装置でも付けているのではないかと思われるほど速く、正確で、上手かった。

勇は、ただひたすらガツガツとボールに食らいつくしかなかった。近江の話が本当だとしたら、注目されたのはその不器用な動きをアグレッシヴと捉えて貰えたからだろう。

合宿を見学に来ていた一つのJ1、三つのJ2、五つのJ3所属チームから身元照会の話があった。すべてチーム主催のトライアルへの参加、若しくは練習生扱いでの加入の誘いだったが、目立った実績のない田舎の高校生には願ってもない話だ。

サッカー部の部長も監督も浮き立ったが、勇だけは冷静だった。そしてオファーがあった中で最も上位のチーム、北陸の古豪、J1エスペランサ加賀のトライアル一本に絞った。

そのトライアルで、勇は見事に内定を勝ち取った。

そこで終われば、ある田舎町のいち高校生が、ひょっとしたら世界に羽ばたくきっかけになるチケットを手に入れた物語として完結していた。

だが、エスペランサ加入の話は、本契約を取り交わす直前になって白紙となった。

表向きの理由はチーム編成上の都合とされたが、実際は勇の素行に関する悪い噂のせいだった。

エスペランサに違約金支払いの義務はなかったが、勇の父親宛に幾らかの金が支払われそうになった。父は本契約に至らなかったことにはなにも言わなかったが、金の件については「受け取る理由はない」と怒った。もともと勇がサッカーで飯を喰って行こうとしていることにも反対だったので、長男の進路が白紙になって慌てるようなことはなかった。

慌てたのは、サッカー部の部長と監督だった。

彼らは宙に浮いた状態となった勇の為に大学の二次募集、三次募集を調べてくれたが、サッカー部が強いところで勇が入れそうな大学はなかった。地元のクラブチームはＪＦＬに一つ、地域リーグに一つ、県リーグに十四あったが、こちらはいずれも勇のお眼鏡に適わなかった。

浪人して改めて声が掛かるのを待つか、トライアルを受けるしかない。チーム毎の小規模なトライアルはシーズン途中に行なわれることもあるので、一年以内に落ち着き先が決まるかもしれない。そんなふうに思い始めていた勇に、声を掛けてくれたチームが一つだけあった。それが武山ＦＣだ。

「エスペランサの件が流れたのは不運だと思ってるかもしれないが、ベンチ入りも保証されないテスト生扱いなら、ウチでどんどん試合に出た方が君にとっても……桐山くん？　どうした？」

勇は窓の外を見ていた。風で動く綿埃にも釘付けになる猫のように、目が無意識のうちにボールに吸い寄せられていた。ポジションの件を訊ねようと思っていたことも、いつの間にか忘れていた。

「あ、すみません。サイン、これでいいでしょうか」

契約内容は、単年アマチュア契約。契約金も年俸もないが、遠征の交通費はチーム負担であるほか、出場給、勝利給、ゴール給、敢闘給がある。就職先はチームのスポンサーでもあるので、試合や練習を優先させた就業態勢を整えてくれる。それ以外にも、クリーニング店は割引をしてくれ、スポーツクラブは時間帯によってマシンを無料で使用させてくれる。クラブハウスにはシャワーしかないが、近所の銭湯を格安で利用することも出来る。

企業系でないクラブチームには、出場給等がないところや、仕事や住宅をすべて自分で探さなければならないところもある。武山ＦＣは、町のクラブチームとしてはかなり厚遇だ。

「あと、これは親父……父の委任状です」

近江が「うん、確かに」と言って受け取ると、ずっと黙っていた赤瀬が唐突に「着替えは？」と勇に訊ねた。

「動ける服だよ。あるなら、軽く汗をかいて行けばいい」

赤瀬の目が『やりたいんだろ？』と言っていた。大人から心を見透かしたような物言いをされるのが大嫌いな勇も、この時は素直に「ありがとうございます」と頭を下げた。

「まだ仮契約だぞ。メディカルチェックもこれからなのに」

近江が言ったが、赤瀬は「メディアが来てるわけでもなし、堅いこと言わなくていいでしょう」と取り合わなかった。

赤瀬が「行こうか」と促した時、勇は既に立ち上がって上着を脱ごうとしていた。

武山ＦＣのホームスタジアムは、武山市総合運動公園の中にある。サポーター達は武山スタジアムと呼んでいるが、正式名称を武山市総合運動公園陸上競技場という。

その脇にあるサブグラウンドで練習が行なわれるのは週に三日ほどで、あとは河川敷の市営サッカー・ラグビー場、民間のスポーツセンターにある人工芝のグラウンド、場合によっては近隣の高校や大学のサッカー部に土のグラウンドを借りることもある。

強化部長から練習環境について簡単な説明を受けながら、勇は慎重且つ手早く筋肉と関節をほぐした。

ピッチレベルで改めて見ると、サブグラウンドは酷く狭苦しく感じられた。タッチラインのすぐ外に金網が迫っており、ライン際で激しいプレーは出来そうにない。ナイター設備も小さなものが四基あるだけだ。クラブハウスの入口に可動式の投光器が並んでいた理由が分かった。

「中条《ちゅうじょう》選手ぅ〜」「伊勢《いせ》さぁん」「リョーケーン」

少年達が、金網の外から声援を送っていた。殆どの選手は軽く手を上げる程度だが、中には「お前らも練習しろよ」とか「五人でも出来ることはあるんだぞ」などと答えている者もいる。

足首を摑んで大腿直筋を伸ばす勇の表情から、なにかを感じ取ったらしい。強化部長が少し困ったような笑顔でそう言った。

「これじゃ、公開も非公開もないよな」

「なにしろ市の持ち物だから。プレハブとはいえ、クラブハウスを設けてくれてるだけで有り難いんだ。これがこのリーグの実情、それもかなり良い方のね」

強化部長はなにか勘違いをしているようだったが、勇は否定するのも間違っているような気がして、黙ってストレッチを続けた。

高校時代の練習場所は、堅い土の校庭だった。風が強い日は砂埃が舞い上がり、スライディングすれば膝や肘から流血した。おまけに、コーナーエリアの一つはピッチャーマウンドでこんもりと盛り上がっていた。

それに比べれば立派過ぎるくらいだ。なにより、芝が奇麗に手入れされている。明け方は氷点下になることもあるこの季節、これだけの状態をキープするのが大変なことは、十八歳でも分かる。粗末なナイター設備、破れた金網、プレハブのクラブハウス、しかし芝だけは美しい。つまり、限られた予算の中で金を注ぎ込むべきところには注ぎ込み、手間も惜しまないということだ。ピッチ上では、ウォーミングアップのランニングとボール回しを終えた十名が三組に分かれ、ポジション毎に別々のメニューを始めていた。

時刻はまだ十四時を少し回ったところだった。

武山FCにプロ契約選手は五人しかいないと聞いている。この十名のうち半分は、早朝からの仕事に就いているか、練習のために早退させて貰っているのだろう。

「よぉ、早速参加するんかい?」

イサクが、「感心感心」と頷きながら勇に近付いて来た。小脇には、年齢に似つかわしくないiPadがあった。視察して来たチームの動画をコーチ陣に見せていたらしい。

「FW組はあそこだ。俺が行って紹介してやろうか?」

「俺の仕事まで取らないでくれよな、イサクさん」

クラブハウスから出て来た赤瀬が、イサクの肩を叩いた。

「鳥羽と三島に行って来たんだって?　いつも悪いな」

「あぁ。鳥羽は相変わらずだったけど、三島は中盤の補強が上手くいったみたいでよぉ……」

iPadを見せようとするイサクを、赤瀬は「悪いんだけど」と制した。

赤瀬はサングラスを掛け、上体を左右に倒して腹斜筋を伸ばし始めた。この一連の動きを見て、イサクはあっさり「じゃ、DVDに落としとくから」と引き下がった。

「準備はいいか?」

つい数分前までクラブハウスで対峙していた人物とまるで別人のように見えたのは、サングラスのせいばかりではない。勇が小さく頷くと、赤瀬は首にぶら下げていたホイッスルを二度短く鳴らし、三組の練習を止めた。

「話には聞いてると思うが、彼がもう一人の新加入、桐山勇だ」

背中をポンと叩かれ、勇は「桐山です」と頭を下げた。

十名の選手が「うっす」「ざす」と応えた。

「ま、自己紹介は全員揃った時にして貰うとしてだ、今日は少し時間があるそうだから小一時間ばかし練習に加わって貰う」

選手達は、赤瀬の話を聞きながら絶えず足を動かし続けていた。深くニット帽を冠った者もいれば、ネックウォーマーで口元が隠れている者もいる。

「人数が中途半端だな。二-四のディレイでもやろうか」

ディレイとは、攻撃を遅らせるディフェンスの戦術のことだ。まずピッチの四分の一程度のスペースに、オフェンスとディフェンスが二-二の状態で入る。第三者がオフェンスにボールを供給し、それと同時に枠外からディフェンス側に二名が加わる。

オフェンスに供給されるのは、故意に浮き球であったり、誰もいないスペースへ流れたボールであったりする。ゲームの流れの中では頻繁に起こり得るシチュエーションだ。

主にカウンターを受けたディフェンスの対応を確認する練習だが、逆にオフェンスにとっては数的不利な状況で如何にフィニッシュまで持ち込むかという練習でもある。

勇はオレンジ色のビブスを着て、オフェンス第二チームに入った。

「比嘉《ひが》だ、よろしくな」

相方となったのは、浅黒い肌と大きな目が印象的な長身のＦＷだった。

「細かい作戦はなしで、お互い好きなように動くことにしよう」

言われなくても、そうするつもりだった。

一セット目、枠外からやや浮いたボールが比嘉に出された。ワンタッチで勇に渡ったが、ディフェンスの一人に上手く身体を入れられた。

勇は素早く反転して抜き去ろうとしたが、前を向いた時には既にその小柄なディフェンスは勇から離れていた。その距離、およそ一・七メートル。振り切るにも股を抜くにも遠過ぎる。遅れて加わった二名が、背後まで迫っている。完全に取り囲まれるまで、数秒しかない。試合なら、バックパスを選択するしかない状況だった。

右前方で比嘉が激しく動いていたが、もう一人のディフェンスもパスコースを消そうと勇と比嘉の間に入る。比嘉は勇に近付いて、ボールを受け取ろうとする。

一瞬、小柄なディフェンスの動きが止まった。視界の端に比嘉が入り、意識がそちらに向いたのだ。勇は、その一瞬を逃さなかった。

比嘉が走り込んで来る右方向に大きく体を傾けると、小柄なディフェンスは反射的に釣られた。次の瞬間、勇は左側に抜け出した。

『もらった』

勇は内心そう思ったが、相手の反応も素早かった。振られた身体を強引に引き戻すのではなく、その体重移動を利用した流れで反転。ボールも勇も視界から消えることになるが、次の動き出しに移行するまでの時間はコンマ数秒速くなる。

ミニゴールに向かって切り込もうとする勇に早くも追い付いたディフェンスは、右後方から手を伸ばして来た。比嘉はゴール前に戻っていたが、彼に付いたディフェンスも勇と比嘉を交互に見ながらポジショニングする。遅れて加わったディフェンス二名は、ゴールマウスに蓋をする。

勇はゴールから離される角度でドリブルしながら、比嘉を見た。

「出せ！」

比嘉がゴール前から離れ、フリーになった。マイナス方向へのパスが来ると判断したゴール前のディフェンス陣が、前に出た。小柄なディフェンスもスピードを緩め、勇と比嘉の間に入った。だが勇は逆にスピードを上げ、ゴールラインギリギリの位置から強引にシュートを放った。角度のないところから右のアウトサイドで蹴り込まれたボールは、一歩前に出たディフェンスの足下をかすめてネットを揺らした。勇は勢い余って、ゴールラインから一メートルほどしか離れていない金網にぶち当たって止まった。

「ナイシュー」「おいおい、だらしねぇぞ」「チャージぬるいよ」

枠外から、勇を讃える声とディフェンス陣をからかう声が一斉に上がった。

「うっせぇ」「お前らもやってみろ」「めちゃめちゃ速ぇんだよ」

やや遅れて、枠内のディフェンス陣が答える。

「俺も使ってくれよ、兄ちゃん」

金網の下で尻餅をついていた勇に、比嘉が手を差し伸べた。

「いえ、比嘉さんのお陰です」

実際、比嘉の動きには助けられた。ボールさばきこそ見ていないが、イサクが言っていた〝絶対的エース〟は彼のことではないか、という思いが勇の脳裏を掠めた。

その後、勇は五セットに参加した。ディフェンス陣の当たりは徐々に強くなり、枠外から供給されるパスもイージーなものではなくなった。そんな中、勇は二度止められたが、シュートを二つ、アシストも一つ決めた。

「切れてるわ」「高校生に翻弄されてんじゃねぇぞ」

勇のプレーの一つ一つに、枠の外からそんな声が上がった。

赤瀬はディフェンスへ指示を出すだけで、勇の動きにはなにも言わなかった。勇はなにかを観察されているような気がしていたのだが、それがなんなのか最後まで分からなかった。

その代わり、一つだけ分かったことがあった。比嘉には申し訳ないが、彼が絶対的エースではないということだ。絶対的エースは、他の組のオフェンスにいた。

その動きは、他のオフェンス組の者とはまるで違っていた。格段に速く、正確で、巧い。ニット帽とネックウォーマーで顔ははっきり窺えないが、歳は勇とそれほど違わない。

男は、チームメイトから「リョーケン」と呼ばれていた。金網の外の子供達からも、最も多く声が掛かっている。

出来れば同じ組でやってみたかったが、就職先へ挨拶に行く時間が迫っていた。

仕事を終えた選手達が練習に加わり始めたのと入れ違いに、勇は赤瀬と比嘉に礼を言いクラブハウスへ向かった。

「相変わらずの俺様サッカーだな」

ピッチに向かって一礼する勇の耳に、そんな言葉が届いた。顔を上げると、リョーケンと呼ばれていた男が水のボトルを手にして立っていた。

「あのまま成長してるって、奇跡的だよ」

勇のプレーを過去に見たことがあり、勇の方でも彼のことを知っているかのような口振りだが、まったく意味が分からなかった。〝あのまま〟がどの時点を指しているのかも分からない。

「どういうことですか?」

男はニット帽を脱ぎ、ネックウォーマーを引っ張って顔を出した。顔を見れば思い出すだろうということのようだった。

まったくピンと来ていない勇に、男は少しムッとした顔をした。

「自分が入るチームのホームページくらい見ろよ」

もちろん見ていた。選手の顔と名前も一通り確認している。だが勇が知っていたのは、元Jリーガーのベテラン二人だけだった。

「江藤だよ。江藤亮兼」

「えとう、あきかね？」

男は更にムッとして、勇の頭に水を浴びせた。

「腹立つなぁ。アキッチと言えば、少しはピンと来るかよ」

「アキッチ……あぁ！　アキッチ？　さん？」

江藤は、勇がサッカーを始めたばかりの頃にチームメイトだった男だ。もう九年も前のことで、顔を見てすぐに分かる筈はなかった。しかも年齢は江藤が二つ上で、チームメイトだったのは僅か一年だ。第一、ホームページに記載されていたフルネームは『江藤リョーケン』になっていた。気付かなくて当然だ。

それらの理由を伝えようとしたが、それより早く江藤が口を開いた。

「ま、無理もないか。お前にしてみりゃ、俺なんかたいした存在じゃなかっただろうし」

確かに、勇にとっての江藤に比べて、江藤にとっての勇は強烈に記憶に残る存在だったに違いない。それだけは、勇も分かる。

「どうも、すみません」

どう挨拶すれば良いものか分からず、ついそんな言葉が口を衝いて出た。

2

勇の新しい住まいは、六畳一間にユニットバスと小さなキッチンが付いた、よくあるワンルームのコーポだった。

就職先であるスーパーマーケット『武山マート』が単身者用に借り上げているもので、家賃は相場の半額ほどに抑えられている。田舎の一軒家に生まれ育った勇にとっては、風呂とトイレが一つの空間にあるのは慣れないものの、それを除けば有り難い住環境だ。

この新居で勇は毎朝五時半に起き、無舗装の林道を走る。帰宅してシャワーを浴び、朝食を摂ると、同じコーポに住む同僚の車に乗せて貰って八時に出社。まだ接客の教習を受けていないので、倉庫の整理係か惣菜コーナーの厨房を手伝う。

八時入りの社員は通常午後五時までの就業だが、勇は二時か四時には練習へ向かう。サブグラウンドでの練習は七時頃まで。ナイター設備のないところを借りる練習だと日没まで。後者の場合、今の季節なら五時半には上がりとなる。

練習後は、一時間ほどミーティングを行なった後に解散。その後、勇はたいていスポーツジムに向かい、マシントレやスイミングで汗を流す。帰り道で夕食を摂り、家に着くのは九時半頃。昨シーズンの試合のＤＶＤを大量に借りており、それを観ているうちに自然に眠りに落ちる。

「シーズンが始まると試合開始時刻に合わせて昼過ぎの練習が増えるそうだけど、今はだいたいそんな感じ。あ、食事は家庭料理中心の定食屋を教えて貰ったし、野菜もしっかり摂ってる」

勇のその言葉に、電話の向こうの美緒は『ふふ……』と意味あり気に笑った。

「なんだよ」

実家を出て、ちょうど一週間が経った日の夜だった。美緒から初めて『調子はどう？』と電話があり、勇は新生活のルーティンを伝えていた。すぐに切るつもりだったのだが、その説明は長くて丁寧なものになった。

『珍しくよく喋るなぁと思って。ホームシック？』

指摘されて初めて気付いた。だが認めるのも癪で、勇は「そんなことねぇよ」と強がった。

『じゃ、困ってることはないんだね』

「家事はちょっと。特に面倒なのは洗濯かな」

『面倒って、どうせコインランドリーで機械任せでしょう』

「畳むのが面倒臭い。姉ちゃんに任せ切りだったんだなぁって気が付いたよ」

『なにそれ。私はあなたの洗濯物を畳む為に存在してたの？』

「いや、身の回りのこと全般、世話になってたことに気が付いて、感謝してるってことだよ」

つい勢いで、柄にもなく感謝の言葉まで出てしまった。

『よしよし。じゃあ、働いてお金を貰うことの大変さにも気が付いたかね？』

父への感謝の言葉を待っていることは分かった。だが、間接的にでもそんな言葉を伝える気にはならなかった。その心情を分かっているのか、美緒は『それはそうと』と話題を変えた。

『仕事、やっていけそう？』

そう問われ、勇は「まぁ……」と口籠った。

武山FCの選手個々のレベルは、思ったより高い。ここ数年、中の上の成績が続くチームの練習を経験して、リーグ全体のレベルも想像がついた。

ただ、全体練習の時間があまりに少ない。

「みっちり全体練習が出来るのは週に一度。平日はたいていい二部制で、二時間か三時間。仕事を持ってる人が殆どだからしょうがないけど、開幕目前で合流した俺としてはちょっと焦るよ」

『そうなんだ』と言う美緒の口元が綻んでいるのが、なんとなく分かった。

『スーパーのことを訊ねたつもりだったんだけど』

「あ、あぁ、なんだ。うん、そっちは問題ないよ」

『頭の中がサッカー中心なのはしょうがないけど、あんたはプロじゃないんだからね。身分はあくまでもスーパーの店員。なにかやったら〝スーパー店員　桐山勇〟って新聞に載るのよ』

「んなわけねぇだろ」

『あ、そうか。まだ未成年だ』

そういう意味で否定したわけではなかったのだが、勇は説明するのも馬鹿馬鹿しくて少し笑ってしまった。

『将来の目標がなんであれ、今の自分が何者なのか勘違いしないよう肝に銘じておきなさい』

「あぁ、分かってる」

『で、本当に仕事の方はどうなの？　我がまま言って、周りの人に迷惑掛けてない？』

「掛けてねぇよ」

『思ったことをそのまま口にするんじゃないわよ。あんた、昔からそういうところがあるから』

反射的に「しねぇよ」と言おうとしたが、喉元で滞《とどこお》った。

この一週間で既に三度、勇は思ったままを口にして『しまった』と感じたことがある。

一つは、太った先輩社員に「健康食品も扱ってるのに、その身体で説明されても説得力ないっすよ」と言ってしまったこと。もう一つは勇のことを「イケメンねぇ」と言ってくれた女性社員に対して。周りの人が「アラサーなんか相手にしないよなぁ」と言うので、フォローのつもりで「歳なんか気にしないです。面食いでもないですし」と言ってしまったことだ。歳はともかく、面食いは明らかに余計だった。

これらはいずれも周りが笑い、当の先輩社員達も「毒舌ぅ〜」と苦笑いを浮かべてくれたお陰で、尾を引くようなことはなかった。

心底『しまった』と思ったのは、三つ目だ。

『あ〜、もう、やっちゃったんじゃな〜い』

沈黙はどんな言葉より雄弁だったようで、美緒が嘆いた。

「いや、大したことじゃない。ごめん、もう寝るよ」

美緒はまだ喋り足りないようだったが、勇は「じゃ……」と電話を切った。


それは、勇の歓迎会でのことだった。

チームに合流して三日目、クラブハウスで誰かが「歓迎会をやろう」と言い出した。早朝から仕事がある者や家族と約束がある者らは、勇に「悪いな」「また今度」と言って帰って行き、参加者は選手とスタッフ合わせて十名ほどになった。

「練習を離れたところでチームメイトと接することも、プレーに影響するんだぞ」

道すがら江藤に説得されて辿り着いたのは、武山FCサポーターが集う『パラフレンチ武山』という名の酒場だった。

「フレンチの店じゃない。パラフレンチってのはポルトガル語で〝前へ〟って意味だそうだ。かと言って、ポルトガル料理が出て来るわけでもないんだけどな」

五十人ほどが入れる店内の壁面は、巨大なチームフラッグ、選手とサポーターのスナップ写真、旧JFLで優勝した時の新聞や雑誌の切り抜きなどで埋め尽くされていた。なにも貼られていない奥の壁には六十インチはあろうかというテレビモニターがあり、その日は昨シーズンの試合のダイジェストが映し出されていた。既に結果は分かっているのに、客達は酷く興奮して「行け！」「遅ぇよ！」などと叫んでいる。

「おぅ、リョーケン、調子はどうだ」

その中の数人が江藤達に気付き、わらわらと集まって来た。皆、選手やスタッフと顔見知りらしく、江藤達も握手をしたり拳を合わせたりして応えた。

「新顔だ。ほら、挨拶挨拶」

比嘉に促され、勇は「どうも、桐山です」と頭を下げた。

客達は「若いなぁ」「ポジションは？　へぇ、FWか」「リョーケンより高さはあるね」などと言いながら握手を求めて来た。無遠慮に勇の肩や太腿を触る者もいた。

どうやらイサクほどのマニアはおらず、勇のことは誰も知らないようだった。だが、

「ノロさん、新人くんだってさ」

サポーターの一人、酷い濁声《だみごえ》の男が厨房に向かって言うと、頭にタオルを巻いた威圧感のある男がカウンターの奥から顔を出し、「来たな、問題児」と意味あり気に笑った。

「え、なによ？　ノロさん、彼のこと知ってんの？」

坊主頭の客が訊ねたが、ノロさんと呼ばれた男は「いや」とだけ言って厨房の奥へ戻った。

問題児とはどういう意味なのか問い質すべきか、聞き流すべきか考えていると、江藤が「この人達がサポーター代表」と耳元で囁いた。

「代表は、イサクさんかと思ってたけど」

「あぁ、イサクさんは町の人達の取りまとめ役だ。あっちには、サッカーのことをよく分かっていないおばちゃん連中もいる。こっちは、うちのユース出身者を中心に若者が多い。俺とは十年ほど世代が違うが、コーチをやって貰ってたからノロさん達とは長い付き合いだ」

濁声がサダ、坊主頭がデンスケで、この二人も武山FCユース出身とのことだった。

「分かり易く言えば、イサクさん達は負け試合でも拍手を送ってくれるが、ここの人達はたとえ勝ち試合でも内容によっては容赦なくブーイングを浴びせる。そういう違いだ」

「へぇ……」

何故かサダが濁声で乾杯の音頭をとり、歓迎会は始まった。

こういう場の常で、主役である筈の新顔は一通り質問攻めに遭った後は取り残される。ましてやサポーターを交えての宴となれば、話題は自ずと今シーズンの戦い方に集中する。勇の歓迎会は、一時間ほど経ってただのファン交流イベントのようになった。

「今年はカップ戦も頑張ってもらいたいもんだ。特にJ相手にな」

「おう、地域リーグ上がりのJ3と当たったら、ギッタギタにしてやらないとな」

「でも、ただの格下相手の試合に変なモチベーションが生まれるってことだぞ」

「そっちばかり頑張ってリーグ戦に悪影響を与えたんじゃ、本末転倒じゃね？」

サポーター達は、チームで方針を決めるべき点について喧々囂々《けんけんごうごう》。口角泡を飛ばして煽ったり、そこに水をぶっかけたり、なんだかんだで盛り上がっていた。

武山FCが、何年も前からJリーグへの加盟申請を繰り返していることは勇も知っていた。毎年、スタジアムの収容人員やナイター設備の有無、リーグへの入会金、年会費、年間の運営費等、様々な理由で見送られて来た。J3の発足を機にハードルは随分と下がったが、それでも運営状況が安定していないことを理由に加盟は叶わず、一応のJリーグ傘下である百年構想クラブの認定が限界なのだと江藤から聞いている。

所謂《いわゆる》「J空白県」であれば認められた可能性もあったが、ここでも武山FCサポーターが忌み嫌う北＝J3ブルスクーロ青嶺《せいりょう》の存在がネックとなったそうだ。

「よぉ、新人くん。君にはまだチームの状況ってものが分からないかもしれないけどさ、明らかにウチより弱いチームがJの看板を背負ってんだ。それを君はどう思うよ?」

勇も意見を求められたが、「さぁ」と首を捻ることしか出来なかった。

正直、そういうチーム状況というのは勇にとってどうでもいいことだ。勇にとっての武山FCはサッカーが出来る場所というだけで、それ以上でも以下でもない。無論、全力で戦う。それが結果的にリーグ制覇、カップ戦上位進出、Jリーグのチーム相手に金星を上げることに繋がれば、良いことだと思う。だがはっきり言ってしまえば、勇にとってここはただの腰掛けに過ぎない。

「デンスケさん、こいつに言っても、そういうことは分かんないよ」

江藤が間に入ってくれたおかげで、勇はマークを振り切ることが出来た。

それをきっかけに、決して居心地の良くない席で勇は自然に江藤と昔話をするようになった。

そして、再会したあの日から勇がずっと避けて来た話題を、江藤の方から切り出した。まるで、この話をすることが自然の流れだろう、という感じだった。

「トラウマだ、見事にな」

小学生の頃、勇は江藤からレギュラーの座を奪っていた。江藤は六年生、勇はまだチームに入って間もない四年生だった。高三が高一にレギュラーの座を脅かされるのとはわけが違う。身体の大きさはまったく違うし、単純な走力も江藤の方が勝っていた。それでも、FWとしての総合的な能力は当時の監督……小さな町のたいして強くもないチームだったが……から見て、勇の方が勝っていたということだ。

「さすがにあれは、未だにトラウマだ」

江藤はもう一度そう言って、自嘲気味に笑った。

「けどあれは、江藤さんが少し早めのクラムジーに入ったんだって言われてたじゃないですか」

クラムジーとは、急激な成長期が訪れた場合、日々大きくなる身体を脳が制御することが難しくなる症状だ。江藤をレギュラーから外した理由を、監督やコーチ陣はそう説明した。

「都合のいい言い訳だよ。確かに早めの成長期ではあったけど、今から思えばクラムジーってほどじゃない。それに、俺の代わりは六年生にも五年生にも大勢いた。つまり監督もコーチも、単純にお前のプレーに惚れたんだよ」

失意のまま小学生時代を終えた江藤は、中学入学と同時に父親の転勤に伴って峰山を離れ、ここ武山市に引越しした。たまたま移住したその町には南と北、二つのクラブチームがあり、それぞれにジュニアユースとユースがあった。江藤は南のジュニアユースに入り、持ち前の地道な努力で中三時にはエースストライカーにまで上り詰めた。

その後、高校卒業を待たずに武山FCとプロC契約を締結。二年計画でじっくり育てるというチームの方針に見事に応え、三年目の昨年、ワントップとして見事に機能し、今では押しも押されもせぬチームの顔だ。

サポーターからの支持も高く、特に子供達からは絶大な人気を誇っている。亮兼という武将のような名前を誰かが間違えてリョーケンと読み、それがサポーターの間で定着したため、登録名も江藤リョーケンとなった。

「このタイミングでまた同じチームになるってのは、ちょっとした運命の悪戯だな。ガキの頃のトラウマを拭い去るために、神様が与えてくれたチャンスだと俺は思ってる」

努力家のエースストライカーは、口元に笑みを浮かべてそう言った。

「ここのワントップは、俺だ。誰にも渡さない」

勇はそれを、宣戦布告と受け取った。

他のチームメイト達はビールやカクテルを呑み、馴染みのサポーター達と今シーズンの順位予想や欧州サッカーの話で盛り上がっていた。テーブル席を離れ、カウンターに並んだ勇と江藤の間にだけ、別の時間が流れているかのようだった。

二十歳《はたち》を過ぎている江藤はさんざん「リョーケンも軽く呑めよ」と勧められていたが、彼は軽く去《い》なしペリエしか口にしていない。「お前に気を遣ってるわけじゃない」と言っていたので、普段から殆ど酒を口にしないようだった。

「なにか言いたそうだな」

そう促されたが、勇は言うべきか否か考えた。

勇の思いは、シンプルなものだ。江藤からポジションを奪い取る。今シーズンもチームがワントップを変えない方針なら、それしかない。だがそれは、行動で示せば良いことだ。敢えて口にするようなことではない。江藤も、そんなことは分かっている筈だ。

「遠慮せず、思ったままを言えよ」

それでも、そんなふうに迫るということは言わせたいのだろう。そう理解し、勇は口を開いた。

「江藤さんのポジション、奪いますよ。あの時と同じようにね」

その時だった。心底『しまった』と思ったのは。「あの時と同じように」は完全に蛇足、必要のない過剰な挑発だった。

自ら口にする時は自嘲気味だったが、かつて自分をレギュラーから追い落とした張本人から言われれば、さすがに平静ではいられなかったらしい。

「俺のことはともかく、ＪＦＬを舐めるなよ」

「別に、舐めてなんか……」

「舐めてないとしたら、よく分かってないんだ。ここは、考えようによってはＪ１や海外トップリーグ、国際大会なんかより厳しい世界だ。しかも、間違いなくそれらと地続きなんだぞ」

ヘダップ！

「分かってますよ、そんなこと」

「分かってるならいい。やってみろよ」

勇は喉元まで出ていた『すみません』という言葉を飲み込み、「やります」と頷いた。

開幕まで一カ月を切り、練習内容はゲーム形式中心となった。週末には、トレーニングマッチが組まれた。相手はJリーグから近所の大学リーグ所属チームまで幅広いが、いよいよ本番直前モードという感じだった。

二週間で四試合を終え、それらの試合で勇は江藤や他のFW陣と交代しながらワントップを任された。得点は江藤の三点を上回る五点、アシストや起点となるプレーも三点はあった。

全試合を観戦に来ていたイサクは、「いやぁ、お見それしました」と声を掛けて来た。比嘉らチームメイトの多くも、「ただの我武者羅じゃないんだな」などと讃えてくれた。

ワントップは俺で決まりだ。開幕まで二週間を切った頃から、勇は内心そう思っていた。

「桐山、ちょっといいか」

全体練習を終えた後、ロッカールームで着替えていた勇に、コーチの座間味《ざまみ》が声を掛けた。多くのスタッフを抱えられないチーム事情の中、戦術コーチと守備コーチ、時にはレンタカーのドライバーをも兼任する、赤瀬の片腕だ。

着替え終えた勇が廊下に出ると、iPadを小脇に抱えた座間味は少し困ったような顔で監督室の扉を指差した。促されて入ると、正面のデスクに赤瀬が座っていた。

その対面には、トレーニングウェアのままの選手が二人、パイプ椅子に腰掛けている。

一人はMF大野《おおの》、もう一人はDF橘《たちばな》。二人とも、勇と同じく今シーズンから武山FCに加入した新戦力だ。

二人を見て、勇は今シーズンの起用法の話だと直感した。

同時に、今日の練習中、江藤が酷く荒れていたことを思い出した。碌に挨拶もせず、プレーもやけに乱暴だった。勇のワントップ起用が決まり、江藤にだけは前もって伝えられたのだろう。荒れていた理由を、勇はそう考えた。

「俺は構わないですけど、大きな賭けじゃないですか？」

チラリと勇に目を向けた大野が、赤瀬に向き直って言った。

大野は、数年前までＪ１の強豪チームで絶対的司令塔だった。Ａ代表にも度々呼ばれている。勇が中学生だった頃のことだ。

三十歳を過ぎ、長年のチームへの貢献から指導者としての道を用意されたが、現役に拘ってＪ２のチームに移籍。そこを数年で戦力外となり、武山ＦＣに加入した大ベテラン。確かＪ１では、現役時代の赤瀬と同じチームで数年かぶっている筈だ。

「面白いけど、後ろをやる身としては心配っちゃあ心配っすね」

橘も、大野に同意するようなことを言った。

この男のことも勇は知っている。一対一に絶対的な強さを誇り、サイドからの頻繁な上がりで相手ＤＦをかき回す、超アグレッシヴな左ＳＢ《サイドバック》だ。ユース時代から欧州、南米、オセアニアと渡り歩き、帰国後、Ｊ２のチームで中心選手として活躍。僅か二季でのＪ１昇格に貢献している。だがその翌年、膝の怪我がきっかけとなり解雇。Ｊ１のピッチに立つことはないまま、武山ＦＣに拾われた三十二歳だ。

二人とも盛りは過ぎている。きっと今シーズンの起用法を赤瀬に言い渡され、難色を示しているのだろう。そんなことを考えながら、勇は座間味と並んでパイプ椅子に座った。

「よぉ兄ちゃん、お前《め》ぇの話をしてんだよ。どう思うよ」

橘が振り返り、勇に水を向けた。ストッキングをずり下げ、脛をボリボリ掻いている。

「俺の話ですか？　えっと……じゃあ〝賭け〟とか〝心配〟っていうのは、俺がワントップになることに関してですか？」

橘は「違う違う」と手にしていた脛当てを大きく振った。

窓際に座っていた赤瀬が、「それは俺から言おう」と立ち上がった。外は陽が暮れかけていたが、窓の側にある外灯が室内の蛍光灯より明るく輝き、勇には赤瀬の姿が輪郭しか見えなかった。

「今シーズン、我々はお前をボランチで使おうと考えている」

耳に届いた言葉を三度、脳内で反芻したが、それでも勇には意味が理解出来なかった。数秒黙り、やっと口から出たのは「ボ……」という音だった。まるで、初めて耳にした外国語をリピートしようとして一音しか出なかった中学生だ。

「いやいやいや」

気付いたら椅子から腰を上げ、さっきの橘より激しく手を横に振っていた。

言葉を継ごうとする勇を「落ち着け」と座らせ、赤瀬は続けた。

「どうしてもワントップに拘るなら、四番手か五番手。実質的に、万年控えだ」

止めを刺すような言い方だった。

それで分かった。練習中、江藤が荒れていたのは、ワントップのポジション争いで負けたからではない。彼は、そんな小さな男ではない。勇のボランチ起用を、赤瀬から聞かされたからだ。勇がFWを外されたのであれば、ポジション争いで勝ったことにはならない。

「ちょ……ちょっと聞いて下さい」

説明を続ける赤瀬の言葉を遮り、勇は思うところを口にした。

過去の実績を踏まえて江藤をワントップに据えることはしょうがないとしても、自分は少なくとも攻撃的なポジションを与えられるものと思っていた。ボランチを軽視しているわけではない。むしろ逆だ。これまで得点することに特化してやってきた自分には、中盤の底でゲームをコントロールすることなど出来ない。

「自分の特性は自分が一番分かってます。ワントップが無理なら、せめて比嘉さんみたいに二列目の一角として攻撃に絡む位置で……」

「よぉ」

捲し立てる勇を、橘が止めた。

「お前ぇの話は、さっきから自分のことばっかだな。俺達が気にしてんのは、チームの戦い方だ。中盤の底を初心者に任せるなんて、正気の沙汰とは思えない。それを俺と大野さんは、やんわり〝賭け〟とか〝心配〟って言ってんだよ」

昨シーズンのDVDを観て、勇も武山FCの戦い方を理解している。基本的には中盤のキープ力を活かし、徐々にビルドアップしていく。膠着《こうちゃく》状態が続くようならロングフィードをサイドに散らし、敢えてゲームを壊すかのような展開に持ち込み相手を攪乱。マークのズレやスペースの空きを誘発して、一気に前線に展開する。それが武山FCの戦い方だ。

懸案材料だったトップ下に経験豊富なパサー大野を据え、左SBには頻繁に攻撃に加わる橘を加え、この特性を尚一層強化する。サポーターでも、今シーズンの補強をそう解釈していた。

ただ一点だけ心配なのは、長年ダブルボランチの一角を担っていた選手が昨シーズン限りでJ3の他チームに移籍したことだ。

定石通りのビルドアップも突然の奇襲的展開も、ダブルボランチの安定感があったればこそだ。オフ・ザ・ボールの状態でも、二人とも地味ながら堅実で献身的なプレーを続けていた。

「順当に行けば抜けたところに堀田《ほった》が収まる筈だったんだが、あいつは短く見積もっても2nd

ステージまでは使えない」

赤瀬のその言葉に、勇は全体練習初日に挨拶だけ交わした若い選手を思い出した。彼、堀田はボールを使わず、別メニューで入念な柔軟とランニングを繰り返していた。失礼な気がして詳しいことは訊ねなかったが、どこかを故障していることだけは分かった。

「守備的なMFを探していたことは聞いてますが、それが俺だったんでしょうか」

勇の質問に、赤瀬より先に橘が「逆だろ」と答えた。

「ワンボランチにしてシステムを大幅に変えるよりは、仮にでも誰かを置いておきたい。そこで、今のままでは出番がないお前に賭ける。そんなところですよね、監督」

橘に水を向けられた赤瀬は、軽く肩をすくめて見せ、椅子の背もたれに体重を預けた。

「自信がないか？　だったら考え直すが」

探りを入れるような赤瀬の声色に、勇は「そういうわけじゃ……」と言葉を濁した。

「そういうわけじゃなければ、なんだ」

「なんで、俺なんですか」

「まず、フィジカルテストの結果がトップレベルだった。あと、若いんだから色々なポジションに適応する柔軟性もあるんじゃないかなーと思ってな」

「〝かなー〟って……サッカーって、そんな単純なもんですか？」

「それほど複雑なものか？」

分からない事だらけだった。試されていることだけは確かだが、なにを試されているのかすら分からない。

『わけ分かんねー』

そんな言葉が口を衝いて出そうになった。グッと飲み込み、自分が納得出来そうな理由を懸命に探した。

このままFWに拘り続ければ、出場機会は極端に少なくなるのだろう。そうなれば、自分の力を示してJへ、更にその上へという思いもただの妄想で終わってしまう。この際、江藤からポジションを奪うことは二の次にすべきではないか……。

「はっきりしろよ。お前がやらなくても、ボランチをやりたい奴は他にゴロゴロいるんだ」

橘の言う通りだ。この話を受けたとしても、レギュラー定着の確約ではない。シーズンの半分も使えないことが分かっている選手の復帰を待つということは、堀田はかなりの実力者だ。つまり、２ｎｄステージで「はい、お疲れさん」となることも有り得る。なにより、ポジションがどうあれ、試合に出ないことにはなにも始まらないではないか……。

「やります。やらせて貰います」

絞り出すような声でそう言うと、赤瀬は「決まりだ」と手を叩いた。座間味が一つ溜息を吐き、部屋を出た。橘が「やれやれ」と伸びをして、大野は黙って立ち上がった。

勇も椅子から立ち上がったが、赤瀬から少し待つよう言われた。

橘とは対照的に黙って話を聞いていた大野が、部屋を出る前に勇の肩に軽く手を置いた。

「いいチームに入ったな」

妙な含みを感じた勇は「どういう意味ですか」と訊ねたが、大野は「言葉のままさ」とだけ言って扉に向かった。

入れ違いに、座間味が一人の男を伴って戻って来た。

「お疲れ～っす」

ボランチの中条だった。彼はデスクの前に座った勇を見て「お?」と意外そうな顔をした。

「そういうわけだ、中条。面倒を見てやってくれ。桐山、お前は明日から中条と同じメニューだ。

時間は少ないが、出来るだけ多くのことを盗め。堀田からも色々訊くといい」

勇は立ち上がり、中条に「よろしくお願いします」と頭を下げた。これまで何度も顔を合わせているのに、中条は改めて勇を上から下まで見て、「大丈夫か？」と笑った。

「それをどうにかするのが、お前の役目だ」

「へいへい、そうですね」

なにが可笑しいのか分からないが、中条は豪快に笑い、痛いほど勇の肩を叩いた。


プロの世界では、選手はより良い年俸と待遇を提示するチームを選べばよい。逆に、そのチームでプレーすることが自分のサッカー人生にプラスになると感じれば、敢えて条件が悪い方を選んでも構わない。俗に言う、ジョブホッパーかキャリアビルダーかの違いだ。

ＪＦＬ、特にプロ契約を結んでいない中堅以上の選手には、それとは別次元でチームを選ぶ者がいる。企業チームに入り、引退後も正社員として働く。故郷のチームに入り、引退後の再就職先を探す。或いは、引退後にジュニアユースあたりから指導者人生をスタートする。

一方で、出来るだけ上のレベルでサッカーを続けたいという単純な思考を持つ選手も少なくない。サッカーに対して純粋とも言えるが、所帯持ちともなれば事情は異なる。そういう選択をする選手は、家族にとってただの我がままな夫や父親かもしれない。

あの歓迎会の夜、昔話に入る前の江藤はチームメイトの癖や特性を勇に説明してくれていた。

そして、中堅以上の所帯持ち代表として「例えば、あの人」と指差したのが中条だった。

「選手としては申し分ない。堀田さんを怪我で欠く今、あの人以上のボランチはいないし、ムードメーカーでもあるしね。キツい遠征の移動中に、あの人のお陰でチームの士気が上がるなんてことも少なくない。ただなぁ、能天気って言うか……」

中条の最初の結婚は十九歳の時で、その早過ぎる結婚のきっかけとなった男の子は既に小学二年生になっている。その下に五歳の女の子がおり、更にその下にも離婚と次の結婚のきっかけとなった二歳の男の子がいる。

江藤は中条の家族とは食事会で二度ほど会っただけだが、無邪気な子供達を見ていて、他人事ながら『サッカーを辞めた後のこと考えてないんじゃないか？』と思ったと言う。

「選手寿命は短い。あっと言う間だ。俺だってこのまま終わるつもりはないが、ここをただの通過点だとも思っていない。出来ることなら、このチームごとJへ上がって、俺の名前と一緒に武山FCの名前も全国へ知らしめたい」

中条の話が、いつの間にか自分の行く末の話に変わっていた。勇はなにも答えず、黙って江藤の話を聞いていた。思ったままを口にする癖も、この時は出なかった。口にするほどには、考えがまとまらなかった。

勇と中条の年齢差はちょうど十歳だ。二十八歳の自分がどんなプレーヤーになっているかということなら、想像することはある。だがその時、家庭を持っているか否か、それが選手生命にどんな影響を与えるのかといったことは、これまでまったく考えたことがない。

「ここでプレーしていれば、いずれお前も考える瞬間がやって来る。サッカー選手というより、一人の人間としてどう生きて行くかをな」

江藤のその言葉の意味は分からないでもない。プロアマ混在、企業チームもあればオールプロのチームも、オラが町のクラブチームもあるリーグには、様々な事情を抱えた様々な世代の人間が入り混じる。学校の課外活動しか知らない勇には、まったくの異次元だ。

「……と、まぁ、DFラインの上がり下がりは常に気にしなくちゃならんが、お前さんが慣れるまでは俺もその場その場で声を出して……おい桐山、聞いてんのかよ」

中条に肩を小突かれ、助手席の勇は慌てて「あ、はい、聞いてます」と答えた。

江藤に「能天気」と評された選手からボランチのイロハを学ぶようになって、三日が経った。中条も仕事を持っているので、四六時中ベタ付きというわけにはいかない。だが彼はロッカールームでも出来るだけ勇の近くにいて、練習で足りない部分を言葉で補おうとしてくれた。練習後には車でジムまで送ってくれた。

「お前、ひょっとして、まだボランチ起用に納得してねぇの？」

「いえ、そんなことは」

その日も勇は、中条が職場から借りている車でジムまで送って貰っていた。中条の職場はリネン会社で、武山ＦＣのユニフォームやトレーニングウェアを無償でクリーニングしてくれている。中条は集配係で、車一台の私物化を黙認されていた。

「この前も言ったけど、ずるずるＦＷにこだわってると、なにもかも中途半端になるぞ」

中条は、江藤にあって勇にないものが技術的なことではないと言った。

「なんつうか、魂？　チーム愛？　そんな感じ」

江藤はシュートを放った後、ダイビングした場合でなくても、たいてい転んでいる。決して格好良くはないが、ガツガツとゴールを狙う姿勢とボールに絡むほどに汚れるユニフォームはその象徴であり、サポーター達に愛されている。そんなものを一年目の勇が一朝一夕で身につけることは不可能で、だからＦＷを諦めることはないが頭を切り替えろ、その方がチームの為でもありお前の為でもある、と。

江藤がよく転ぶのはボディバランスが悪いだけだと思いつつ、勇は「もう切り替えてますよ」と答えた。魂だのチーム愛だの、そんな抽象的なものでレギュラーを決めるほど赤瀬が甘い人間だとは思わない。だから、ボランチ起用に納得していないわけではない。

「もっと質問とかして来いよな。俺も張り合いがねぇよ」

中条のその言葉は、小学四年生から高校三年生まで、幾度となく先輩や監督やコーチから言われてきたものと同じだ。勇はその都度「分かりました」と答えてきたが、まともに取り合ったことはない。

同じメニューをこなすようになってたかだか三日だが、中条がただのお調子者でないことは分かった。江藤が言う通り、武山FCに欠かせないボランチだ。ムードメーカーという部分も、移動中のバスだけでなく、ピッチ上でより重要な役割を担うと理解出来た。

だが、実力も人間性も認めた上で勇は思う。

疑問に思ったことの殆どは、インターネットや所有している本で理解出来た。勇にとっては、それで充分だった。他人を馬鹿にしているわけではない。ことサッカーに関することに限って、人の話に殆ど耳を傾けないという自分の癖を、異常だと感じることも度々あった。

だが、十年近く続けてきたことをすぐさま改めることは出来なかった。自分が抱いた疑問は自分で解決する。そのやり方が最もしっくりきた。それだけのことだ。

だから勇はこの時も、「とにかく覚えることが多くて。なんつぅか、サッカー観が変わりそうです」そう誤魔化した。

「へへ、だろ？　ボランチってのはボールに絡む機会は抜群に多いわ、相手のFWやトップ下と張り合わなきゃならないわで、やり甲斐が……あれ？　ここ、どこだ？」

送って貰うのは三度目なのに、中条はまたしても道に迷った。どこかと訊ねられても、引越して一カ月も経っていない勇には分からなかった。

「くっそ。ナビ付けろって、会社にはさんざん言ってんのによぉ」

通り掛かった小学生に道を尋ね、なんとかジムまで辿り着いた時には、徒歩で来た時と変わらないくらい時間が掛かっていた。昨日も一昨日も迷った場所は違うが、時間はほぼ同じだけ掛かっている。

「ま、案ずるよりなんとかだ。なにもGKをやれと言われたわけじゃない。そう深刻にならず、違う環境を楽しめよ」

別れ際にそう言われ、勇は『人の心配より、帰れます?』と思いつつ「はい、頑張ります」と頭を下げた。

中条が将来や家族のことを考えていないという部分は、勇にとってどうでもいいことだ。むしろ、サッカーに対して純粋なのは好ましい。そんなことよりも、遥かに引っ掛かることがある。

「方向音痴のボランチかよ」

本人の前で口にすることは堪えたが、走り去るリアウィンドーに向かって勇はそう呟いた。下手な冗談のような話だ。まさかゲーム中にゴールの方向を間違えるなどということはないだろうが、それでも空間把握能力に欠陥があることには違いない。

「まぁ、短い付き合いだとは思うけど……」

誰にも言っていないが、勇は未だに武山FCを腰掛けとしか考えていない。

だがそれは、かなり座り心地の悪い腰掛けになりそうだった。

3

「え〜、であるからして、入学シーズンを睨んで来週から二階の文具と子供服売場を拡充します。ファストファッションとまともに喧嘩せず、下着と靴下、武山FC公認グッズに特化し……」

『武山マート』で働き始めて、三週間が経った。

その日の開店前、社長の訓示が続く中、勇は二十数名の従業員に混ざって立っていた。

「それから、ひな祭り用のちらし寿司が新聞折込の写真とあまりにも違うというクレームの件、私のところに届いた投書は三件ですが、実際は七件ありました。犯人探しはしませんが、私はこういう誤魔化しが一番嫌いです。数を誤魔化したところで、本質的な解決には……」

相手フリーキックの壁になった姿勢で神妙な顔だけはキープしていたが、勇の耳に社長の話は殆ど届いていなかった。

仕事内容は単純作業か力仕事ばかりだったのが、最近になって簡単な調理と売り場の陳列も任されるようになった。練習に向かうのは午後二時か四時で、スーパーマーケットとしてはいよいよこれから忙しくなるという時間帯だったが、店の人は誰一人嫌な顔をしない。それどころか帰り際には、社員もパートの人々も「お疲れ」「怪我すんなよ」と声を掛けてくれる。

小口ばかりのスポンサーの中で、武山マートは十口相当の額をチームに提供してくれている。ユニフォームには、チームエンブレムの真下に店のロゴマークがある。アマ契約の選手を正社員として雇用し、住む場所を格安で提供してくれているのもスポンサードの一環で、勇の前にも何人もの選手が働いていたらしい。

そんな理解ある職場に慣れるに従って、サッカーの方にも手応えを感じている筈だった。

だから、週に一度の社長の退屈な長話にも、過去二回は真面目に耳を傾けていた。

「おい桐山くん」

いつの間にか訓示は終わり、目の前に社長が立っていた。

「どうしたね、ぼんやりして」

七十歳を過ぎているとは思えないほどかくしゃくとしたこの社長、小さな万屋《よろずや》だった実家を一代でスーパーマーケットチェーンに成長させた人物で、地元ではちょっとした有名人だ。地元愛

が強く、早くから武山FCの大口スポンサーになっている。但し、サッカーのことは殆ど知らず
「キーパーでPK蹴る奴がたまにいるだろ？　あれは一発もある八番キャッチャーって感じか？

いや、打点が多い先発ピッチャーかな？」など、やたらと野球で例えるのでややこしい。

チームにとってありがたい存在ではあるのだが、同時に面倒臭い人物でもある。

「職場や住まいのことで不都合があれば、遠慮しないで言ってくれよ」

「いえ、えっと、家賃とか就業時間とか、色々とどうも……」

その返事に、社長は「ん？」と首を捻り、勇の肩に手を置いた。

「どうした、元気がないな。どこか悪いのか？」

社長は、社員もパートも分け隔てなく、よく話し掛ける。少しでも様子がおかしいと感じれば、プライベートなことでもどんどん踏み込んで来る。我武者羅に働いてきた経営者の、良いところでもあり迷惑なところでもある。今の勇にとっては、完全に後者だ。

「さっきも言ったが、私は誤魔化されたり嘘を吐かれることがなにより嫌いなんだ。もし待遇に不満があるなら、正直に言ってくれよ。私は、なにより嘘が嫌いなんだから」

念を押すように「嘘が嫌い」を繰り返す社長の顔を見詰めて、勇は笑うべきか否か考えた。

社長の頭髪が、勇にはどう見てもカツラに見える。嘘を頭に載せて歩いているようなものだ。

初めて会った瞬間に、もみあげが浮いているのに気付いた。田舎のスーパーの経営者とはいえ、そこそこ金はあるだろうになんだってこんな粗悪品を冠るのだ。とは思ったものの、誰かに「あれって笑った方がいいんですか？」と訊ねるわけにもいかず、今日に至っている。

見ちゃ駄目だ、生え際ともみあげを見るんじゃない、と自らに言い聞かせながら、勇は「ちょっと眠いだけです」と誤魔化した。

「翌日に疲れを残さないこともアスリートの務めだろう。気を付けなさい」

肩をポンと叩き立ち去る社長の背中に「すみません」と頭を下げ、勇は『けっこう鋭いな』と感心した。

元気でないことは確かだ。

社長の頭髪事情のせいで一瞬思考が途絶えたが、この日の勇の頭の中は、初めてボランチとして出場した先週末のトレーニングマッチのことでいっぱいだった。

開幕を一週間後に控えた週末、その試合は行なわれた。

相手は、昔から頻繁に練習試合を行なっている地元の大学サッカー部だった。

その試合で、勇はボランチとして初めてフル出場した。大野と橘もトップ下と左ＳＢでフル出場し、赤瀬が思い描く布陣で九十分を戦う最初の試合となった。

大野と橘は、見事に機能した。江藤、比嘉、その他の前線の選手達も冴えていた。

前半だけで四得点、後半は故意に攻めさせた上でカウンターを取る展開を指示されたので一得点に終わったが、結果だけを見れば五―〇の圧勝だった。二部リーグの大学生相手とはいえ、攻撃面の最終確認としては上々の結果と言えた。

問題は、勇の守備だった。

勇は中条とＤＦ陣の指示通りに動き、自分で研究した動きも取り入れ、それなりに出来ているつもりだった。相手の攻撃はロングボールを前線に放り込んで来るパターンが殆どで、慌てるようなことは少なかった。

だが細かな部分で、右往左往したりボールウォッチャーになっている時間が少なくなかった。

例えば、攻め上がって来る相手に「行け！」とだけ指示されても、ボールに行くのか、パスコースを限定するのか、ファウル覚悟で止めに行くのか、瞬時に判断出来ず動き出しが遅れた。

また、カウンター攻撃に移る際には、自分も上がるか残るか瞬時に判断しなければならない。橘が上がった場合は、勇か中条のどちらかがカウンターに備えてフォーバックの一角を埋めるべきなのだが、その時のアイコンタクトが出来ていない。中条がどこにいるかいちいち気にしていないので、その都度首を振って探さなければならなかった。

「兄《あん》ちゃんよぉ、後半だけで何回やらかしたんだよ」

試合後のクールダウンの時、さっそくミスを指摘したのは橘だった。

相手のミスキックやGKのファインセーブで失点を免れたとしても、そういう決定機を招いた時点でDFとしては「やらかした」ことになる。一列前にいるボランチはその一段階前、DFを慌てさせてしまった時点で「やらかした」と言われてもしょうがない。

「まぁまぁ、橘さん。何度かいいディフェンスもあったじゃん」

中条や他のDFが間に入ってくれ、勇も大人しく「すんません」と頭を下げた。

一悶着があったのはその後、ロッカールームに戻ってからだった。

勇のロッカーには入っている筈の着替えがなく、代わりに大量のエロDVDと安っぽいチャイナドレスが入っていた。試合中にスタッフかリザーバーが仕込んだ新人歓迎の悪戯だということは分かったが、あまりにもタイミングが悪かった。「やめてくださいよ〜」と笑って受け流す、不機嫌な顔のまま当たり前のようにチャイナドレスを着てみる、更にはそのまま帰ってみる。そういうのが大人の対応だと分かってはいたが、それが実行出来るほどには余裕がなかった。

勇は乱暴にロッカーの扉を閉め、その場に座り込んだ。

「あ、あ、いいな。DVDいっぱい」

「これ、いらなかったら俺にくれ」

凍り付いた場の空気を和ませようと真っ先に口を開いたのは、ココと李《リ》だった。ブラジル人と韓国人のCB《センターバック》コンビだが、二人とも高校時代からサッカー留学で来日しており、日本語は流暢を通り越している。李は女を口説くことにかけてはそこらへんの日本男児より言葉巧みだし、ココに至っては困った時だけ東北訛りで同情を誘うという小器用な真似までする。

「なして、ふでぐされでいらの？」

ココは座ったままの勇の顔を覗き込み、李はDVDを一枚一枚手に取り始めた。

「大野さんは笑ってDVDの寸評してくれたし、橘さんなんかセーラー服を全部着てから〝おい！〟ってノリ突っ込みまでしてくれたんだぞ。若いくせに、ノリ悪いよ」

するといの誰かも加わり、

「そうそう、ココなんかウンコの冠り物のまま帰ったんだぞ」

「あれは酷かったよ〜」

「だって、ココってウンコなんだろ？」

「違うよ、ココナッツ。ポルトガル語のウンコもココだけど、発音も綴りも違う。あ、CoCo壱はダイジョーブよ。日本人が発音すると、僕ちょっと食欲なくなるけど」

「なんの話してんすかッ」

方々で上がる笑い声をかき消し、勇が勢いよく立ち上がった。

「早く服を返して下さい。帰りますから」

隅っこにいた者がボールカゴに隠してあった着替えを取り出し、勇はそれを乱暴に受け取って着替え始めた。シャワーも浴びていない身体はベタついて、着替えはなかなかはかどらなかった。

「この際だから、はっきりさせようや」

もたついていると、橘が言った。他の者は勇の剣幕に気圧されたように黙り込んでいたが、橘はむしろその態度に腹を立てたようだった。

「桐山、お前の身体能力やボールさばきは文句の付けようがない。言ったことへの理解も早いし、それをプレーに反映させる能力も高い。だが、それだけだ」

「俺は俺なりに、ボランチの勉強をしてますよ」

Tシャツに首と腕だけ通したが、背中は肩甲骨の辺りでクシャクシャに突っ掛かった。ちゃんと整えるのももどかしくて、その上にパーカーを羽織って誤魔化した。

「部活動とは違うんだ。お前がどんだけ努力してるかなんて、知ったこっちゃねぇ。重要なのは、チームの為にどんだけ働けるかだ」

そんなこと言われなくても分かっている。そう言い返そうとしたが、言葉に出来なかった。靴下がなかなか履けないせいばかりではない。

橘の隣に、江藤が立っていた。シャワールームに向かう足を止め、上半身裸のまま勇のことを見詰めていた。

ここ数日の戸惑いと焦り、職場での気疲れ、生まれて初めて感じる眠りにつく直前の孤独感、そんなものが全部ごちゃまぜになって、下を向いた勇の鼻腔の辺りをくすぐった。

これまでやって来たサッカーは、勇個人がどれだけ勝ちに拘っても、人間形成とか教育の一環とか、そんなお題目が付いて回った。全国の中学から有望な選手を集めるような強豪校でもJリーグ傘下のユースでも、少なくとも表向きは同じだろう。だがここは、勝たなければ意味がない世界だ。しかもプロかアマかに関係なくだ。江藤が言っていた通り、これはある意味オールプロの世界より厳しい世界かもしれない。

「なぁ、橘さん」

勇が黙っていると、また中条が間に立ってくれた。

「ボランチをやらされて一番戸惑ってるのはこいつなんだよ。俺の教え方も悪かったんだ。開幕は無理かもしれないけど、せめて開幕三戦目くらいまで、様子を見てくんねぇかな」

「中条、お前なら分かるだろう。このボーヤになにが足りてねぇのか。この際それを……」

その時「よせ」と口を挟んだのは、練習と試合の時を除いて殆ど口を開かない大野だった。

「桐山」

ロッカールーム内の騒ぎをよそに、シャワーを浴び着替えも終えていた大野は、濡れた短髪にタオルを被せて勇に言った。

「自分になにが足りないのか、自分で気付け。そうでなければ、意味がない。だいたい、人に言われて〝はいそうですか〟って柄でもないだろう。気付かないなら、お前はそれまでだ」

なにか言い返さなければと考えているうちに、大野はバッグを抱えてロッカールームを出て行ってしまった。江藤はシャワールームに消え、橘は「ちッ」と吐き捨てて着替え始めた。中条とココと李も、何枚かDVDを持って自分のロッカーに戻った。

『なんなんだよ、まったく。俺になにが足りないって言うんだよ。知ってんなら、勿体付けずに教えてくれりゃあいいじゃねぇか。DVD返せよ……』

一人取り残された勇はぶつぶつ言いながら帰り支度をし、中条の車を断わって一人でロッカールームを出た。


その日の午後、勇は調理場長から握り寿司コーナーの手伝いを頼まれた。

卒業、入学、就職などのイベントが続く三月から四月は、通常の一・五倍から二倍の量を仕込まなければならず、人手不足らしい。

握り寿司と言っても自分で握るわけではない。シャリ玉マシンから続々出て来るシャリに、ワサビを塗ったネタを置き、容器に詰めるだけだ。

「どうしたの？　朝からずっと、心ここにあらずって感じね」

その日の勇の様子は、よほどおかしかったらしい。ヘアキャップにマスク姿で表情は分からない筈なのに、パートのベテランおばちゃん、咲田《さくた》に言われた。

「元気ないわねぇ。ちゃんと食べてんの？　身体が資本なんでしょ」

咲田が手を上げたが、ビニール手袋をはめている勇は応戦出来ず、思い切り背中を叩かれた。

「痛いなぁ、食べてますよ」

気のいい人が揃ったおばちゃん達の中で、咲田は特に勇のことを気に掛けてくれている。勤め始めてすぐに、野菜と魚料理が豊富な定食屋を勧めてくれたのも咲田だ。

小さくて丸っこい身体で機敏に動き回り、同じく丸っこい顔には常に笑みが浮かんでいる。顔見知りの客に声を掛けられてもテキパキと手だけは動かし、且つ客の機嫌を損ねることなく世間話に応じる。そんな仕事振りを見ていると、あれこれ細かく指示を出されるよりも勉強になった。

サッカーで言えば、視野が広く、トラップもパスも正確、敵に囲まれても慌てず、なにより判断が的確で早い。悔しいが、自分などよりよほどボランチに向いている。

「ほんと、どうしたの？　今日、ちょっと変よ」

そして、社長同様に勘も鋭い。

「ボランチやらされてるもんだから、焦ってるんだってさ」

黙っていると、若いパートの女性が代わりに答えた。あの歓迎会の時もパラフレンチにいた葛《か》西《さい》という女性だ。チーム内の細かいことを、誰かを通じて耳にしているようだった。

「ぼらんち？」

咲田は首を捻り、勇と葛西を交互に見た。咲田も一応は武山ＦＣのサポーターだが、年格好から見て恐らく職場のお付き合いの延長だ。ボランチを知らなくても無理はない。その方が話が広

がらなくて助かる。勇はそう思ったのだが、

「それってホペイロみたいなもの？　選手を外されちゃったの？」

「違う違う、真ん中ら辺の下のポジション……あ、咲ちゃん、それちょうだい。喉カラカラ～」

葛西が顎と唇の動きだけでマスクをずらし、咲田にお茶を飲ませて貰った。シャリ玉マシンは動かしたままだが、お茶を飲みながらノールックでシャリをトレーに並べている。器用だ。

驚いた。葛西の器用さにではなく、ボランチを知らないのにホペイロ《用具係》などという言葉を知っている咲田の方だ。

『どういう順序でものを覚えてんだ、このおばちゃん』

などと思いつつ、これ以上サッカーの話をしたくなかった勇は、葛西がストローからチューチューやっている隙に「一時から売場の補充確認を頼まれてるんで」とシャリ玉マシンを止めた。時刻はまだ十二時四十五分だが、早過ぎるということはないと判断した。

「ちょっと待って、桐山くん」

「いや、ホントにフロア長に頼まれてて……」

「そうじゃなくて」

葛西の「もっと～」を無視して、咲田はペットボトルを置いた。

「あのね、君は覚えも早いし、色々と気付くのも早い。その分、自分で判断してどんどん仕事をやってくれてる。ううん、それが悪いと言ってるわけじゃないの」

そこまで喋ると、咲田は勇の腕を摑んでバックヤードに引っ張って行った。

「例えばね、乳製品やパンなんかの補充、君は常にラックがいっぱいになるようにしてるよね？」

「だって、夕方になってお客さんが増えると、補充が大変なんでしょ？　俺はその時間帯にいな

いから、せめて手が空いてる間にやっておこうと思って」

咲田は「うん、それはありがとう」と礼を言い、一拍置いてから「でもね」と言葉を続けた。

「みんな怠けてギリギリまで補充に行かないわけじゃないのよ。賞味期限が近い商品が残ってたら、それがなくなってから補充するのが理想。せめて残りが二つ三つになってからね。そうしないと、お客様はみんな新しいものから取って行っちゃって、古いのは値引きシールを貼らないと売れなくなっちゃうから」

なるほど、数だけを見て機械的に補充していてはいけないということか。それは理解出来る。

自分が間違っていたのかもしれない。

「お客様に古い商品を売りつけようってことじゃなくてね、賞味期限切れの商品が大量に残っちゃうと経営が苦しくなる。そうすると価格に反映させざるを得ない。長い目で見れば、その方がお客様の為にならないってこと」

咲田の話は、嚙んで含めるように丁寧だった。

「君を責めてるんじゃないわよ。むしろ逆。みんな〝言われたことしか出来ない若者が多いのに大したもんだ〟って言ってるし」

「はぁ……」

「君はきっと、手の掛からない子だったんだろうね。ご両親が、凄く厳しかったのかな？」

父とは殆ど接点のない親子関係だった。姉の美緒は口煩かったが、厳しいというのとは違うように思う。早くに母を亡くしているので、手が掛からなかったと言うより、手を掛けて貰えなかったという意味では当たっているかもしれないが。

咲田はそれから、はんぺんなどの加工食品も賞味期限は短いが特定の季節しか大量に売れることはない、パンの中でも食パンは日曜と水曜が特に出る傾向がある等々、いくつかの商品を例に挙げて説明してくれた。

「そんなふうに季節とか曜日、時間帯や商品の性質、その日の天候なんかもね、とにかく色々な状況を考慮して補充しなきゃならないの。え〜と、なんて言うの？　ほら、あるじゃない」

「ケース・バイ・ケースですか？」

「そう、それそれ。だから、え〜と、マニュエルって言うの？　エマニュエルだった？」

「マニュアル？」

「そう、それそれ。そんなものも作れないから、その都度指示するしかない。時には矛盾した指示だって感じるかもしれない。だからとにかく、ゆっくり覚えていって欲しいのね」

　勇は来年以降、ここで働いているつもりなどない。「分かりました」と言ってこの場をやり過ごしても良かったが、なんとなく気持ち悪く感じられ「じゃあ」と咲田に問い掛けた。

「なんで皆さんは、俺が間違ったことをやってるのを見た時、そういう細かい事情を教えてくれないんですか？」

　咲田は一瞬、驚いたような表情を見せた。だがすぐに真顔に戻り、勇を改めて上から下まで見て、腰に手を置いた姿勢で「ふぅん」と鼻から息を吐いた。

「それは、君の方から訊かないからでしょう」

　言うべきか否か悩んでいるような少しの沈黙を挟み、咲田は「あのね」と言った。

「みんな君のこと褒めてるけど、同時にこうも言ってるの。〝極端に質問が少ないんだよなぁ〟って。私もそう思う」

「そう、ですか」

「ここは学校じゃないの。たいていの人は自分の仕事で手一杯だし、君がなにを分かっててなにを分かってないかなんて、知ったこっちゃない。だから、自分から訊かなきゃ。分かる？」

「自分で判断を下す前に、ただ一言〝こうしますけどいいですか？〟って確認をとって欲しいの。そうでなければ〝これはどうしたらいいですか？〟ね。分かる？　自分で判断出来ないことや、分からないことは、周りの人に訊ねればいいの」

「はぁ……」

無意識に「あ……」と声が出た。

実に当たり前のことだ。「女の子を叩いちゃだめ」とか「ゴミはゴミ箱に」とかと同じで、幼稚園児レベルのことだ。だが、勇にはそれが妙に新鮮だった。改めて考えてみると、そんな当たり前のことを勇は幼い頃からやってこなかったような気がした。

「なぁに〝足りない〟って？」

知らず知らずのうちに、大野にかけられた言葉を口にしてしまったらしい。

「あ、いえ、別に」

咲田は「変な子ねぇ」と笑うと、顎の下にあったマスクで顔の下半分をすっぽり隠した。

「じゃあね。今日の補充の件も、フロア長に確認をとってからやりなさいね」

そう言って、厨房に戻ろうとした。

「あの……」

思わず、勇はその丸っこい背中に呼び掛けた。

「なに？」

「えっと、その、例えばですけど、俺がすごく失礼な態度を取ってしまった場合、相手は素直に質問に答えてくれないような気がするんですけど」

「大丈夫よ。君のことは、ここにいるみんなが受け入れてくれてるんだから。この前の面食い発言だって、笑って終わったじゃない」

「いえ、そうじゃなくてですね、その、ここじゃない場所って言うか、なんて言うか……」

咲田はマスクを下げ、腰に両手を置いて暫し何事か考えた。そして、俯いた勇の顔を斜め下から覗き込み意味深な笑みを浮かべた。

「思ったままを言えばいいんじゃない？　悪い態度を取ってしまったと思ったら〝ごめんなさい〟ね。わだかまりなんて、そんなシンプルな言葉で案外簡単に解けちゃうもんよ」

また幼稚園児レベルの教えだ。だが今度はハッとさせられることはなく、少し笑みをこぼしてしまった。

「なにが可笑しいの？」

「いえ、すみません。姉ちゃ……姉に、正反対を言われたもんで」

「正反対って？」

「ええ。思ったままを口にするなって」

咲田はなにかピンと来たように「あぁ」と頷いた。それから「ケース・バイ・ケェ～ス」と唄うように言って、勇のこめかみを人差し指で軽く二度、叩いた。

「独り善がりで分かった気にならず、素直に教えを乞うことを覚えろ」

もしもサッカー関係者にそんなことを言われていたなら、右の耳から左の耳に奇麗なスルーパスが通っていたに違いない。

だが、全く違う場所で全く違うことについて指摘され、自分で気付いてしまったら、それはもう認めるしかない。自分に欠けている部分というのは、得てしてそんなものだ。

判断に困ったら、分からないことがあったら、周りの人に訊けばいい。

これは、勇にとって人生最大級の発見だった。

勇はまず、全体練習前のロッカールームで、先週末の非礼な態度を皆に詫びることから始めた。なかなか切り出せなかったが、気持ちを落ち着けて「あの！」と大きな声を出し、後には退けない状況を自分で作ってしまえば「すみませんでした！」という言葉がすんなり出た。大野も橘も、面喰らったような顔をしていた。中条は「なんだよぉ、素直じゃ～ん」とからかい、ココ達も笑っていた。

そして勇は、その日の練習から周りの人々を質問攻めにした。

まずは中条。守備的になっている状態で周りから異なる指示が聞こえる時、どれを優先すれば良いのかという質問だった。

通常はGK、前線に上がっている時は大野か比嘉の声に従うのが基本。三人とも離れていたなら、自分の場合は死角から聞こえる声を信じる。

「勿論、天候、ピッチの状況、点差、時間帯なんかで判断基準は変わる」

中条は微かに『そこからかよ』というニュアンスを含めながらも、丁寧に説明してくれた。

それから勇は、これまでなんとなく接触を遠慮していた堀田にもボランチのノウハウを訊いた。能天気な中条と違い、堀田は若い割に理詰めの頭脳派で、様々な局面での動きについて細かく教えてくれた。念のため確認すると方向音痴ではないとのことで、勇は安心した。

更には橘やココ達DF陣も、前線の大野、江藤、比嘉達も、自分がどういう状況でどう動くべきなのかについて質問攻めにした。

複数の立場の人間に教えを乞えば、中には矛盾する回答もある。それに気付いたら、直接その両者を引き合わせて矛盾点を突いた。それによって回答者同士が軽く口論になることもあったが、お陰で、なんとなく各自の判断に任せることになっていたシチュエーション毎の対応に、細かく決まり事が生まれていった。

武山ＦＣはその後、二つのテストマッチを重ねた。両試合とも勇はボランチとしてフル出場し、教えの一つ一つを実戦で試した。その百八十分を通じて、勇は赤瀬を始めとするコーチ陣からも、ともにプレーするレギュラー陣からも、完全に信用を得たことを感じ取った。

そして勇は、ＪＦＬ１ｓｔステージ開幕戦に先発出場を言い渡された。ポジションは４－５－１システムで中盤の底、中条とのダブルボランチの一翼だ。

開幕戦は昨シーズンの十二位、別府《べっぷ》スパロウをホームに迎えての一戦だった。

最後のミーティングを終えて入場を待つまでの十数分、先発以外の選手達はピッチに出て身体を動かすが、先発組は入場口近くのスペースで待たされることになる。車両通用口に鉄の扉で蓋をしただけの、コンクリートに囲まれた薄暗い空間だ。

そこで選手達は、各々のやり方で集中力を高める。

耳にイヤホンを突っ込んで雑音をシャットアウトする者、相手チームの顔見知りと談笑しながらいかにも緊張していない体《てい》を装う者、一緒に入場することになっている小学生に「何年生？好きな選手は？」などと話し掛ける者。そのやり方は、千差万別だ。

勇は軽く身体を動かしながら、ただ時を待った。

スタジアムでは、ＤＪふうのアナウンスで両チームの先発が紹介されていた。東側のゴール後方に小さいながらも電光掲示板があり、そこに、名前と顔写真が映し出されている筈だ。

『ミッドフィルダー、キリヤマイサム、背番号13！』

勇の名前が呼ばれた。気のせいか、歓声と太鼓の音が一際大きくなったような気がした。

「新人さんに歓迎のエールだ」

気のせいではなかったようで、軽くストレッチを行なっていた中条がニヤリと笑った。

「ギリギリの加入だったから、確か桐山は公式パンフレットに載ってないんだよな。『おぉ、いきなり先発かよ』って感じの歓声も混じってるな」

あまり話をする気分でもなく、勇は聞こえない振りをして中条から離れた。試合直前に無口になる選手は珍しくない。中条も察してくれたのか、しつこく追い掛けては来なかった。

半地下になったその空間は、昼間でも薄暗い。外光が差し込むのは観音開きの鉄の扉の隙間と、天井近くに設けられた窓だけだ。

視線より上にある窓の下に行き、行き交う人々の足をぼんやり見詰めていたら、「どうした」と声を掛けられた。今度は江藤だった。

「珍しいな、緊張してんのか？」

「別に緊張なんか。少し、昂ってますけど」

勇は地元峰山市の隣、神辺《かんなべ》市を本拠地とするＪＦＬ所属チームのホームゲームを観戦したことがある。その時の雰囲気とかなり違っていたので、実は少しばかり驚かされていた。

それを伝えると、江藤は「なるほどね」と笑い、鉄の扉の隙間から外を覗き見た。

数分前、勇も同じ隙間から外を見たが、そこは屋台と客達でごった返していた。あちこちからソースやトウモロコシの香ばしい匂いが立ち上り、子連れやカップルやむさ苦しい男同士のサポーター達が、試合前の腹ごしらえをしている。

「峰山の近くだと、神辺建設ＳＣのホームゲーム？」

「ええ」

「あのチームって言うか、あの町のお役人が駄目なんだよ」

「お役人って、サッカーと関係あるんですか？」

「大ありだよ」

ＪＦＬに所属するチームの多くは、県営か市営の運動公園内にある陸上競技場をホームグラウンドにしている。施設そのものは、県か市の福祉系の部局の管轄となっている。ところが、公園自体を管理するのは教育系の部署の管轄だ。縦割り行政の弊害というやつで、神辺建設ＳＣのホームゲームでは、陸上競技場の外で営利目的の活動を行なうことが一律禁止だった。つまり屋台など一つもなく、観客はまっすぐ客席に向かうしかない。

「数千人を動員するイベントなんか、田舎じゃ貴重だろ？　そういうのが、リーグ戦からカップ戦まで含めれば年に二十試合前後ある。勿体ない話じゃん。ウチなんかはそこを突いて縦割りの垣根を取り払ったんだけど、神辺の場合は親会社が公共工事もやってる関係で、あんまり強く言えないみたいなんだよな」

「へぇ……」

「ここだって、けっこう苦労したんだぞ。サポーターの署名活動のおかげでこんな具合になったのは、三年ほど前からだ。それまでは、屋台は一つもなかった」

「へぇ……」

「それだけじゃない。武山ＦＣのホームゲームには、もっと驚くべきことが……」

江藤の言葉の続きを、審判団からの入場の合図が止めた。途端に待たされていた選手とスタッフ達から「おぉぉぉ！」と声が上がった。

「まぁいい。どうせすぐに分かるさ。まずは試合に集中な」

「あ、はい」

入場直前、先発メンバーは改めて「行くぞ！」「おぅ！」と声を上げた。

キャプテン比嘉を先頭に列を作ると、江藤は気合いを入れるように自分の頰を強く叩き、大野はユニフォームを摑んで左胸のエンブレムに軽くキスをし、橘は丹念に脹ら脛を揉んだ。

少年少女を伴って入場し、国歌を斉唱し、ペナント交換と記念撮影をし、更に今日の場合は開幕宣言もある筈だ。キックオフまで、まだたっぷり十五分ほどあるだろう。

勇は、一つ深く息を吐いた。エネルギーを解放するのはホイッスルと同時でいい。昂る気持ちを抑え、いまにも暴れ出しそうな身体に『まだ早い』と言い聞かせた。

ところが、ＦＩＦＡアンセムが鳴り響いた瞬間、勇の心拍数は急激に上がった。

油断していた。ＪＦＬではオリジナルのテーマ曲を持っているチームは殆どない。鳴り物入りの応援や大音量でのマイクパフォーマンスが禁じられた会場でなければ、入場時にはＦＩＦＡアンセムが流されることもあるのだ。

Ｊ１や海外トップリーグ、国際大会などより厳しく、間違いなくそこと地続きの世界。

歓迎会の夜、江藤に言われた言葉を思い出した。

「ん……ねぇ、ちょっと痛い……」

手を繋いでいた女の子に言われ、勇は我に返った。

「あ、ごめんごめん」

ポニーテールの頭を撫でてあげながら階段を上ると、緑の芝が目に飛び込んで来た。

そして、大歓声。

お〜お〜お〜、おお〜、ブザーンＦＣ！　ドンドンドドドン！

何度も見ている筈のスタジアムが、まったくの別物になっていた。

最大収容人員三千人のメインスタンドの半分ほどが、武山ＦＣのチームカラーである鳶色に染まっていた。芝生のバックスタンドとゴール裏を含めれば、二千人前後いるだろうか。満席には程遠いとはいえ、ＪＦＬの試合の来場者としてはかなり多い。

応援の様子も、テレビで見慣れたＪリーグや代表戦とは少し違う。客の大半が子供連れで、鳶色のレプリカユニフォームやTシャツを着ているのは殆ど小中学生だ。そのせいで歓声はやや甲高く、足を踏み鳴らす音も人数の割には軽い。メインスタンドにもバックスタンドにも大屋根がないので、音の反響もない。

だがそれでも、歓声と足踏みが腹の底に響く。音量の大小の問題ではない。熱さだ。

メインスタンドから見て右側のゴール裏、最も目立つ場所でパラフレンチ武山のノロ・サダ・デンスケがチームフラッグを振っていた。三月中旬だというのに、三人とも何故か上半身裸だ。逆サイドには僅かに別府スパロウのサポーターがおり、彼らも懸命に声を張り上げているが、可哀想なくらいピッチに届く前にかき消されている。

試合前のセレモニーが滞りなく終わると、歓声が一際大きくなった。

勇は細胞の一つ一つに至るまで『集中せよ』と信号を送った。はためく旗で風向きを確認。雨不足でやや堅い芝の状態を足裏で確認。上空を仰ぎ見て太陽の位置を確認し、九十プラス十五分先までの動きを予測。

昔から変わらぬ試合開始直前の確認作業だ。これまでと異なるのは、電光掲示板で正確な残り時間を確認出来ること、ピッチを取り囲む雰囲気、そして立っている位置から味方の背中が大勢見えることだった。

コイントスが行なわれている間、キャプテンマークを付けた比嘉を除く先発陣はポジションに散りホイッスルを待つ。

「6番の坊主頭と14番の金髪は特にケア。二人が同時に上がった時は全力で戻れ」

「了解」

中条と短く最終確認を行なっていると、副審が両タッチラインに散り、主審が時計を見た。いよいよだ。

沸いていたスタジアムが、一瞬静まり返る。

オォォォォ……

どこからともなく低い唸り声が起こり始め、それが波のようにスタジアム全体に広がる。徐々にボリュームが上がり、否が応でもピッチ上に緊張と興奮が伝播する。

そして、ホイッスル。

低い唸り声を切り裂くように早春の空に鳴り響くその音を、更に歓声と拍手と足踏みがかき消した。両チームのフラッグが、両ゴールの後方で大きく振り上げられた。

昨シーズン十二位の相手、しかもホームでの開幕戦ということもあり、武山ＦＣは開始早々から前掛かりに攻撃を仕掛ける。別府スパロウもそれは想定済みで、ガッチリと守りを固める。

序盤の十五分で武山ＦＣは三本のシュートを放つが、二本は相手の身体を張ったディフェンスに遮られ、一本はクロスバーに弾かれた。

勇もハーフウェーラインより前で攻撃に加わる時間帯が長く、三本のうちの二本に絡んだ。

二十分が過ぎ、徐々にルーズボールを支配され始めた。いずれもすぐに奪い返していたが、ガツガツ来る金髪の14番の動きは恐ろしくキレていた。

「別府は去年と殆どメンバーが変わってない。攻撃パターンはシンプルだ。攻められ続けることを前提にしたカウンター一辺倒。但し、パスミスを誘うこととルーズボールを拾うことには磨きが掛かってる」

直前のミーティングで座間味が言っていた通りだった。恐いのはカウンターだけ。つまり、こちらが調子付けば付くほど、とんでもない結果を生む危険性を孕んでいる。

ボール支配率もシュート数も関係ない。判定勝ちも優勢勝ちもない。それがサッカーだ。

そして二十六分、ハーフウェーライン付近で金髪がボールを奪った。激しいスライディングに、奪われた味方MFは脛を押さえて踞《うずくま》った。

一瞬、ファウルと判断した武山FCの動きが緩んだ。だが、ホイッスルは鳴らなかった。

その僅かな緩みを見逃さず、金髪は前線へロングボールを蹴り込んだ。

両サイドDFは二人とも上がり、中条と勇の後ろにはCBのココと李しか残っていなかった。

本来なら中条と勇の何《いず》れかが戻ることになっていたが、攻撃の時間帯が続き、声掛けもアイコンタクトも怠っていた。ココと李も油断しており、ラインを上げず二人の距離も離れていた。

低く速いボールが勇の横を抜け、空いたゴール前のスペースに転がり込む。前線に一人だけ残っていた相手FWが、それを追った。

ココと李が手を挙げてオフサイドをアピールするが、旗は揚がらない。

『やっべ……』

勇はボールではなく、李の右サイドに切り込もうとする相手FWの左後方を追った。

この逆のシチュエーションを、勇はこれまでFWとして何度も経験している。この場合、恐いのは後ろからファウル覚悟で削られることよりも、全速力で追い抜かれる気配を感じることだ。

李を振り切った後、タッチラインから斜めに迫るココから遠ざかりながら、ペナルティエリア内に切り込む。相手FWがそう思っているであろう先を読み、勇が回り込んで立ち塞がった。

勇は敢えてボールに行かず、堀田から教わった距離一・五〜二・〇メートルを保つ。焦ってボールを奪う必要はない。ディレイだ。味方を待っていればいい。相手は激しく左右に重心を移し替えるが、勇はいずれもフェイクと見切って動かない。股も抜かせないよう狭くしている。

李は上がって来たもう一人の相手FWに付き、ココも逆サイドのケアに回った。これでパスの出しどころは抑えた。

それでもまだ、相手にとってチャンスであることには違いない。勇一人を抜き去ってしまえば、残るはGKしかいない。ペナルティエリアまでまだ五メートルほどあるが、体勢が悪くなければそのまま打ってもいいシチュエーションだ。

相手FWが勇に背中を向けた。攻めようがなくバックパスを選択した、と思わせて再度反転する気だ。理屈ではない。これも、FWしかやってこなかった経験から察することが出来ただけだ。

案の定、相手はくるりと一回転して勇に向き直った。そこに、勇はいなかった。足下のボールも消えていた。

勇は自分が相手の視界から消えている間に、強引にボールを奪いに行った。背後からのチャージになるが、相手の身体には一切触れていない。

慌てて奪い返そうとする相手に身体を預けながら、ボールをコントロール。「リターン！」と叫びながら戻っていたココにバックパス、そして更に反転。

ココからのボールを受けた勇は、相手FWを置き去りにしてドリブル。奪い返しに来た二人をかわし、あっと言う間にハーフウェーライン手前まで到達。上がり掛けていた相手攻撃陣は慌てて陣形を戻そうとするが、マークはズレている。穴だらけだ。

再度、橘が猛烈な勢いで広く空いた左サイドを駆け上がる。釣られて、相手DFも彼を追う。中央にぽっかり穴が空く。

「ゴー！」

勇はそう叫び、左サイドに視線を向けたまま、ピッチのど真ん中に強いボールを蹴り込んだ。

「オッケイ！」

ベルトラインの中途半端な高さにいったが、どフリーの大野がさすがのトラップでピタリと足下に落とし、間髪容れず前線のスペースに流す。

ペナルティエリア内に転がり込んだボールは、強過ぎず弱過ぎず、絶妙のタッチだった。相手

GKは、前に出るべきかゴールマウスを塞ぐべきか、一瞬躊躇する。

無人のスペースに飛び込んだのは、マンマークを強引に振り切った江藤だった。慌てて相手DF陣が二人、飛び込む。一人は身体を投げ出してコースを消し、いま一人は江藤の身体にチャージ。

上体が大きく左に流される。だが、下半身は流されない。

そのまま倒れてしまえば、PKを貰えたかもしれない。だが江藤は倒れない。決して楽な体勢ではなかったが、上体を大きく傾けながらしぶとく右足でシュートを放った。

芝生に叩き付けられたボールはバウンドして滑り込んだDFの足を越え、GKが必死に伸ばす右手の下をくぐり抜けた。

サイドネットが揺れたが、突き刺さったという感じではなく転がり込んだという感じだった。

『ゴォォォォォォル！』

スタジアム全体が「え？」「入ったの？」と戸惑うようなゴールではあったが、前半二十七分、武山FCの今シーズン初得点が決まった。

変な間があったが、すぐにスタジアム全体が揺れるほどの大歓声が沸き上がった。

江藤はゴール裏まで駆けて行き、何度も振り上げられるチームフラッグの前で左胸のエンブレムを叩いた。そこに比嘉達が駆け寄り、江藤をもみくちゃにした。

コーナーフラッグ近くまで上がっていた橘は歓喜の輪に加わらず、大野に親指を立てて見せた。大野はそれに応えてクールに手を叩き、すぐにハーフウェーラインに戻ろうとしていた。

その二人が、勇を指差して拍手をした。

やや遅れて、他の前線の選手達も勇に向かって拳を見せたり親指を立てたりした。

中条が駆け寄って来て「あの狭い隙間がよく見えてたな、この野郎」と勇の頬を叩いた。ペチという感じではなく、はっきりバシッと音がした。随分と乱暴な褒め方もあったものだ。

サポーター達は「リョーケン」コールに続き「オーノ」と名を叫んでいたが、ピッチ上の選手達の動きを見て勇の名を叫び始めた。まだ申し合わせは出来ていないようで「キーリヤーマ」だったり「キ・リ・ヤ・マ」だったりでバラバラだったが、徐々にノロ・サダ・デンスケが手拍子とともに唄うように叫ぶ「イサム・キリーヤーマ」が即席のチャントになった。

「照れんな。ほら、手ぇくらい挙げて応えろ」

中条に言われたが、どちらを向けばいいものか分からず、勇はやや俯いて右手を軽く挙げた。

それからその右手で江藤を指差し、親指を立てた。

江藤は笑ってなにか言った。勇には『お前のゴールだ』と唇が動いているように見えた。

勇の新しいシーズンが、遂に始まった。

4

「ウチのこれまでの攻撃は、徐々にビルドアップするか、サイドに散らしてクロスってのが定番だったろ？　実際、流れからの得点は八十パー以上がサイド絡みだ」

「そうそう。大野選手と橘選手の加入も、そのパターンを更に強化する為のものだった。但し、そこんところは相手も把握してる」

「ところがだ、中盤の細かいパス回しとサイドへの展開ばかりケアしてたら、縦に長いのをズドンだもんな。俺もあの縦パスには〝おっ〟て声が出たよ」

江藤や比嘉達とともにパラフレンチ武山に入ると、勇は途端にサポーター達に囲まれ、今季初得点に繋がった縦パスについて賛辞を贈られた。

別府スパロウをホームに迎えたJFL開幕戦は、三―〇と快勝した。昨季十二位が相手とはいえ、上々のシーズン開幕と言えた。

その試合の翌日、勇は江藤に誘われてこの店を訪れた。

「仮にあの一点目が決まらなかったとしても、あの縦パス一本で〝今年の武山FCは違う〟って印象は植え付けた。桐山くんのボランチ起用には疑心暗鬼だったけど、大正解だったよな」

「はぁ、どうも……」

まだ二度目だが、勇はこの店の雰囲気があまり好きではなかった。未成年なので当たり前だが、酒の匂いも煙草の煙も好きになれない。

ココと李は若い選手数名を引き連れ、ギャルっぽい女の子達が飲んでいる席に合流していた。顔見知りらしく、女の子達も「お疲れ～」「ナイスゲームだよ～」「観てないけど～」などと妙なテンションで受け入れていた。酒や煙草の匂いよりも苦手な人種だ。

だからというわけではないが、勇は江藤に「他のところへ行きませんか」と声を掛けた。江藤に誘われるがまま付いて来たはいいが、この雰囲気では切り出し難い話題があった。

昨日の初試合で、勇は様々な初体験をした。その中で、確認しておきたいことがあったのだ。プレーに関することではない。

提供される水がイサクの酒屋のものだということと、ロッカールームに用意される軽食が商店街のパン屋や総菜屋から差し入れられるサンドウィッチと握り飯だったことだ。

JFLにはドーピング検査がないとはいえ、余りにも不用心だと感じた。

イサクやパン屋や総菜屋を疑うわけではないが、口に入れる物には神経を配った方が良い。決して強豪ではない峰山南高校サッカー部でも、大事な試合の前には「出来るだけ同じ物を喰うな」という御達しがあったくらいだ。

その疑問をぶつけると、江藤は「そう言えば」と、別のことに気付いた。

「お前、昨日サンドウィッチを少し口にしただけだったよな」

勇が何も答えないでいると、江藤は「それって、ひょっとして……」と言い掛けてやめた。代わりに、「握り飯しかない日もある。その場合は別の物を用意するようスタッフに頼んでおくべきだ」と忠告した。

自分から話を振っておいて申し訳ないと思いつつ、勇は「やめましょう、その話は」と答えた。

江藤は頭を垂れ、「すまん」と詫びた。

そのとき、店内が沸き上がった。ノートパソコンを操作していたノロが、「おぅ、来たぞ」と言ったのがきっかけだった。

「あざーす」

サダとデンスケが言い、他のサポーター達もそれに倣った。

「なに？」

誰にともなく訊ねた勇に、比嘉が「昨日の試合のビデオ。いつも今くらいの時刻に編集が終わって、送ってくれるんだ」と答えた。動画は、すぐさま大型モニターに映し出された。

「なんなんすか、これ。さっき観たのより、全然カメラの数が多いじゃないですか」

武山FCでは、試合が行なわれた翌日に、自分達の試合と次節の対戦相手の試合を映像で観ながらミーティングを行なう。その映像はリーグから配信されるものだが、カメラの台数はそれほど多くなく、メインスタンドの上の方から主にボールを追ったものだ。

それに対して、今モニターに映し出されている映像は、やたらとカメラの数が多い。

客席から撮っているので、たまにカメラの前を人が横切ることがあるし、高さのないバックスタンド側はほぼピッチレベルなので選手が重なり過ぎている。ゴールシーンはカメラマンの「うぉぉぉ！」という声とともに、映像があらぬ方向を向いてしまっている。

だが、それらを差し引いても充分に視聴価値のある動画だ。寄りの映像も引きの映像も豊富で、リプレイは様々な角度から捉えられている。

「驚いたか？　アウェイの時はメインスタンドとバックスタンドだけだが、ホームならゴール裏とコーナー付近からも撮ってる」

自分が唾を飛ばしながら何事か叫んでいるスロー映像を観て、伊勢が言い、

「記憶が鮮明なうちに観るだけの価値はある。サポーターの煩わしさは我慢しろ」

比嘉がやや声を潜ませて言った。

「あぁ、はい」

対面の席で、江藤が静かに微笑んでいた。ようこそ、お前の知らないサッカーの世界へ。口角を上げた口から今にもそんな言葉が出るような気がしたが、実際に出たのは「腐るなよ」という言葉だった。さっきの握り飯の話の続きかと思ったが、どうやら違う。

「別に、腐ってなんかないですよ」

「無理すんな。俺は、お前が生粋のＦＷだって誰よりも分かってるつもりだ。だから、お前がボランチに回されたことに腹が立ったんだ。けど、今はその理由がなんとなく分かる」

勇はなにも言えず、モニターの方を向いた江藤の横顔を見詰めた。

一点目の起点となった勇の縦パスがモニターに映し出され、サポーターの多くが「おぉ」「見事」と声を上げた。大野がトラップし、ペナルティエリアに流し込む。「さすが」と声が上がり、江藤が倒れ込みながらシュートを放つと、「出た！」という大きな声とともに、店内が拍手に包まれた。

江藤は上体を大きく崩されながらも、下半身だけはしっかり芝を踏みしめていた。だからこそ

ボールを上手くコントロールし、ＧＫから最も遠い位置へ流すことが出来たのだ。

奇麗なパスなど望めない弱小チームでずっとＦＷをやってきたからこそ、勇にはそれがどれほど難しいプレーなのか分かった。高さでも足下のテクニックでも江藤に勝る勇が、何故ワントップとして使われなかったのか、その理由を叩き付けられたような気もした。

シュート後はたいてい無様に転んでいるので、ボディバランスが悪い印象を持っていたが、とんでもない。その逆だ。

勇にはなく江藤にあるストロングポイント、それは相手ＤＦの当たりへの耐力だ。中条が言っていた魂だのチーム愛だのは、その耐力によって実現したプレースタイルから生まれたイメージだ。

プロ契約後、公式戦に出ることなく二年もの時間を費やして江藤がやって来たことは、ユースとＪＦＬとの最大の違い、ＤＦの当たりの強さに耐え得る身体を作ることだったに違いない。そして恐らく、その練習メニューの中には徹底した体幹トレーニングがあった筈だ。

勇自身、体幹トレーニングの重要性には何年も前から気付いていた。だが、通常のトレーニングをこなしながら別メニューを組み立てるのは難しい。ましてやトレーナーもいない公立の中学や高校では、自分で調べて『こんな感じかな』と手探りで行なうしかなかった。

バランスボールやマシンを使った負荷の小さい反復運動、長距離をゆっくり泳ぐ水泳等、そのトレーニング内容は地味で苦しい。そして、長期間繰り返さなければならない。

武山ＦＣ、と言うよりも恐らくは赤瀬の思惑、それは長い時間を犠牲にしてでも、タフなＦＷを育て上げるというものだったのだろう。江藤と高校生の頃からプロ契約を交わしながら、ワントップとして定着するまで、たっぷり二年をかけたチーム側の考え方も理解出来た。堀田の復帰を待つ数カ月など、それに比べれば短い。

「だから腐るなよ」

試合の動画が後半三十五分、二点目のゴールを迎えた頃、江藤が再度言った。

このチームは、それだけ長いスパンで選手の成長を見てくれる。そう言いたいのだということは、一度目にはなかった「だから」で勇にも伝わった。

試合終了のホイッスルが鳴った後も、映像はダイジェストを繰り返していた。

「この動画って、誰が編集してるんですか？」

そう訊ねると、江藤は「ウチのサポーターの凄いところ、言いそびれてたな」と笑った。

「イサクのおっさんだよ」

そう言われて、改めて気付いた。試合前も試合後も、あれほど武山FCを応援しているイサクの姿を見なかった。彼だけではない。咲田や葛西を始めとする武山マートの面々も「ホームゲームは応援に行ってるわよ」と言っていたのに、一人も見掛けなかった。

「いました？」

「イサクのおっさんは、いない。次節の相手の試合に行ってるからな。帰ったら、その試合のレポートをまとめて、その後でこの動画の編集をしてくれるんだ」

「えぇ？　それって……」

「勿論、無償でだ。あとな、お前の職場の人達はスタジアムの外にいた筈だ」

「外？　って、どういうことですか？」

武山マートの面々は、最寄のバス停と運動公園入口、駐車場での誘導、スタジアム入口でのチケットのモギリ、或いは公式プログラムやグッズ売場の売り子として働いていた。人の出入りが途切れる前後半の真ん中辺り、各三十分くらいは交代で試合を観ているかもしれないが、それにしてもコーナーの遥か後方にある出入り口付近から覗き見る程度だ。

「ああいう人達がいるから、ウチみたいなチームは成り立ってるんだ。いや、ノロさん達を否定するわけじゃないよ。旗振って大声張り上げてくれるのも有り難いサポートだ。けど、いちばん試合を観たい筈なのに観てない人達が、陰で運営サイドをサポートしてくれてるってこと。精神的な面だけじゃない、実質的なサポートさ」

江藤は更に、客席に子供連れが多い理由も教えてくれた。武山ＦＣのホームゲームのチケットは、三割ほどを地元の企業や商店に買い取って貰っている。その捌き方は様々だが、大抵は何割引かで取引先や客に売り、残りは社員や使用人にタダ同然で渡している。小中学生の子供を持つ親としては、どこか遠くに遊びに行くよりも格段に安くつくし、健全な休日の過ごし方だ。

「だから、やたらと子供が目立つ。おかげで試合後のサッカー教室も、盛り上がるんだけどな」

「そうですか……」

武山ＦＣでは余程の悪天候でない限り、ホームゲーム終了後に地元の少年少女をピッチに招き入れ、簡単なサッカー教室を催す。多くのＪＦＬ所属チームで行なわれるファン感謝イベントだ。

新参者の勇は、なにをどうすれば良いものか分からなかった。江藤のように少年少女に取り囲まれるでもなく、勇はなんとなく手持ち無沙汰で、試合中とは打って変わって閑散とした客席を眺めていた。

「それだけじゃないぞ。試合の後、お前なにを見た？」

「ゴミ、拾ってましたね」

「そう。日本のサッカーファンてのは〝来た時より奇麗に〟ってモットーがあるから、アウェイ側にもゴミはないんだけどな。それでもウチはあのスタジアムを市から借りてるわけだし、一応はゴミ拾いをやるんだ。それを一手に引き受けてくれてるのも、サポーター達だよ」

「へぇ……」

『ありがたいっすね。本物のサポートっすね』

そう言おうとしたのだが、何故か軽々しく言ってはならない言葉のような気がした。


「じゃ、行こうか」

動画が終わり、更に小一時間ほど経った頃、比嘉が言った。

伊勢が立ち上がり、まだサポーター達と盛り上がっていた中条の襟首を摑んだ。女の子達をお持ち帰りしようと必死になっていたココと李は何故か上半身裸で、比嘉に思い切り背中を叩かれてやっと席を立った。

「ちょっと、いいかな」

店を出てすぐ、勇は呼び止められた。振り返ると、さっきまで厨房で忙しく働いていたノロが頭のタオルを外して立っていた。

「はい、なんでしょう」

ノロは三メートルほど離れた場所から、勇を品定めするように上から下まで見詰めた。そして「凄いとは思う」と、静かな声で言った。

「はぁ、どうも」

昨日の勇のプレーは、ビルドアップや左右への散らしとは発想が逆。中盤でボールを落ち着かせず、奪うことと攻撃に移行することがほぼ同時だった。タッチが柔らかく初動が分かり難いから、無駄な切り返しもフェイントも必要ない。ターンとかルーレットと名が付くような派手な技術はなに一つ使っていないが、一つ一つの基本技術が正確で速い。なにより、トップスピードに入るまでの時間が異常に短いことには驚かされた。

「お世辞じゃなく、一人だけ別の時間の中でプレーしてるように見えたよ。別府の対応が遅れたのはもちろんだけど、味方まで置いてきぼりにされそうだったもんな」

　そんなふうに一通り勇を褒めてから、ノロは「だが」と言ってたっぷり間を置いた。

「問題はその後だ。あの縦パス一本、みんなは褒めてたけど、はっきり言って苦し紛れだよな？」

　勇は反射的に「え？」と言ったが、同時に『この人、分かってんだ』とも思った。

「その顔は、図星みたいだな。昨日は上手くいったが、バレるぜ、いずれ」

「まぁ、そうならないよう頑張ります。それより、どうして気付いたんですか？　監督も大野さん達も、なにも言ってなかったですけど」

　その質問に、ノロは「う〜ん」と唸った。上手く言葉に出来ないというよりも、言うべきか否か迷っている感じだった。

「俺、ジュニアユースでコーチみたいなことをやってるんだよ」

　やがて出た言葉は予期しないものだったが、なんとなく言いたいことが分かり、ズキンときた。

　実は勇自身も九十分間、練習では感じなかった違和感をずっと覚えていた。

　技術も体力も戦術理解度も大きな差がある子供達と接する機会のある人なら、その違和感を敏感に感じ取っていても不思議はない。技術的な面で傍目には分かり難かったかもしれないが、勇のボランチとしての頭脳や判断は確かに小学校低学年並みだ。

「1ｓｔステージの序盤で強敵と言えそうなのは第三節のツバメ配送くらいで、他は格下ばかりだ。中盤以降、特に第六節と七節が鬼門だな」

　第六節は三季連続で優勝しているＪＦＬの顔、アマナンバーワンを誇りとし、かつて〝Ｊへの門番〟とも呼ばれた企業チーム、浦安《うらやす》海運ＳＣとのアウェイゲーム。第七節はＪ２コルヴォ備前《びぜん》のサテライトチーム、コルヴォ備前プロシモを迎えてのホームゲームだ。

昨季十二位と戦ってみて、勇もJFLの中にかなりの実力差があることを予感していた。同時に、優勝するようなチームがどれくらいの実力であるのか、或いは今シーズンから新加入したJ2サテライトが『こんなリーグでぐずぐずやってられるか』という意気込みでやって来ることも、なんとなく予測は出来ている。

ノロは暗に言っている。俺が気付くくらいだから、浦安も備前も気付くかもしれない、と。

また、江藤の言葉を思い出した。

ノロは武山FCのユースで、将来を嘱望されるCBだった。怪我で選手としての未来はなくなったが、その目付きや佇まいだけでただのサポーターではない雰囲気を醸し出している。

「おぅい、桐山ぁ。ぐずぐずしてっと、置いてくぞぉ！」

伊勢に大声で呼ばれた。この後、数名で伊勢の家に集まることになっていた。反省会という名目だが、実際は三十分ほど話をした後、サッカーゲームに興じるだけだ。

勇は少し考えて、「後で電話します！」と叫び直した。

一つ、ノロに確認しておきたいことがあった。初めてこの店を訪れた時、ノロは勇の顔を見るなり「来たな、問題児」と言った。その時は聞き流したが、改めて確認しておきたくなったのだ。

「俺のこと、どのくらい知ってるんですか？」

「まぁ、せいぜいネットで調べられる範囲だよ」

「ネット、ですか」

勇とJ1エスペランサ加賀との契約が御破算となった原因は、表向きチーム編成上の都合とされているが、その裏には勇が後輩に日常的に暴力をふるっていたという噂があった。部内には箝口令が敷かれていたが、どこからかその話は漏れ、地元の新聞で取り上げられ、ネット上でもあることないことを書かれた。

「一応、言っとくけど、変な興味本位なんかじゃないぞ」

勇の沈黙の意味を察したのか、ノロが言った。

「大野さんや橘さんのことを調べたのと同じだ。新加入選手のことは気になって当然だろ？」

「ええ、そうですね」と俯いた勇に、ノロは静かな声で更に言った。

ネット上に文責もなく書かれていることを鵜呑みにするほど、自分は馬鹿ではない。書かれていることよりも、実際に目にしたことを信じる。そして自分が思うに、ああいう場所に書かれていることと、こうして話をした感触との間には、著しいギャップがある。

「それについては、敢えて訊きたいとは思わない。お前も、その方がいいんだろ？」

勇は即答出来ず、俯いたまま暫く考え込んだ。

「事実ですよ、人を殴ったことは」

数秒後、そう答えると、今度はノロが「え？」と言って黙った。

エスペランサ加賀の担当者にも、学校側にも、言っていないことがあった。勇と後輩達と、数名の同級生しか知らないことだ。

加賀との本契約が流れ一応の決着を見た瞬間から、すべては終わったことになっている。誰もなにも言わなければ、あれはもう終わったことだ。なのに突然、ほぼ初対面であるノロにすべてをぶちまけてしまいたい衝動に駆られた。

そんなことをしてどうなる。すべて終わったことではないか。自動的に、ブレーキが掛かる。

「ありがとうございます」

なにに対する礼か我ながら分からなかったが、やっとの思いでそう言い、勇は顔を上げた。

ノロはまだ、なにかを探るような目で勇のことを見詰めていた。

「ありがとうございます」

やや声を張ってもう一度そう言うと、勇は踵を返して駆け出した。

その後の三試合を、武山FCは一勝一敗一分で終えた。

開幕四戦を終えて二勝一敗一分。序盤とはいえ勝ち点七、得失点差プラス四で単独四位。シーズン滑り出しとしては、まずまずの戦績だった。

その三試合、相手チームは明らかに中盤の底からいきなりロングボールをど真ん中に放り込まれることを警戒していた。そのお陰で、通常のサイドへの展開もやり易くなっていた。

その警戒振りを、多くのサポーター達は「ほらビビってる」と嘲笑ったが、勇はボールに絡む度に、なんとも形容し難い違和感を覚えながらプレーを続けていた。

そして、何度かそんなシチュエーションを繰り返しているうちに、ピッチ上にいた敵にも味方にも勇の違和感は伝わったようだった。

決定的だったのは、ツバメ配送SC戦での今季初失点だ。

状況は、別府スパロウ戦の先取点と似たものだった。カウンター攻撃に勇が一人で対応し、ボールを奪い返すと同時に間髪を容れずカウンターのカウンターに移行。別府戦以来、何度も敵を脅かしたパターンだ。

だが、格上のツバメ配送SCは個々の選手の技術は勿論、ゲーム進行中の意思の統一もレベルが高かった。中盤の二人が首を振って勇と大野の位置を確認し、そのライン上に重なった。大野にマンマークは付いていないが、付くまでもないということのようだった。

「出せ！」「切れ！」「離せ！」

方々の味方からそんな声が聞こえた。

せめて大野に浮かせたボールを出せば、或いはクリアすれば良かったのかもしれない。だが勇は、通る筈もない狭い隙間に低いパスを出した。

自分でも馬鹿の一つ覚えだと分かりながら出したそのパスは、勇と大野のライン上で待ち構えていたMFにカットされ、カウンターのカウンターの更にカウンターを喰らった。

勇がボールを収めた時点で、ココを除く味方DFは前線に上がりかけていた。

カットした相手MFはオフサイドラインを確認し、狙いすまして前線に残っていたFWに柔らかいパスを出した。FWは前に出た伊勢をかわし、余裕たっぷりにゴールを決めた。

「だ～！　なんつーパスミスだよ！」「キレーに相手に通ってんじゃん！」

失点直後、ゴール裏のサダやデンスケがそんなことを叫んでいるのが勇の耳にも届いた。

その後も勇のせいでピンチを招く時間帯が続いたが、なんとか失点はその一点でとどめた。結果的には〇――一、格上を相手にアウェイでの惜敗というスコアではあった。

だが、ピッチ上の選手達には『少なくともドローに出来た試合だ』との思いしかなかった。

最も強くそう感じていたのは、勇自身だった。

サッカーではもちろん、日常生活の中でも感じたことのない自己嫌悪に見舞われながら、勇は試合終了のホイッスルを聞いた。


二季連続でJ3参入が叶わなかった今季、武山FCの戦うモチベーションは、J3にいてもおかしくないチームであることを成績で示すことにある。

最も分かり易いかたちはリーグの完全制覇、次いで二つのステージの何れかを制してチャンピオンシップへ出場すること。いずれも叶わない場合でも、少なくとも両ステージトータルで上位に入らなければならない。一つの目安としては、かつて入れ替え戦が行なわれていた頃の出場権獲得枠、二位以内が目標となる。

経営面の問題で、来季のJ3参入も見送りが濃厚だ。だが実力だけは備わっていることを、意地でも証明しなければならないのだ。

「だからねぇ、まだ始まったばかりだけど、その目安に手が届くところに来たわけじゃない？ホント、良かったわねぇ」

咲田が眉尻を下げて笑い、勇は「どうも」と極端に目を細めて答えた。マスクとヘアキャップで殆ど表情が隠れているので、目元だけで感情を伝えなければならない。この二カ月で、勇も欧米人並みに表情を作る癖が付いてしまっていた。

その日の朝、二人は惣菜コーナーの調理場で野菜の水洗いをしていた。深いシンクに水を溜め、その中で大量の泥付野菜を流水にさらし、小一時間も洗い続ける作業だ。

大根やニンジンは比較的簡単だが、葉物野菜が厄介だった。季節は四月だしゴム手袋はしているが、流水に触れ続けていると指の感覚が徐々に鈍ってくる。

「桐山くんは後ろの方にいるんでしょ？　たいしたもんねぇ」

真冬も経験している咲田はお手の物で、勇の三倍以上のスピードでレタスやホウレンソウを笊に上げていく。

「まぁ、相手のミスもあってのことですけどね」

「でも、たいしたもんよ。ホントに」

咲田の話は第四節、日向《ひゅうが》造船SCとのアウェイ戦で挙げた勇の初得点のことだった。試合は一―一のドローで終えたが、この勝ち点一によって武山FCは順位を四位に上げた。Jへの門番と呼ばれていたオールアマ、浦安海運SCとDXマキナ岡崎《おかざき》を除けば、Jリーグ百年構想クラブの中でツバメ配送SCに次ぐ二位だ。

その試合、前線と中盤に大型補強をした日向造船に、武山FCは終始押され気味だった。

中盤を支配され、ボールを奪っても自陣の低い位置で回すしかなく、ロングフィードはことごとく跳ね返される。そんな展開に苛立った勇は、一人で前線に切り込んだ。分厚い中盤を個人技でくぐり抜け、ゴールまで三十メートルほどのところまで来た時、江藤が裏を狙って飛び出した。相手DF陣はパスコースを消しに掛かる。その時、相手GKが中途半端に前に出た。それを見た勇が思い切ってループシュートを放つと、それがそのままゴールに吸い込まれた。

○―一で迎えた後半三十六分という敗色濃厚の場面、退いた相手の一瞬の隙を突いた値千金の同点弾ではあったが、勇が思うに、完全に相手GKのミスだった。

「桐山くんのゴールは、おばさんも観たかったわ。ノロくんに頼んだら観させて貰えるかしら」

「ええ、たぶん。店に来るのが無理なら、DVDに焼いて貰いましょうか？」

洗い終えた野菜をスライサーの方へ運びながら、勇はふと江藤に聞いた話を思い出した。

「ホームゲームの時も、駐車場の誘導や売店の売り子をやってて、殆ど試合を観てないんでしょ？　しかもボランティアで。なんだって、そんなふうに応援してくれるんですか？」

何気ない質問だった。だが、シンクをゴシゴシ磨いていた咲田の手が、ほんの少しだけ止まったような気がした。

「う〜ん、それはねぇ……」

顔を上げずに咲田が答えようとしたその時、揚げ物コーナーにいた葛西が「どーん」と言いながら勇の尻にキックした。

「ねぇねぇ、キリちゃん」

「キ、キリちゃん？」

勇のマスクをずり下げ、「あ〜ん」と唐揚げを差し出す葛西の頬もなにかで膨らんでいた。つまみ食いは禁止されているが、揚げ物を担当すると彼女の口はしょっちゅう動いている。

「俺、揚げ物控えてるんすよ」

「なに、ダイエット？」

「違いますよ。てか、俺は咲田さんと……」

「今シーズン、まだＰＫ与えてないよね？」

「は？」

葛西も咲田と同じくホームゲームではボランティア活動をやってくれているが、試合翌日の上映会はいつもパラフレンチ武山に来ているので、全試合を観ている筈だった。「どーん」と尻を蹴られる理由も「キリちゃん」呼ばわりされる謂れもよく分からないが、相手に与えたＰＫの有無をわざわざ訊ねられることの方が分からなさで言うと上回った。

「そういえば、ないっすね。あぁ、葛西さんて、伊勢さんのファンなんですか？」

「違う違う。デンスケ達とちょっとね」

今シーズン最初のＰＫを伊勢が止めるか否か。葛西はサダやデンスケ、その他数名のサポーター達と焼酎ボトルを賭けていると言う。一応、確認しておきたくて「どっちに賭けてんすか？」と訊ねると、葛西は「えへへ〜」と意味深な笑みを浮かべて言った。

「今、金欠だからボトル獲りたいんだよね。だからぁ、今回は堅く行って決められちゃう方」

「堅く行って？　えっと、それってつまり……」

少し離れた場所で、シンクを洗う咲田が困ったような顔で笑っていた。

身長百九十センチ、体重七十八キロ。劣勢にあっては、フィールドプレーヤーを熱く鼓舞しながらも、ＤＦへの指示だけはあくまで冷静。

伊勢は、ＧＫとして理想的な身体と性格を併せ持っている。

だが何故か、ＰＫにだけは極端に弱い。武山マートの社長が「昔、阪神にいた遠山《とおやま》のワンポイントリリーフみたいに、伊勢を残してＰＫだけ別の奴に頼めばいいんだ。駄目なの？　駄目じゃないけど交代枠の無駄遣い？　みすみす一点やるよりマシだろが」と嘆くくらい弱い。

キッカーの過去のデータは頭にあるし、蹴る直前の視線の動きや軸足の位置と爪先の向きも最後までしっかり見ているらしい。だが伊勢は、何故か蹴り込まれたコースの逆に跳ぶ。

誰も頼んでいないのにノロ・サダ・デンスケが過去三シーズンの結果から弾き出したところによると、その確率は驚異の七五パーセントだった。ＰＫ阻止率が二五パーセントなのではなく、四回に三回は逆に跳ぶということだ。ちなみにと言うか当然ながらと言うか、伊勢はジャンケンも極端に弱い。

「っしゃあ、来いやぁ！」

そして第五節、武山ＦＣは今シーズン初めて相手にＰＫを与えた。相手は昨季九位と格下ながら、直接対決では一勝一敗と互角の常陸《ひたち》ＦＣだった。

伊勢はグローブに唾を付けて擦り合わせ、ゴールライン上の芝を少し毟って風向きを確認するように頭上に放り投げた。ＰＫ前の、彼のいつもの儀式だ。

常陸スタジアムは海沿いにあり、メインスタンドもバックスタンドも高さがないため、浜風の影響をもろに受ける。風向きによっては、ゴールキックが押し戻されてハーフウェーラインにも届かない場面が多々あった。だが、どう考えてもＰＫには関係ない。

キッカーは相手の司令塔。助走は短く、フェイントを入れることもなくゴール左へ蹴り込んだ。高さもなく、逆に低いゴロでもなかった。サイドネットを揺らすような、ポストギリギリのコースでもなかった。だが、伊勢は正反対に跳び、ボールは中央やや左寄りに突き刺さり、葛西がボトル一本をゲットした。

芝に突っ伏していた伊勢は「あら？」と呟いて立ち上がり、「切り替えてこー！」と叫びながらボールをハーフウェーラインに向かって投げた。四―一で勝っている試合の後半アディショナルタイムだったので、サポーター達は「お前が言うな！」「今年もかよ！」などと笑っていた。

その後、一分も経たずにホイッスルが鳴り、武山ＦＣは第五節のアウェイゲームに四―二で勝利した。失点はいずれもファウルからで、その点で反省はあるものの、終始ゲームをコントロールしての完勝に、はるばる茨城までやって来たサポーター達は大いに盛り上がった。


武山ＦＣのアウェイ戦は、北海道と沖縄を除いてすべて陸路での移動となる。四国と九州は列車を使う場合もあるが、本州は青森でも山口でもすべてバス移動だ。

移動に使われる車は、地元のレンタカー会社が格安で貸してくれるもので、空いていればトイレ付きの大型バスだが、繁忙期であればワゴン車に毛が生えたようなマイクロバスになる。

このようなチームは、ＪＦＬの中では珍しくない。この日の常陸ＦＣ戦も、リクライニングは四十五度が目一杯というマイクロバスでの移動だった。

「一点目も無駄な失点だよ。李はあの位置で削る必要なかったし、ココはまったく壁になってねえんだもん」

比嘉が言うと、周りも「まったくだ」「ＣＢ二人でわざわざピンチ招くな」などと同意した。

話題は、一点目を献上したシーンのことだった。李がペナルティエリア五メートルほど手前でファウルを犯し、直後のフリーキックでは壁になったココが変な角度に身体を捻ったせいで結果的に相手に見事なアシストをしてしまった失点シーンだ。

「あのファウルはないよ。完全にボールに行ったのに」

身長百七十センチながら、相手の身体を巧みに利用した異常なほどの跳躍力から〝コリアンタワー〟と渾名される李だが、足下のディフェンス技術はかなり荒っぽい。今日の場合はカードが出なかっただけラッキーと言えた。

「すまねのす。つい、よげですまった」

身長百九十センチながら、シャワールームで誰もが二度見する巨根が災いしてか壁になると異常なほどチキンになるココは、巧みな方言使いで同情を誘おうとした。

三節連続のアウェイ戦でキツい移動だったが、勝ち試合の帰路ということもあり、バスの中は賑やかだった。凸凹CBコンビに対する「ふざけんな」「反省しろ」「ち○こばっか守ってんじゃねぇ」という罵声の中にも、笑い声が混ざっていた。

一頻《ひとしき》り、失点に絡んだ部分について反省会という名の笑い話をし終えた頃、バスは東京の都心を抜けて中央道に乗った。

「ちょっと、いいかな」

笑い声が落ち着いたのを見計らったように口を開いたのは、橘だった。

「馬鹿話が終わったところで、言っておきたいことがある」

勇はその時、中条から観ておくように言われた次節の対戦相手の動画を観ていた。隣の中条は、ココと李に野次を飛ばしながら、時折「ここだ、今の動き」などと解説してくれていた。

「こういうのは好みかもしれないし、これがこのチームのいいところだと言うなら、新参者としては黙っておくべきかもしれない。だが、五試合戦ってみてそろそろ問題にしてもいい……いや、問題にすべきなんじゃないかと思った」

橘が周りを見回しながら言うと、談笑していた者達は話を止め、イヤホンをしていた者達も回りの者に小突かれて顔を上げた。勇も動画を止めて橘に注目した。

「前置きはいい。遠慮せず、ハッキリ言ってくれ」

いちばん前の席にいた赤瀬に促され、橘は「じゃあ」と一呼吸置いてから言った。

「このチームは、ぬるい」

ざわめきが起こったが、すぐに静まった。マイクロバスの規則正しい走行音に、イヤホンから漏れるシャカシャカ音と、風に踊るカーテンの音が混ざる。

「ぬるいって、どういうことっすか？」

比嘉が窓を閉めて言った。カーテンが黙り、車内がもう一段、静かになった。

「ココや李をもっと吊るし上げて、反省させろってこと？」

「そうじゃねぇ。比嘉は前線に張ってたからすべてを見ちゃいないかもしれないが、李がファウル覚悟で削りに行ったのも、二点目のＰＫに繋がった伊勢のファウルも、間違った判断じゃない。問題はその前のプレーだ。なんで誰もそこに触れようとしない」

勇自身が、最もよく分かっていた。

一点目は、勇が前線から戻るのが遅れてスペースが空いていたせいだった。二点目も、勇がボールウォッチャーになってしまい、キレイに裏を取られたことがそもそもの原因だ。ツバメ配送ＳＣ戦ほど分かりやすい形ではなかったが、明らかに勇の凡ミスがきっかけだ。

「四分の三だ」

誰からも返答がないのを確認してから、橘が指を三本立てた。

「この数字の意味、分かるよな。個人攻撃をしないのが暗黙の了解なのかもしれないが、俺ははっきりさせるべきだと思う。四分の三だぞ。由々しき事態ってやつじゃないのか？」

今季の全失点四つのうち、三つに勇が絡んでいた。伊勢のファインセーブや相手のミスによって失点を免れたものも含めれば、勇のミスはもっと多い。長いシーズンの序盤に、これだけ明確な問題点が浮かび上がった。確かに、由々しき事態だ。

「監督、話を蒸し返して悪いけど、俺は言いましたよね。ああいう選手に他のポジションは無理だって。これ以上、貴重なシーズンを実践練習の場とする意味、あるのかな」

これは勇にとって初耳の話だった。恐らく、ボランチ起用を言い渡されたあの時、勇が来る前に赤瀬と橘と大野とで話し合った内容だ。

たまらなくなって、勇は「あの」と自ら立ち上がった。

「ああいう選手ってのは、俺のことですよね。だったら、直接言って貰えませんか」

「ほぉ、分かってるのか。たいしたもんだ」

橘は冷たい笑みを浮かべ、皆に主役を紹介するように両手で勇を指し示した。

「お前自身は、現状をどう思ってる」

カチンときた。練習中も、試合中も、ずっとなにかを試されている感覚が付きまとっていた勇だが、橘のこの問いには、感情をかき乱すことだけを目的とする棘を感じた。

思い切ってすべてをぶちまけようと思ったのに、「俺は……」の後の言葉が出ない。隣で腕組みをしていた中条が、ポンと勇の尻を叩いて小声で呟いた。

「チャンスと捉えろ。分からないことがあるなら、分からないままを口にしてみな」

その言葉にあと押しされるように、勇は一つ息を吐き、話し始めた。

「俺がやってしまったミスは、自分でも分かってるつもりです。三失点もそうですけど、それ以外にも小さなミスは何度もあった。けど、その原因が自分でも分からないんです」

前を向いた状態でボールを受けると、味方は前掛かりになって自分から離れて行く。逆に敵は奪い返そうと複数で襲い掛かって来る。自陣でキープし続けることがこれほど恐いこととは、正直、少年時代を含めて想像したこともなかった。出しどころが分からない。だから結局、自分で上がる。上手く前線まで持ち込み、フィニッシュや相手のクリアでプレーが止まればいいが、中途半端な位置で奪い返されると戻りが遅れる。そして、決定的なピンチを招く。

「なるほどねぇ……」

分からないことを分からないまま説明すると、橘は深く頷いた。

「お前、小学生の頃は小さな町のスポーツ少年団で、中学も高校もそれほど強くないサッカー部って環境で、ＦＷしかやったことがないそうだな」

勇が警戒して黙っていると、橘は「ふん」と鼻で笑って続けた。

「いるんだよ、お前みたいな奴。俺も何人か知ってる。但し、お前の年齢までお山の大将ってのは珍しい。奇跡的だ」

「お山の大将？」

「普通、お山の大将は中学生になる前に頭を打つ。遅くとも高校卒業までには痛い目を見る。そこで変われなければ、消えて行くもんだ」

「俺がＦＷとしてどんな選手だったか、見てもいないのに分かるんですか」

「分かるよ、今のお前を見てれば。自分のプレーで頭がいっぱいで、まったく周りが見えてない。典型的なお山の大将、独り善がりのジコチュー野郎だ」

反論しようとした勇よりも早く、「けど橘さん」と中条が立ち上がった。

「こいつ、顔は上げてるし首も振ってるよ。ドリブルの姿勢いいなぁって、いつも感心させられるくらいだ。この前の日向造船のループだって、周りが見えてなきゃ出来ない」

中条の「なぁ」という声に、周りの数名が「そうっすね」「見えてると思う」と同意した。

ふと、『ちょっと違う』という言葉が勇の頭の片隅を過った。その直感を肯定するように、橘が「違う違う」と手を横に振った。

「こいつはボールを奪いに来る敵は見ちゃいるが、味方を見てない。そういうのを、視野が狭いって言うんだよ」

誰も反論しなかった。勇も黙って、橘の言葉の続きを待った。橘の言葉には棘がある。その印象は変わらない。だが、頭の中の妙に冷静な部分が、その棘を欲していた。

「つまりだ、顔を上げてるだの首を振ってるだのマニュアル通りにやってても、出しどころが分からないんじゃ意味ねぇってこと。言い方を変えれば、こいつは誰のことも信頼してないんだよ」

咄嗟に否定しようとしたが、言葉が出ない。『果たして違うのか？』と、誰かの声がする。

「原因は、お前のサッカー履歴にあると俺は思う」

勇の煩悶もすべて承知しているかのように、橘が言葉を継いだ。

「もっと上のレベルでやりたかったのに、親に理解がない、指導者に恵まれない、周りのレベルが低い。それをずっと引き摺ってる。お前はその劣等感を発奮材料にしているつもりかもしれないが、逆に言やぁ、拠り所にしてるんだ」

サッカーをやることになんの障害もなく、可能な限り最良の環境を与えられ続けた奴らに負けたくない。小さな頃から、ずっとそんなふうに考えていたことは事実だ。U－18代表候補合宿に呼ばれた時は、特に強く感じた。だが、サッカーをする環境に恵まれなかったことを、拠り所なとは考えたこともない。

それなのに、やはりこれも否定出来なかった。それどころか、頭の片隅で『そういう考え方もあるな』と納得してしまっていた。

お山の大将、独り善がりのジコチュー野郎。それは認めよう。では、その原因はどこにある。親元を離れ、新しいチームに入り、ポジションまで変わったというのに、相も変わらず独り善がりのジコチュー野郎なのだとしたら……。

「じゃあ、言わせて貰いますけど」

「お、久々に口を開いたな」

中条が「おい」と勇のジャージの裾を引っ張った。中条には、ミスを犯す度に注意を受けている。どう動くべきだったか具体的に指示され、その後はその通りにプレーしようと努めた。

同じシチュエーションが一つのゲームの中で起こることはない。シーズンを通しても、似た状況が一度あるかないかだ。厳密に言えば、過去も未来も世界中を見渡しても、まったく同じシーンなど二度と来ない。だが、失敗を繰り返す度に、次に同じ事態が起こることなどないと半ば知りつつ、経験値を積み上げるしかない。気が遠くなるような作業だが、近道はない。それが、サッカーという競技の難しさであり、面白さでもある。

そういうことを辛抱強く教えてくれる中条に、感謝はしている。

だが、だからこそ、勇はもっと早くに中条以外の選手やスタッフから、ミスを指摘して欲しいと思っていた。より多くの指摘を受け、より多くの経験値を積み上げる。そうすることでしか、素人同然のボランチとしての技術を向上させることは出来ないと思っていた。

筋違いなことは百も承知で、そんな苛立ちが優しい中条に向けられた。

「俺の問題です。放っておいて下さい」

目も向けずに言った勇に、中条の「あ?」という声が届いた。プレーに関しては真面目に指導し、普段はふざけたことばかり言って勇の心を開かせようとしてくれていた中条が、初めて怒ったようだった。

その反応に、橘が「いいねぇ、中条ちゃん」と笑った。

「さぁ、ぶちまけろよ。中条だけじゃない。みんな腹に何か、抱えてんだろ?」

比嘉が「ちょっとちょっと」と立ち上がった。

「橘さん、変に煽るのはやめてくれ。そりゃ、桐山の使われ方には色々と思うところはある。けど、言わないようにしてるんだよ。本人を前にして悪いけど、まだ高校を出たばかりのガキだ。待ってやることも必要……」

「言わないんじゃなくて、言えないんだろう。言えないよなぁ。五時半起きで出勤前に走り込んで、練習後もジム通いを続けてる桐山のことを、暇さえあればゲームばっかやってるような連中には、とやかく言う資格がない」

ウチナンチュ独特のおっとりとしたところがある比嘉だが、橘のその言葉にはさすがに「ちょっと待てコラ！」と声を荒らげた。すかさず今度は伊勢が「まぁまぁ」と間に立った。

「橘さん、家庭を持ってる奴もいれば、時間的に自主練が難しい仕事に就いてる奴もいる。選手として使えなきゃ干されるっていう分かり易いシステムがあるんだから、オフの過ごし方までは敢えて言うべきじゃない」

比嘉はなんとか落ち着きを取り戻し、シートに座り直した。伊勢は「とにかく」と、混乱した話を強引にまとめようとした。

「今、この話はやめにしないか？　そもそも、桐山に限らず選手の起用法はチームの方針……」

「俺は構わんぞぉ」

だが、今度は別の声が伊勢の言葉を遮った。赤瀬だった。

「チームの方針云々は、この際どうだっていい。なぁ、座間味さん」

急に水を向けられ、座間味は「え？　あ、うぅん」と肯定とも否定とも取れる声を漏らした。

「武山到着まで、たっぷり三時間ある。さぁ、桐山が何か言おうとしてたな。続けてくれ」

方々でざわめきが起こり、視線が勇に集中した。橘だけが、背もたれの向こうに隠れた赤瀬の方へ目を向け、「この狸」と呟いた。

「じゃあ、言わせて貰います」

勇が話し始め、ざわめきは静まった。

「今の俺は、親に理解されようがされまいが関係ない。指導者に恵まれないってことも当てはまらないでしょう。てことは、俺が橘さんの言う通り独り善がりのジコチューなプレーをやってるんだとしたら、その原因は残りの一つ。周りのレベルが低いってことになるんじゃないですか」

数秒、沈黙が続いた。イヤホンからのシャカシャカ音もいつの間にかなくなっており、エンジン音とアスファルトを噛むタイヤの音がバスの中に規則正しく響いていた。

サブの選手数名が舌打ちしたが、特に反応らしい反応はなかった。ならばもう一押し、とばかりに勇は言葉を継いだ。

「さっきは出しどころが分からないなんて言いましたけど、実は薄々気付いてるんです。出したいところにいてくれるのは大野さんくらいで、他のみなさんは右往左往してるだけだ。俺のスピードに、対応出来てないいんじゃないですか？　数段高いレベルでサッカーが出来る、思う存分暴れられると思ってたのに、正直言ってガッカリしてるんですよ、こっちは」

方向音痴のボランチ、二択を七五パーセントの確率で外すGK、チキンなCB等、具体例を挙げてやろうかとも思ったが、そこはなんとか抑えた。

「とにかく俺は、今後もやりたいようにやらせて貰います。我がままを通します。どうかみなさんは、俺のスピードに付いて来られるように頑張って下さい」

止めのつもりでそう言うと、橘が「へへ……」と笑った。

「ほら見ろ、お優しい先輩方は庇ってやってるつもりでも、桐山にとっては逆効果なんだ。こいつも、このチームのぬるさにうんざりしてんだよ」

別に、黙りこくっているレギュラー陣に申し訳なく思ったわけではない。

「そう言う橘さんはどうなんですか」

だが、言わずにはいられなかった。

「あ？」

「後半のあんたの動きはハッキリ言って鈍い。特に七十分を過ぎてからはね。その鈍ったスピードであんなに頻繁に上がっても、相手にとっちゃ脅威でもなんでもない」

どちら側に立つつもりもない、俺は俺で憤っているのだ、と宣言したつもりだった。

橘は異様なほどギラついた目で勇を睨み、奥歯を噛み締めたまま「なにコラ」と唸った。

その時、後部座席から橘に「おい」と声を掛ける者がいた。

「いい機会だから、俺も言わせて貰おうか」

広い後部座席の真ん中で、大野が大きく足を広げて座っていた。

「俺は橘ほど親切じゃないから、敢えて言ってやる必要もないと思っていたんだが……」

練習や試合中を除いて、大野が積極的に発言するのは珍しい。その意外性も手伝って、誰もが話の続きを待った。

「俺も橘と同じ意見だ」

曰く、このチームは驚くほどぬるい。過去、何チームも渡り歩いているが、ダントツの生ぬるさである。確かにチームの結束は堅く、サポーター達も統率が取れている。ユースは経済的な問題もあって全国レベルではないが、遠征がなく近隣地域との試合が中心であるジュニアユースは県内でダントツに強い。そのことからも、地域密着型の素晴らしいチームであることは認める。

だが認めた上で、生ぬるい。

「まぁ、ぬるかろうが熱かろうが、俺にはそれほど関係ないことだ。どうせ俺は、ここを腰掛け程度にしか思っていないからな」

瞬間、勇は身体のど真ん中を射抜かれたような気がした。

「橘もそうだろう。ひょっとしたら、桐山もそうなんじゃないか？」

武山FCへの加入が決まった瞬間から勇が思い続けていることだが、大野にも橘にも言っていない。いくら思ったままを口にする癖のある勇でも、これだけは言えなかった。

「俺はまだまだ、上へ行くつもりでいる。ところがだ、俺達よりずっと若い連中が、ここでのんびりしてるようにしか見えない。そういう意味でもぬるいんだよ、このチームは」

二分だったか、十分だったか、勇には分からない。ただ走行音だけが響く時間が暫く続いた。

「いくら……」

その沈黙を破ったのは、それまで一言も発言していなかった江藤だった。

「いくら大野さんでも、それは言っちゃいけない。そりゃ、ここでプレーすることに誰もが各々の思いや事情を抱えてる。けど、それはわざわざ口にすることじゃない」

大野はたっぷり間を取ってから、「ほぉ」と笑った。

「武山叩き上げの二十歳ならそう言うだろうな。俺は、お前の実力ならJ1でも通じると思ってる。あっちで八年やった俺が言うんだ、間違いない。だがな、この環境以外を経験していないのは、お前にとって不幸だとも思ってる」

半分は嬉しい言葉だったに違いないが、それでも江藤は「しかし」と食い下がった。

「そりゃ、他所のチームに比べれば選手の自主性に任せられてる部分は多いかもしれない。けど、特別アットホームなわけじゃないし、ぬるいだの腰掛けだのって言い方は……」

「他所を知ってて言ってるのか、それは」

それを言われてしまうと、もう誰もなにも言えない。大野は誰からも発言がないのを確認するように車内を見回した。そして「以上」と告げる感じで、イヤホンを耳に入れて目を閉じた。

結局、赤瀬が言った「たっぷり三時間ある」うち、二時間半は無言のままマイクロバスは走り続けた。

最悪の雰囲気だった。

会話のない、しかし人の数だけの思いに満たされたようなマイクロバスの片隅で、勇は膝を抱えていた。隣の中条はシートを最大限に倒し、ふて寝をしていた。後ろの李はなにやら悪態を吐いていたが、中条に対するものか勇に対するものか、母国語なので分からなかった。

眠ることも出来ず動画を観る気分でもない勇は、代わり映えしない窓の外を眺めた。

「Ｈｅａｄｓ《ヘダッ》 ｕｐ《プ》！　ボールばっか見てんじゃねぇ！　顔上げろ！　周り見ろ！」

そんな言葉が、耳の奥で響いていた。

トレーニングマッチも含め、ボランチを務めたすべての試合で、何度も聞こえていた言葉だ。チームメイトは誰も言っていない。サポーターでもない。かつて自分が前線で、小中高校時代の味方に叫んでいた言葉だ。

顔は上げている。首も振っている。ピッチ上の選手の動きは、視野に入っている。なのに、なにも出来ない。

橘に指摘され、やっと分かった。

視野に入っていることと見えていることは、意味が違う。

今、自分が身をもって体感している不安や焦りは、かつてのチームメイトが感じていたことだ。そしてそれこそが、勇が開幕以来ずっと抱え続けていた違和感だ。バスの中の雰囲気が最悪のものになった中で、違和感の原因が分かったことだけが収穫と言えた。

だが、個人的な心の有り様とチーム内の雰囲気、勝利という分かり易い目標を前にしてどちらが重要な問題なのか。勇も、それが分からないほど子供ではなかった。

5

武山FCの選手の中で、サッカーだけで生活しているのは大野と橘の二人のみだ。プロC契約の江藤も、週に三日ほどスポーツジムでインストラクターとして働いている。

アマ契約の者は、チームとスポンサー契約している不動産会社や建築会社、商店街のコンビニやクリーニング店等、町中の至るところで働いている。

例えばココは現在、アイスクリームショップで客を前に唄い踊っており、サッカー選手としてよりもこの店の名物店員として有名だ。小さな子が「アイスクリーム屋さんの応援に行く！」とスタジアムに来てくれるという、逆転現象まで発生している。アイスをこねながらパフォーマンスするのはココにとって天職のようなものだが、仕事中の彼を見掛けた時、勇は心底『俺、スーパーで良かったぁ』と思ったものだ。

そんなわけで、オフにブラブラしていると、チームメイトと偶然出くわすことがある。勇は全員の職場を把握しているわけではないので、急に声を掛けられて驚かされることも珍しくない。

堀田と会ったのも、そんな偶然の一つだった。

常陸FC戦から二週間余り、第七節が行なわれた翌日。全体練習も武山マートの仕事も休みの月曜日だった。場所は駅前のショッピングモール内にある玩具売場、大量に積み上げられたぬいぐるみの前だった。

「お客様、なにかお探しでしょうか」

振り向くと、髪を整えスーツに身を包んだ堀田が立っており、いつものジャージ上下だった勇は「あ」と指を差してしまった。

撤退した百貨店をショッピングモールに改装したそのビルの一角で、堀田はフロア係として働いていた。以前は裏方で力仕事を任されていたが、怪我をしてからは肉体的に軽い仕事に回して貰ったとのことだった。

「女性への贈り物ですか？」

「女性っていうか、姉ちゃ……姉の誕生日が近くて」

「ほぉ、お姉様。失礼ですが、お幾つに？」

「二十一です」

「一般的には、ぬいぐるみを貰って喜ぶ年齢でもないのでは？」

「あぁ、言われてみれば……つか、その言葉遣い止めて貰えないですか。気持ち悪いんで」

堀田は小声で「人目があるんでそうもいかないんだよ」と呟き、グラウンドでは見せたことのない悪戯っぽい笑みを浮かべた。

「ごきょうだい、仲がよろしいんですね」

「いや別に。普通、初任給でなにか贈り物をするもんだって職場のおばちゃんに叱られて、んで、今月は誕生日があるんで……」

「お照れになられるな」

フロア係はまだ慣れないらしい。店員モードと言うより武士みたいな言葉遣いになりながら、堀田は「こちらへ参られよ」と勇を別の売場へ誘った。

「お姉様のご趣味は？」

「さぁ……」

訊ねられてみて初めて気付いた。勇は、美緒の趣味も好みも知らない。記憶にある姉の姿は、家事をやっているか、疲れた表情で大学のレポートをやっているところくらいだ。たまに音楽を聴いたり本を読んだりしていたが、その中身までは知らない。身に着けている物も至って普通で、好きなブランドがあるのかないのか、あるけれど我慢しているのかといったことなどを、気にしたこともなかった。

装飾品売場を通り掛り、勇は慌てて「宝石とか無理っす」と止めようとしたが、堀田は「承知」と歩き続けた。

「失礼ですが、ご予算はいかほどで?」

「えっと、五千円とか八千円とかその辺ですかね」

「出場給がなくなると、その程度でも痛いんですよね」

リハビリ中の彼はベンチにこそ入っていないが、殆どの試合を生で、帯同出来なかったアウェイゲームも録画したものをすべて観ている。

第六節と七節、勇は二試合連続で先発から外され、途中出場の機会もなかった。

「じゃ、あのことも堀田さんの耳に入ってます?」

「なんのことでしょう」

堀田は常陸FC戦には帯同せず、あのバス内での騒動に居合わせていなかった。

「そのぉ……」

堀田は勇の言葉を待たず、『STAFF　ONLY』のプレートが貼られた扉を開けて「どうぞ」と勇を導いた。

「敬語で喋るのが面倒なだけでござる。早く入るよろし」

それは敬語じゃないんじゃないか、という言葉を飲み込み、勇は「はい」と従った。

そこは窓のない長い廊下で、壁際に段ボール箱やタイムレコーダー、身だしなみをチェックする姿見などが雑然と並んでいた。奥に倉庫や休憩室があるようで、微かに人の話し声も聞こえた。

「この二試合、ボランチはミクボンがやってるよな？」

先に口を開いたのは、堀田の方だった。

「まだ二試合だけど、そつなくやってるみたいじゃないか」

勇の代わりにボランチの一翼を担っているのは、控えのＤＦだった御蔵屋《みくらや》だ。ボランチとして素人という意味では、勇と変わりはない。だがディフェンシヴな場面では、勇よりも落ち着いた対応を見せている。

「あ、そつなくやられると、お前は面白くないか」

「いや、御蔵屋さん個人をどうこう思ってはいません。守備的な動きは、勉強になるし」

「じゃあ、平気なのか？」

「まさか。ただ……あの、堀田さんの耳に、常陸ＦＣ戦の帰りのバスであったことは」

「あぁ、聞いた。なんだ、自分で言っといて気にしてんのか？」

そういうことではない。言った内容自体は、取り消すつもりもないし、後悔もしていない。ただ、プレー以外のことを理由に試合で使われないのだとしたら、どう足掻《あが》いても先発の座に戻るのは無理なような気がしている。そういう方向の努力を、勇はやったことがない。

「ひょっとして、外された理由を説明されてないのか？」

俯いた勇に、堀田が訊ねた。

「いえ、一応は」

赤瀬は、勇を外した理由を「仕事や長時間移動で精神的な疲れもある。開幕前から、頃合いを見て休ませると決めていた」と説明した。

「だったら、そうなんじゃないのか？」

「はぁ……」

表情からなにか察したらしく、堀田はやや優しい声色になった。

「監督が言うなら、本当に予定通りのことだ。もしチーム批判を理由に外すなら、ハッキリそう言う。あの人は、そういう人だ」

僅かな立ち話で、勇が持つ堀田の印象が急速に変わっていった。

堀田のプレーに関する助言は、中条よりも丁寧で分かり易い。擬音を多用し感情的に説明する中条に対して、堀田はイメージが浮かびやすい言葉をチョイスしてくれる。堀田自身、ボランチとしての経験が浅く、勇が分からない部分を素早く理解してくれるからだろう。

もう一つ、堀田は武山FCに加入してまだ二年目であり、チーム批判をした三人の心情と近い部分があるのかもしれない。

「どうやら自分が使われないこと以外にも、なにか気になることがあるようだな」

そして、勘も鋭い。

勇が使われなかった二試合とも、大野と橘はフル出場している。チーム批判をした新参者の三人のうち、勇だけが外されたのだ。

上のカテゴリーでキャリアがある大野と橘のチーム批判は受け入れることが出来るが、新しいポジションに慣れるまで成長を待ってやろうと思っていた小僧のチーム批判は、認めるわけにはいかない。勇自身はその意味をそう捉えた。

腰掛けの筈のチームで使われなくなり、踏み台にしようにもその踏み台を外された。しかも、サッカーの実力以外の部分でだ。そのことに対する憤りは大きい。いっそのこと、ボランチとして失格の烙印を押された方が気持ちを切り替えることが出来る。

しかし、その憤りよりも遥かに大きく勇の頭の中を占めていることがあった。

「ほら」

唇を歪めて考え込んでいたら、堀田に笑われた。

「肉体的にはどうだか知らないが、精神的にはかなり疲れてる。監督が言った通りじゃないか」

そうかもしれない。だが、認めるのはなんだか癪で、勇は堀田の視線から目を逸らした。

「今夜、なにか予定は？」

逸らした視線の先にあった『鬼十訓』なる恐ろし気な貼り紙を見詰めながら、勇は「ジムに行くつもりです」と答えた。

「今日は休んで、ちょっと俺に付き合え」

「え？　はぁ……」

やや強引に、午後七時に店の前で落ち合う約束をさせると、堀田は休憩室へ向かおうとした。

「あの、堀田さん」

「なんだよ、話なら後で聞いてやる。今は仕事中なんだ」

「だから、仕事の方。俺、一応は客なんで」

売場の方を指差すと、堀田は「たははは」と力なく笑った。

「悪ぃ悪ぃ、忘れるところでした。お客様、姉ちゃんへのプレゼントでござるな」

売場へ繋がる扉を開け、堀田は「どうぞ」と頭を深々と下げた。

そのわざとらしい慇懃さに、勇もつられて苦笑してしまった。


午後七時半、国道沿いのファミリーレストランは半分ほどの席が家族連れで埋まっていた。

「ちょいと面倒臭いけど、酔っ払いがいないだけマシかな」

外から店内を窺い、堀田が言った。「面倒臭い」の意味は、勇にも理解出来た。

チーム加入が開幕直前だったため、リーグの公式パンフレットにも武山市内の至るところに貼られているポスターにも、勇の顔写真は載っていない。そんな彼でも、人の多い場所では声を掛けられることがある。場合によっては、サインや写真撮影をねだられる。応援は有り難いが、正直「練習か試合の後だけにしてくれよ」と思ってしまう。

コアなサポーターの溜まり場で選手の出入りもあるパラフレンチ武山なら、そんなことに煩わされずに済むのだが、今日は話の内容から言ってあの店を使うことは出来なかった。

禁煙席に着き注文を済ませると、さっそく勇の方から「常陸FC戦後のことですけど」と切り出した。

「言っただろ、ざっくりと聞いてるよ」

「じゃあその後、チームがどうなったかはご存知ですか？　いや、すみません。堀田さんは練習も殆ど別メニューだし、チーム状況の細かい部分をちゃんと把握されてるのかな、と」

「どうなったかって……別に変わってないんじゃないのか？」

その通りだった。常陸FC戦後の第六節と七節、勇が使われなくなったこと以外に、チーム内に変わったところはない。試合に出ている大野と橘に、パスが出されないということもない。

だが勇にとっては、それが不自然に思われてしょうがなかった。

「橘さんは、チームの在り方を全否定したんですよ？　大野さんは腰掛け呼ばわりして、俺だってさんざん酷いことを言ったのに。雰囲気が悪かったのはバスの中だけで、次の日からは何事もなかったようになるなんて、変でしょう」

思ったままを捲し立てていると、堀田は「はは」と笑った。

「お前、Mか？　〝酷いことを言ったんだからもっと怒ってよ〟って聞こえるぞ」

「いや、別にそういうわけじゃないですけど」

それまで気に留めていなかった店内のＢＧＭが、やたらと耳に響いた。毒にも薬にもならないようなイージーリスニングが、無性に腹立たしく感じられた。

「確かに武山ＦＣには、よく言えば家族的、悪く言えば仲良しチームって感じがあるな。橘さんの〝ぬるい〟発言も、そこを指摘したものかもしれない」

「堀田さんも、そう思ってるってことですか？」

「一年目はな。だが今は、こういうチームの在り方もあながち間違いじゃないと思ってる」

「どういう意味ですか？」

「勝利という大前提の前には、人間関係なんか置いとけ。あいつのこういうところが気に入らない、あの発言は許せない、金に汚い、脇が臭い、そんな個人的な感情なんか全部笑い飛ばしとけ。そういう逞しさを、今はこのチームに感じてる」

「そんな簡単に、割り切れるもんですか？　たった一年で」

「ゲームの中でさ、阿吽《あうん》の呼吸って言うのか？　そういうものを感じることが多かったんだ。互いに互いの、出来ることと出来ないことを分かり合ってる。そういうのは、一朝一夕に生まれる関係性じゃないだろ？」

「そりゃまぁ、そうかもしれませんけど」

「新参者のお前が犯したミスも、みんな今後に活かせばいいと思ってる。いちいち腹を立ててたら切りがないしな。要するに大人なんだよ、武山ＦＣってチームは」

堀田は口の中を湿らす程度に水を含むと故意に間を置いて、「だからさ」と続けた。

「さっきも言ったけど、怪我をしたわけでも累積警告がヤバいわけでもないのに外すのには、外すだけの意味があるんだよ」

堀田は気を使って念を押してくれているようだったが、勇はもうそのことを気にしているわけではなかった。

勝利の為に人間関係を二の次にする、逞しい、大人……。それら堀田の言葉を頭の中で反芻し、懸命に理解しようとしていた。だが、どうもしっくり来ない。

堀田の言う通りであれば、大野と橘の言い分は子供っぽいということになる。自分は良いとして、あの二人が武山FCの選手より子供っぽいとはどうしても思えない。

手持ち無沙汰なのか、堀田は紙ナプキンでなにか折り始めた。すぐに二羽の鶴が折り上がったが、ナプキンでは柔らか過ぎた。羽は垂れ下がり、首はぐにゃりと折れ曲がっている。

「あの、そういうことじゃなくてですね……」

勇が言い掛けたその時、「堀田選手?」という声が割って入った。

「わぁ、ホントに堀田選手だ。ねぇ、お父さん!」

小学校低学年くらいの男の子が、目をキラキラさせて立っていた。ブルーのパーカーの下は、武山FCのエンブレムが着いた鳶色のTシャツだ。

「こら、セイヤ。どうもすみません、プライベートなのに」

父親がやって来て、堀田と勇を交互に見ると、わざとらしく「わお」と言った。

「桐山選手もご一緒でしたか。ラッキーだなぁ」

少年がパーカーを脱ぎ、それと同時に父親は店員に「マジック貸して貰えます?」と訊ねた。

打合せ通りの囮プレーのようだった。

「サイン?　いいですよ、喜んで」

堀田はマジックを受け取り、「応援ありがとな」と言いながら少年のTシャツにサインをし、父親の「写真もいいっすか?」との依頼も快く受けた。その流れで、勇もTシャツにサインをし、少年の肩に手を置いて写真に収まった。

すると、それを遠目に見ていた他のテーブルの客達も「すみませぇん」とゾロゾロやって来た。オフィシャルグッズを持っているのはほんの一握りで、二人は普通のTシャツや店のコースター、日本代表のレプリカユニフォームにまでサインを求められた。

子供達は無邪気に喜んでいたが、大人達の中には堀田の怪我や勇の起用法についてズバズバと質問する者もいた。

「ええ、左膝です。2ndステージには間に合わせます」「桐山はここ数試合出てないですけど、予定されてたことです」「俺とこいつが揃って出場すれば、凄いことになりますよ」

堀田がすべての質問に予め用意していたように答えてくれたお陰で、即席のサイン＆撮影会は二十分ほどで終わった。

短時間で済んだのは、ちゃんとしたサポーターだったからだ。古くからオラが町のチームを持つ彼らは、ローカルヒーローとの接し方を弁《わきま》えてくれている。

解放されてすぐ、堀田は小声でそんなことを説明した。

確かに、テーブルまで来なかった客達の「行こうか」「いや、邪魔しちゃ悪いよ」といった会話も聞こえていた。

即席ファンサービスの間に、テーブルには料理が運ばれていた。

堀田が、両手を合わせてブツブツと口の中でなにか唱えた。普通の「いただきます」より遥かに長い時間、それは続いた。

それを見て、勇は堀田が仏教系のサッカー強豪校出身だと思い出した。勇が中学一年生の時に観ていた高校選手権全国大会で、ベスト4に入ったチームで中心選手だった。

卒業後、今はJ3に行ってしまったJFLのチームに入って二シーズンを過ごし、二年前のオフに武山FCに加入。一年目は中盤の右サイドで豊富な運動量を活かし、攻守に貢献した。

中条とともにダブルボランチの一翼を担っていた選手が抜け、そこに攻撃性も備えた新たなボランチとして堀田が起用される予定だったのだが、シーズン終盤に痛めた左膝を調べて貰うと、左膝内側靭帯を部分断裂していることが判明した。

「膝、手術したんですよね」

長い念仏が一通り終わったのを見計らって、勇が訊ねた。

「あぁ。かなり迷ったがな」

勇の「迷った？」という言葉に、コンソメスープを口元まで運んでいた堀田の手が止まった。

「迷うさ、そりゃあ」

膝にメスを入れるのが恐いのは勇にも分かる。だが、誤魔化しながらシーズンを戦うことは難しい。怪我を悪化させてしまう、若しくは別の箇所に負担を掛けてもっと酷い怪我を負う。そんな話をよく聞く。迷う必要などないように思われた。

「〝あんたにとってサッカーはその程度のものか〟ってか？」

「いや、そんなことは」

「アマ契約だしな。色々あるさ」

どういう意味なのかと訊ねようとしたが、ポークピカタの脂身を切り離す堀田の目の色を見て、勇は言葉を飲み込んだ。

「企業チームなら、迷うことはなかったかもしれないが……」

経営的に安定している企業チームであれば、公傷として認められるかもしれない。だが、資金力のない武山ＦＣで貰えるのは、せいぜい数万円の見舞金とチームメイトのカンパくらいだ。勿論、それは有り難い。だが、手術とリハビリに数十万円が掛かるし、シーズンの半分を棒に振っている間にチーム事情が変わって契約を解除されるかもしれない。無論、職場に迷惑を掛けることも考えなければならない。

そんなことを早口で説明した後で、堀田は勇の手元を見て笑った。

「十代のうちは、気にする必要はない。精神衛生上、良くないぞ」

勇は、チキンカツの衣を丁寧に剝がしていた。

他でも言われたことのある忠告に、勇は「癖みたいなもんです」と淡々と答えた。

サッカーを始めたばかりの頃、雑誌やテレビで有名選手の食生活を知り、なんとなく真似をし始めた。それだけのことだ。我慢していると言うより、そうすることが格好良いと思って身に付いた習慣だ。

「我流なんだな、なにもかも」

「プレーもってことですか？」

「あぁ。お前みたいな選手は普通、高校生くらいで頭を打つもんだが」

「橘さんにも似たようなこと……てか、俺の癖なんかどうでもいいですよ。それより、迷ってた手術を決断したのは何故ですか？」

「最終的には監督の勧めで決めた」

「随分、信頼してるんですね。まだ二年目なのに」

「ちげーよ」

堀田は笑ってフォークを横に振ったが、サラダを頰張りながら数秒考え、「まぁ信頼とも言えるのかな」と言い直した。

「引導を渡されたんだ」

昨シーズン終了直後、堀田が膝の精密検査の結果を伝えると、赤瀬は同情するでも励ますでもなく、はっきりとこう言った。

「二十代半ばから劇的に上手くなる選手はいない。良くて現状維持、殆どの者が落ちる一方。膝にメスを入れるとなれば、言わずもがなってやつだ」

ショッピングモール従業員にとって決して安くない手術費用を払ってまで、現役に拘る必要はない。暗に、そう言っていた。

「しかも、お前には来シーズンからボランチを任せたいと思っていた。今シーズンより、運動量も身体を張った守備も求められる」

堀田の心は揺れた。当時二十一歳、二十代半ばと言われるのは早い気もしたが、自分のプレーがこれから劇的に上達することをリアルに想像出来ないことも事実だった。

三十歳前後になっても、ビッグクラブでプレーするようになったり、ワールドカップに出場したり、そんな特異な環境下で化ける選手が、ごく稀に存在する。だがそれにしても、出来なかったことが突如出来るようになるわけではない。異常な状況がもたらす異常な高揚感と緊張感の中で、集中力かアドレナリンか火事場の馬鹿力か、そんなものが作用して、それまで出来ていたパフォーマンスがより高い次元で可能となるのだ。

更には、誰も敢えて口にしないが、誰もが分かっている厳然たる事実がある。

地域リーグやＪＦＬを経てＪに行った選手は、リーグ黎明期やチームごとＪに上がった場合を除けば、数えるほどしかいない。Ｊ１への移籍となれば飛び級みたいなもので、ちょっとしたニュース扱いとなる。しかも、そのレアケースを実現した選手の年齢は十代か二十代前半が殆どだ。

堀田も、かなり前からそのことを知ってはいた。だがどこか、他人事のように捉えていた。それが突如、我が身と照らし合わせる必要に迫られた。サッカーを始めて十五年余り。決して順風満帆ではなかったが、初めて大きな壁にぶち当たった気がした。いや、もともと眼前に壁はあったのだが、その存在に初めて気付いたと言うべきかもしれない。

赤瀬には「この場で結論を出す必要はない」と言われたが、堀田は手術を受けることと、来季中に復帰してみせることを宣言した。

「幸い、ＪＦＬは来季も２ステージ制だ。仮に１ｓｔステージを最下位で終えたとしても、２ｎｄステージで巻き返しが可能だ。半年は待ってやる。それは俺が確約する」

赤瀬は堀田の宣言に喜ぶでも心配するでもなく、話をそう締め括ったと言う。

「いやいや、堀田さん」

黙って話を聞いていた勇だったが、思わず口を挟んだ。

「手術を勧められるどころか、引退も一つの選択肢って提示されたわけですよね？」

「引導を渡されたって言ったろ」

「だから、なんでそれが監督の勧めになるんですか」

「カチンときて勢いで手術を決断したようなもんだが、暫く経って分かった。あの人は、俺がそう決断すると分かってたんだ」

「誘導されたってことですか」

「あぁ。Ｊ１だろうとスペインリーグだろうとＪＦＬだろうと、前例がどうだろうと関係ねぇ。俺は俺のやり方で二十代半ばから大化けしてやる。俺がそんなふうに考えることを、読まれてたわけだ。だからやっぱり、監督に手術を勧められたようなものなんだよ」

分かるような分からないような話だった。ナイフとフォークを止め、唇を歪めて考えていると、堀田が補足するように言った。

「あの人はオタメゴカシを言わない。目の前の相手にとって最も有効な言葉を選択するから、他の選手と話を擦り合せると、メチャクチャ倒錯した人間に思われることもある。それから、生活や仕事のこと、選手生命を終えた先のことまで考慮してくれているようで、実はチームにとってプラスになることを常に最優先で考えてる」

「簡単に言うと、徹底的にすげードライってことですね」

「お前にとっちゃ、喜ばしいことだろ?」

いつの間にか、歪んでいた唇が笑みに変わっていた。

「だからさ、お前を外した理由も本当に予定通りなんだが、そこには裏があると思うね」

「裏?」

「あぁ。一つには、武山FCの戦い方を客観的に観させる狙いがあると俺は思う」

別メニューの練習を繰り返し、客観的に試合を観ていて、気付いたことが山ほどあるのだと堀田は言った。そんなことは何一つ言われていないが、監督はこれに気付かせる為に自分を一旦チームから遠ざけた、そう思われてならないのだと。

「俺の場合と違って、お前にはすぐ出場機会が巡って来る。早ければ次節、遅くとも1stステージが終わる前だ」

今の勇にとってはすがりたいような言葉だったが、気になる部分があった。

「〝一つには〟ってことは、他にも裏があるってことですよね?」

「あぁ。だが、それは聞かない方がいい」

堀田は確信犯的にそう言うと、探るような目で勇を見た。

「焦《じ》らさないで下さいよ」

先に店を出るファミリー客の多くが、遠くから勇達に黙礼して行った。堀田はその度に軽く手を振り、勇もそれに倣った。ガラスの向こうの駐車場で、最初にサインをしたセイヤ少年がTシャツのサインの部分を指差し、『がんばってください』と口を動かしていた。

「焦らしてるわけじゃない」

窓越しに拳を見せて応えながら、堀田が静かに言った。

「言葉は所詮、言葉だ。イメージを増幅させることもあるが、収縮させることもある」

「経験から得たことには敵わない、そういうことですか」

「そうだ。案ずるより産むが易し、論より証拠。あ、これも言葉か」

「堀田さん、悪いけど笑えない……」

窓の外に向かって振っていた右手をニュッと突き出し、堀田は勇の言葉を止めた。

「お前がどんだけ重い物を背負ってサッカーやってるか知らないが、この国で生まれた十八歳が経験した逆境なんか、たかが知れてる。みんな、たいていのことは通過してんだよ。エクアドルとかシリアとかに生まれたなら別だが、まさかそういうアレじゃないよな？」

「まぁ、違いますけど」

「だったら委ねてみろ。そして、言葉以上のものを経験から学び取れ」

なんなんだよ、どいつもこいつも。そんな言葉が溢れ出しそうだったが、なんとか野菜ジュースで飲み込んだ。

同世代とのプレー経験しかない勇にとって、武山ＦＣは別の世界だ。父親とは言わないまでも、兄と呼ぶには年輩過ぎる年齢の人間が半数以上を占めている。

無論、そんなことは頭では理解しているつもりだった。加入して間もない新参者で、チーム唯一の十代。子供扱いされてもしょうがないと、ある程度は覚悟しているつもりだった。そして実際に、子供扱いされている。だがそれは、勇が覚悟していた子供扱いとは少し違う。

勇が想定していたのは、中一や高一で経験した、三年生が新入部員を過剰に子供扱いする感じだった。それしか経験がないのだから、しょうがない。

武山ＦＣでの扱いは、敢えて表現するとしたら「ガキが生意気なことを言うな」と叱責されるのではなく「はいはい分かったから」と窘《たしな》められる感じだ。

初めての感覚ではないが、どこで感じたものか思い出せない。

「ちょっと、いいですか」

突然そんな声がして、勇の思考は止まった。店員が皿を下げに来たのかと思ったが、ボックス席の脇に立っていたのは中学生くらいの少年だった。

身体付きから、サッカーをやっていることが見て取れた。七分丈のパンツから覗いている脹脛が、細身の上半身とはアンバランスなくらい逞しい。隠れている大腿部も、ルーズなパンツ越しにも太さが窺える。ランナー、ジャンパー、スイマーの類いではない。ラグビーや格闘技系でもない。野球やテニスにしては、前腕部が細い。

その細い腕が、小さな女の子の手と繋がれていた。女の子は少年の背後に隠れるように立ち、顔だけ出して勇と堀田を上目遣いで見詰めている。少し歳が離れているが、兄と妹のようだった。

店員がやって来て、「お連れ様でしたら広い席へ移られますか?」と訊ねた。勇と堀田が返事に困っていると、少年が「すぐ出るので」と断わった。どうやら、外を通り掛って勇達を見付け、店に入って来たらしい。

「サイン? 書くもの持ってる?」

余程のファンだと思ったのだろう、堀田が訊ねたが、少年は「違います」と即答した。

「堀田選手じゃなくて、桐山選手に一つ言っておきたくて」

「え、俺?」

「はい。僕は、あなたのプレースタイルが嫌いです」

あまりに真っ直ぐな批判に、勇は「は?」と聞き直してしまった。

「僕は、あなたのプレーが嫌いなんです」

少年が少し大きな声で繰り返すと、堀田が控え目に笑った。笑って済ませろと言われているような気がした。確かに、聞き流すか「気を付けるよ」とでも答えるのが正解だとも思ったが、勇はまだそこまで大人ではなかった。

「なんだよ、いきなり」

テーブルの下で堀田に脛を小突かれていなければ、摑み掛かっているところだった。

「あなたは周りを信頼していない。あんなプレー、ジュニアでも通用しない。今はホサれてるみたいですけど、これから出場機会があったら、せめて試合を壊さないよう気を付けて下さい」

「誰がホサれてんだ、コラ」

堪え切れず溢れ出した言葉にも、少年は表情を変えなかった。一瞬、首をすくめた女の子も、勇を睨み付けた。それを見て、堀田が「まぁまぁ」と割って入った。

「キミは武山のジュニアユースか？　サッカー教室とか入場の時に見たような……」

「そういうのに行くのはジュニアの子です。僕が行くのはゲームサポートですから」

武山ＦＣの下部チームは、小学生のキッズ、ジュニア、中学生のジュニアユース、高校生のユースに別れている。ホームゲームの際、ジュニアの子達は選手と一緒に入場したりフラッグを持ったりし、ジュニアユースの選手達はボールボーイや水の補給人員として働いてくれる。勇と堀田にとってはたいした違いではないが、ジュニアユースの選手にとっては「トップチームのゲーム進行に関わっている。ジュニアと一緒にするな」という自負が強いのかもしれない。

「あぁ、悪い悪い。じゃあ多分それだ。うん、確かに……」

堀田が取り繕う言葉を遮り、勇は盛りが付いた犬みたいに「で」と続きを催促した。

「そのジュニアユースの小僧が、俺にアドバイスか？」

少年はその質問を完全にスルーして、堀田に訊ねた。

「桐山選手がここ数試合ホサれてるのは、やっぱりプレースタイルのせいですか?」

「だから誰がホサれてんだ、このクソ中坊《ちゅうぼう》が!」

「だはははは! まぁ落ち着け、桐山。この子、鋭いじゃないか」

堀田は少年の足下に置かれたエナメルバッグの『T.Ryo』という刺繍を見て、「リョウくん」と改めて話し掛けた。

「桐山が使われない理由は、そうかもしれないし、そうじゃないかもしれない。出場するしないはコーチ陣が決めることだから、俺達にも分からないんだ。キミもそれは分かるよな」

リョウ少年は「はい」と答え、勇に向き直った。再び、どストレートな批判をぶつけられるのかと身構えたが、

「お食事中、失礼しました。どうしても言っておきたかったので」

深々と頭を垂れ、リョウ少年は女の子の手を引いて去って行った。口にした言葉の内容と礼儀正しい態度とのギャップに、勇も堀田も黙って見送るしかなかった。

店を出る間際、女の子が振り向いて小さく手を振った。堀田はそれに応えて右手を軽く挙げ、勇も少し遅れて一応カタチだけ手を振った。だが、勇が手を挙げた途端に女の子がサッと手を引っ込め、それを見た堀田がまたもや爆笑した。

「なんすか、あれ」

「いいんじゃないか? アンチがいるってことも、チームの一員として認められたって証だ」

「そういうもんすか」

「いや、どうだろ。いないに越したことはないけど」

あからさまに笑うことは躊躇われたらしい。堀田は笑みを誤魔化すように、スープカップで口元を隠した。勇もサラダを頬張り、堀田とは違う意味で表情を隠した。

さっきまで分からなかったことが、あの兄妹を見ていてふと理解出来た。子供扱いされる感覚。それは、サッカーとかけ離れたところで日常的に感じていたものだ。

美緒に軽くあしらわれているような、あの感じ。

幾つになっても、あんたは家族の中で最年少。勇がどれだけ正論を振りかざしても、美緒の態度にはいつもそんなニュアンスがあった。そして勇は、ほんの小さな子供の頃から姉ちゃんにだけは敵わないという感覚を刷り込まれていた。

「どうした、考え込んじまって」

食事を済ませ、口元をナプキンで拭いながら堀田が訊ねた。ぶつけてみたい質問が幾つもあったが、勇は「いえ」と答えた。

少し、分かったような気がした。

あのバスの中で生まれた険悪な雰囲気を引き摺ったまま、チームはリーグ戦を戦い続けている。誰もあの日に立ち返ってあの出来事を清算しようとはしない。あれはあれ、これはこれ。立ち止まらない。振り返らない。清濁併せ飲みながら、チームはリーグ戦を戦い続ける。

チームは、美しい邂逅や相互理解だけで成り立っているわけではない。

「よく言えば家族的、か……」

視線を落とすと、ぐにゃりと折れてテーブルに接地した鶴の頭がグラスの水滴を吸っていた。頭だけが膨らんで、もう鶴なのかクシャクシャに捨て置かれたナプキンなのか分からない有様だった。

堀田が言った通り、勇の出番は1stステージ中に再び訪れた。

但しそれはギリギリの最終節、強豪ＤＸマキナ岡崎を迎えてのホームゲーム、しかも七十分過ぎから御蔵屋に代わっての途中出場だった。

試合前の時点で、武山ＦＣは更に順位を下げて七位。勝とうが敗れようが順位に影響のない消化試合だが、岡崎にとっては三点差以上の勝利で単独二位が確定するという、モチベーションに極端な差がある試合だった。

勇がピッチに立った時点で、得点は武山ＦＣの〇—二。岡崎は勝利をほぼ確実にしているが、もう一点を獲りに前掛かりになっている。

そんな状態でのボランチの交代。岡崎側は、三失点目を防ぐために守備的ポジションにフレッシュな選手を投入したと捉えたようだった。

赤瀬の狙いはそこにあるようで、勇にアップを命じると同時に「ボールをキープしたら、とにかく上がれ」と指示していた。一方、退きまくった状態の武山ＦＣ、特にＤＦラインと御蔵屋と中条は、選手交代の掲示板を見て「はぁ？」という反応だった。

せめてハーフタイムに彼らへ説明しとけよと赤瀬に対して思いつつも、勇は指示通り中盤の底でボールをキープすると、迷わず自分で前線に向かってドリブルで仕掛けた。

「おいおいおい！」

慌て方で言うと、味方の方が酷かった。

二度のアタックが失敗に終わり、李から「学習しなさいよ」と窘められた。声が届かない場所にいる者達も、明らかに「またかよ」という表情をしていた。

だが、意地を張っているわけではなかった。その時の勇には、そうするだけの根拠があった。

堀田の助言通りベンチから試合を客観的に観るようになって、勇には気付いたことがあった。

武山ＦＣは、相手が格上であれ格下であれ、ホームであれアウェイであれ、常にＤＦラインが低い。失点を怖れ過ぎているからだと思われるが、勇はそれを『逆だよ』と感じた。

DFラインを上げ、中盤をコンパクトにし、高い位置でボールを奪う。そうすることで、相手の攻撃を未然に抑えられる。格上であっても、そうすることで攻撃パターンのいくつかを消すことは出来る。ガッチリと両腕を上げてガードを固められるよりも、細かくジャブを打ち続けながら前進して来るボクサーの方が厄介なのと同じだ。

そしてその感想は、ピッチに立った瞬間から実感に変わった。

先発出場していた時以上に攻撃的に動き回ると、相手はハッキリと動揺して下がった。

だが、相手の受け方が変わったのは、勇の動きだけが理由ではない。味方DFラインが、勇の動きにつられて全体的に上がったせいだ。

思っていた通り、それにより中盤がコンパクトになり、武山FCにとってより高い位置でボールの奪い合いが展開される形になった。オフ・ザ・ボールにある選手の動きが、誰も指示していないにもかかわらず、勇が投入されることでごく自然に攻撃型に変化したのだ。

三度目も、勇のアタックは相手DFに跳ね返された。いずれもタッチラインに逃れるかたちだったのでカウンターは免れた。

給水中、前線に一人で張っていた江藤が親指を立てて手を叩いた。

分かった。来いよ。俺が裏を取る。

そういう意味だと勇は汲み取った。

時間は八十五分を回ろうとしていた。

「13番ケア！　持ったら遠慮すんな！　削れ！」

相手の10番が叫んだが、反応が鈍い。MFもDFもほぼ全員、動きに切れがなかった。

DXマキナとは、Deus ex machina ＝ラテン語で『機械仕掛けの神』の略だ。昨季リーグ三位の強豪で、大手時計メーカーを母体に持ち、選手の殆どは工場で働いている。だからというわけでもないだろうが、チームは恐ろしく正確なプレーを身上とする。

その機械仕掛けが、狂い始めていた。

だが、武山ＦＣも同等に消耗が酷い。

そして八十七分、また勇にボールが収まった。中盤の選手達は勇の投入に疑問を感じながらも、困ったら勇にボールを預けるという選択をせざるを得ないようだった。

そして、四度目のアタック。勇は全速力で前線へ駆け上がった。

急激に止まり、左側を並走して来た相手と二メートル弱の距離を作る。重心を右に傾けながら、右足裏でボールをコントロールし左足の後ろ側を通す。ファウル覚悟でユニフォームを引っ張る相手を、更なる加速で逆に転ばせ、削りに来る相手にはボールを浮かせながらのステップワークで切り抜ける。

アタッキングサード手前、ゴールやや右寄り。顔を上げ、相手の守備陣形を確認。

勇のすぐ脇を抜け、右サイドに比嘉が上がる。橘が左サイドを駆け上がり、手を挙げる。

二人の動きによって、相手ＤＦラインが僅かに乱れる。勇の前に、スペースが生まれた。視界の右隅に、そこを潰そうと迫る人影が入る。

直接ゴールを狙うのは無理だ。一か八か、バイタルエリアにボールを放り込むしかなさそうだ。味方は反応してくれないかもしれないが、軌道を読み難いボールならクリアまで時間が掛かる。上手くすれば、オウンゴールを誘うことが出来るかもしれない。

狙いすまして、勇はボールの中心を右インステップで蹴る。振り抜かず、擦り上げず、強く奥に押し込むように。

ボールが向かうペナルティエリア内に、武山ＦＣの選手はいない。

クロスバーを越えるミスキック、そう見切ったのだろう。相手ＤＦ陣とＧＫが一瞬、ボールを見上げて動きを止めた。

だが次の瞬間、鳶色の影がＤＦの裏を取り、勇が狙ったボールの落下地点へ回り込んだ。

江藤だった。

マイナス方向からのボール、それも急激に落下する厳しい軌道のボールを、江藤は見事に右爪先でトラップ。慌てて詰めるＤＦとボールの間に身体を入れながら反転。跳ね上がろうとするボールを上手くコントロールし、左アウトサイドでゴール左隅に流し込んだ。

メインスタンドから「うぉぉぉ～！」と声が上がったが、まだ一－二。いつものようにシュート後のチャージで転んでいた江藤に代わって、比嘉がボールを抱えてハーフウェーラインに駆け戻った。

江藤にも勇にも、チームメイトからの祝福はなかった。時間がないからでも、勇のプレーが気に入らないからでもなく、誰も彼も疲れ切っていてそれどころではないようだった。

そして試合は、そのまま終了した。

結果的に試合を引っくり返すことは出来なかった。岡崎サイドは単独二位を逃して悔しがっていたが、武山サイドにとっては一矢報いたところで、殆ど意味のない得失点差を縮めただけだ。唯一収穫と呼べそうなのは、武山ＦＣが攻撃パターンを激変させるという恐さを植え付け、２ｎｄステージでの対戦で警戒させられるかもしれないことくらいだ。

「ったく、勝手な動きばっかりしやがって！」

試合後のロッカールームで勇は、「無駄に疲れる」「我がままに磨き掛けてんじゃねぇぞ」などとなじられた。

特に勇と交代させられた御蔵屋には、「得意やった筈のプレスやサイドへの展開まで、わやんなっとるわ」と断じられた。

さんざんに言われながら、勇の方も「いつになったら俺のスピードに慣れて貰えるんですかね」などと軽口で返し、「かわいないんじゃ！」と乱暴に水を浴びせられたりした。

勇にとっては少しばかり手応えを得られた試合ではあったが、あのバスの中の雰囲気が再燃したような状態で、武山ＦＣは１ｓｔステージを終えた。


それから数時間後、パラフレンチ武山にて１ｓｔステージ終了の打ち上げが行なわれた。

「なんてザマだよ、バーロー！」

選手達が入店するなり、既に泥酔状態のサダがいきなり絡んで来た。

「独り善がりのジコチュー野郎を排除したはいいけど、順位を上げるどころか、その排除期間の戦績が二勝四敗三分ってどういう……おえッ、ぶえぇ……」

比嘉が「まぁまぁ」となだめ、デンスケが「悪いね」と嘔吐《えず》くサダを引き取った。

「俺のこと、サポーターの耳にも入ってんだ」

誰にとはなく勇が呟くと、近くにいた中条が小声で「全部じゃないけどな」と教えてくれた。

あんたが言ったのかよ、と言いそうになったが、それより早く中条が「違うって、あっちあっち」とテーブル席を指差した。そこでは、李とココが早くも女の子達を相手に盛り上がっていた。

「内輪の話もなにも、あったもんじゃないですね」

「まぁ、駄々漏れ？」

「笑えないっす……あ、それじゃ、橘さんのぬるい発言や大野さんの腰掛け発言も？」

「いやぁ、そっちはさすがにマズい。言ってないよ」

めちゃくちゃ詳しいじゃねぇか、さては同席してたな、てか、なんで俺だけイジってんだよ、という瞬間的に浮かんだ長い台詞をぐっと堪え、勇は「そうですか」と答えておいた。

普段の食事会のように幕を開けた打ち上げだが、いつもとは面子が違い、式次第のようなものも一応あった。サダを除くサポーター達も弁えてくれており、初めの三十分ほどは選手とコーチ陣、チームスタッフだけにしてくれた。女の子達と盛り上がり始めていた李とココも、伊勢に首根っこを摑まれ、店の奥の特設大テーブルに強制連行された。

「取り敢えず、お疲れさん」

まず代表の近江が乾杯の音頭をとり、続いて赤瀬が1ｓｔステージを総括した。

「終わってみれば、五勝六敗四分で十六チーム中七位。サポーターに先に言われちまったが、独り善がりのジコチュー野郎を外してからが酷いもんだった。みんな桐山に対して色々と言いたいことはあるだろうが、こいつの奔放な動き、特に前線へのシンプルな縦の動きは、有効だったたってことになるんじゃないか？」

それから赤瀬は、ＤＦラインや中盤のポゼッションのこと、つまり勇が試合を客観的に観ていて感じたのと同じことを説明した。今日の最終節、勇が投入された時点でピッチに立っていた者達はピンと来たようで、渋い顔ながら頷いていた。

「練習で繰り返し言っても実戦となると出来なかった動きが、桐山を投入することで簡単に出来るようになった。そういうことだ」

大野と橘、スタンドから観ていた堀田は、言われなくても分かっていたという態度だった。

「但し、一応言っておくが」

赤瀬が、遠い席に座っていた勇を指差した。

「お前のことを褒めてるわけじゃないからな。馬鹿と鋏は使いようってことだ」

「鋏《シザーズ》なら得意ですよ」

上手く言い返したつもりだったが、赤瀬にとっては想定内だったたらしい。「くだらねえよ、馬鹿」と即答された。

数秒、変な間が空いた。と思ったら、橘の「へへ」が呼び水になって勇を除く全員が吹き出した。一旦、雰囲気を和やかなものにしておいて、赤瀬の話は更に続いた。

1stステージ全十五試合の中で、特に気になったプレーに関する細かい話だった。

その話を聞きながら、勇は頭の片隅で別のことを考えていた。

スポーツに限らず、戦争でも将棋でも、あらゆる勝負事は戦術と戦略と兵站で勝敗が決まると言われる。そんな中、サッカーという競技の特性として、戦闘中に指揮官が関わることが出来るのはせいぜい兵站、戦で言うなら武器や兵力や食料の補給だけだ。

今日の最終節、赤瀬はその兵站だけでゲームの流れを変えて見せた。引っくり返すことは出来ないまでも、ピッチ上にいる味方も敵も、たった一人の兵士の投入によって流れが完全に変わったことを感じた筈だ。

練習では出来るのに、何故か試合では実践出来ないことを、「馬鹿」若しくは「鋏」を投入することによって実戦の中で納得させる。ごちゃごちゃと説明するよりも、ずっと分かり易い。

堀田が「聞かない方がいい」と言っていた、赤瀬が勇を使わないもう一つの理由とは、勇側の問題ではなくチーム側の問題だったのだ。

単純に、桐山勇が先発から外れれば勝てない。それほど説得力のあることはない。

勇の方も同様だ。出場機会のなかったあの九試合がなければ、戦い方やサブの心情に対する考え方も、指揮官だけが持ち得るゲームへの影響力も、気付かないままだったかもしれない。このような感覚は、これまで持ったことがなかった。勇にとってあの九試合は、そういった意味で収穫が大きかった。

「俺の話は以上だ。一戦毎の細かい話は、座間味さん達に任せる」

赤瀬はそう締め括って席に座り、隣の座間味に「どうぞ」と立つように促した。

続いて、座間味がデータに基づいて戦術面の話をし、ＧＫコーチが１ｓｔステージで摑んだ他チームのＧＫとＤＦの癖を説明、他にもチームドクターということになっている町医者や用具係《ホペイロ》達も次々と１ｓｔステージを振り返って感想や意見を述べていった。

聞いている側は、座間味までは飲むのも食べるのも遠慮がちだったのが、ドクター辺りでたいして耳を傾けなくなり、ホペイロ辺りで各自勝手なトークを繰り広げ始めた。

選手を代表して比嘉が話し始める頃には、スポンサーやサポーター達も酒席に加わる。

「おいコラ、桐山ぁ」

いつもの食事会と変わらない雰囲気になってすぐ、勇の背後から誰かが抱きついて来た。酒癖の悪い中条か伊勢か、ひょっとしたらサダかデンスケかと思ったら、違った。

「お前は、なぁぁぁぁぁんにも、分かってない！」

江藤だった。

彼は酒を飲まないと公言しているのだが、サッカー談義に熱くなっているうちに、誰かがこっそりソフトドリンクに酒を混ぜることがある。そして、見事に酔っ払う。普段の食事会で勇も何度か見掛けた光景だが、今日は一段と酔い方が酷い。

テーブルの向こうで、ココが勇に向かってＯＫサインを見せた。

なにがどうＯＫなんだ、この状況は。そう訴えようとしたのだが、江藤が「ぎぃりぃやぁまぁぁぁ」としなだれ掛かって来て、それどころではなかった。

そして、あんたも随分と酔っ払い易い体質だな、おい。と言おうとしたのだが、それも「まぁ座って話を聞け」と座っている勇に言う、立ったままの江藤の言葉に遮られた。

「毎度のことだけどよぉ、少しは俺の話を聞けよ！」

怒鳴っている比嘉を無視して、江藤は最終節の勇のプレーへの不平不満を並べ立てた。

「監督はああ言ってたがなぁ、俺はお前のプレーをまっっっったく認めてねぇからな」

「そうですか。あの、悪いんですけど、そういう話は素面《しらふ》の時にしませんか」

「あぁ？　誰が酔っ払ってんだ、こんにゃろう！」

「あ、あぁ、すみません。続けて下さい……たち悪いなぁ」

たちの悪い酔っ払いは、しかし話の内容自体はしっかりしていた。最初は適当に聴き流していた勇も、所々に挿入される「クソ」と「馬鹿」を取り除き、語尾のムニャムニャ感を補正しながら、真剣に耳を傾けた。

曰く、一人でサッカーをやっているような勇のプレースタイルは毎度のことだが、今日は際立っていた。あの時間帯に投入されたなら、相手はもちろん味方の疲労も考慮に入れて動かなければならない。それでも一矢報いることが出来たのは、江藤達前線の味方が勇の動きの先を読み、各自が相手ＤＦ陣の拡散を誘発したからだ。中条や李達も、バックパスに備えたポジション取りをしたり、相手ＦＷのマークに着いたり、勇の死角で的確な動きを見せた。

「つまり、お前の投入による監督からのメッセージは、ピッチ上の選手全員に伝わった。伝わったと言うより、お前がやろうとしてることをみんなが必死に理解しようとした。あのゴールは確かにお前のアシストだが、それがあったから実現したゴールなんだよ」

いつの間にか、打ち上げの席にはスポンサーやサポーター達のほか、チーム関係者の家族も大勢加わっていた。父母やきょうだい、妻、彼女、小さな子供達もおり、女性の割合と年齢層の幅が格段に広がった。方々で黄色い笑い声や嬌声も聞こえるようになっていた。

「うっせぇな」

その騒ぎの方を一瞥し、江藤は更に声量を上げた。

「なんで俺達だけ、お前に合わせるんだ？　お前もチームに合わせるべきだろうが」

「それってやっぱ、中盤の底で守備メインで動けってことですか？　けど監督は……」

「ちげーよ、馬鹿。大人しく守備に徹しろなんて言ってない。みんなが一人を理解し、一人がみんなを理解する。そういう対等な関係にならないと、チームは強くならないでしょーって言ってんだ」

　勇には、サッカー選手として最も大切な部分が欠けている。細かな戦術やテクニック以前の、人間的な部分だ。相手を理解する、考えていることを推し量る、イメージを共有する。それが出来ていない。

　呂律《ろれつ》は所々怪しかったが、江藤は早口でそう断じた。

「理解、共有……ですか」

「そうだ。まずは〝あいつはこんなプレーしか出来ないだろう〟なんて先入観を捨てることだ。白紙の状態から観察するんだよ」

「先入観、観察……」

「かー、なんだよ。ガキのサッカー教室で教わるような話だぞ」

　ココと李は、いつものように若い女の子が飲んでいる席に移動していた。江藤は「例えばだなぁ」と、その席を指差した。

「好きな女が出来たとする。相手をよりよく知ろうとするだろ？　喜ばせようとするだろ？　望むものを与えたいと思うだろ？」

「はぁ、そういうもんですか」

「お前、どういう中高生時代を送って来たんだよ」

「いや、別に相手の気持ち考えなくても、そこそこモテたんで」

「ホントお前は、性格悪いのな」

「知ってます、薄々」

「薄々じゃ駄目だ。ハッキリ自覚しろ。お前は、性格が、悪い！」

「放っといて下さい」

江藤が勇の肩に腕を回し、強く揺さぶった。殆どヘッドロック状態だったが、遠目には戯れているように見えたらしい。

「おぅ、桐山く〜ん。盛り上がってるなぁ」

スポンサーとして参加していた武山マートの社長が、遠い席から声を掛けて来た。助けを求めようと手を挙げたが、社長は「あとでそっち行くよ」と笑っていた。周りには咲田や葛西やイサク達もいたが、彼らまで笑って手を振り返した。

「あ、そうだ」

つられて目を向けた江藤が、なにかに気付いて立ち上がった。

「いいか。先入観は捨てるべきだって、好例を見せてやる」

勇が首を撫でながら「なんすか？」と訊ねた時には、既に江藤は社長達の方へ向かっていた。

「どーも、社長」

「おぅ、江藤くん。今シーズンは、六ゴールか？　去年よりペースが遅いんじゃないのか？」

「2ndステージで巻き返しますよぉ」

「そりゃ頼もしい。なぁ、みんな」

咲田達が笑うのに合わせて、江藤も「あははは」と笑いながら、ごく自然に社長の隣に座った。腕はなぜか社長の肩に回されている。

なにをする気かまだ分からなかったが、言い様のない不穏な気持ちになった。

「ところで、社長」

江藤は突然、肩に回していた手を社長の頭の方へ上げた。

危ない！

社長の頭髪は、本日も滞りなくヅラ感全開だ。視線を向けることも憚られるそんなデリケートゾーンへ手を持って行くなど、湯船につかりながらドライヤーを使うくらい危険な行為だ。

勇のそんな心配を他所に、江藤は「去年の十八得点を越えたらなんか奢って下さいよぉ」と言いながら、社長の後頭部から髪をかきあげるように手を移動させた。

危ない！　駄目だ！　ヤバい！　ヅラズレるって！

見たいような見たくないような、目を逸らしたいようでいて、やっぱり目が離せないような、恋かしら的な感情が勇の胸の奥で渦巻く。

目を伏せたものの、やはり気になって数秒後に顔を上げると、驚くべき光景がそこにはあった。江藤が、社長の頭髪を掻きむしっていた。ヅラはズレも外れもせず、そのままの状態をキープしていた。社長は「おいおい江藤く〜ん、やめろよぉ」と言いつつ、嬉しそうに笑っていた。周りの咲田と葛西とイサクも、「珍しい、酔ってんの?」「ちょっと〜、やめなよ〜」「大口スポンサー様だぞ」などと言いつつ笑っていた。

「おい、リョーケン！　なにやってんだ！」

止めに入ったのは、いつも悪ふざけの中心にいて止められる側ばかり担っている中条だった。

勇は一瞬、「俺にもやらせろ！」と怒っているのかと思ったが、さすがに違った。

「すみません、社長。こいつ、どうかしてるんですよ」

中条は江藤を羽交い締めにしながら、社長に謝りまくった。

さんざん掻きむしられた社長の頭髪は激しく乱れていたが、「いいんだよ中条くん」と言いながら首を軽く振ると、一発でもとのヅラ感溢れる髪型に戻った。

「ほんじゃ社長、またね」

「なんだ、江藤くん。話があるんじゃ……」

社長はまだなにか喋っており、中条も「おいこら」と止めようとしたが、江藤は両方とも全無視して背を向けた。

凄い。七十過ぎの大口スポンサーの隣に断りもなく座り、頭を掻きむしるだけ掻きむしり、「ほんじゃ」と席を立った。大胆というか破天荒というか、とにかく普段の江藤からは想像も出来ない行動だ。

葛西が動画を撮っていたので、後日データを貰おう。そして、恐らくなにも覚えていないであろう江藤に見せてやろう。江藤は平身低頭で社長に詫びるだろうが、それも動画で撮ってやろう。一週間くらい食費が浮くかもしれない。いや、浮くに違いない。

そんなことを考えていると、後半ロスタイムに逆転弾を決めたかのようなドヤ顔で江藤が戻って来た。

「見たか」

「ええ、最近のヅラは凄いだろって話じゃないですよね?」

「当たり前だ。お前の先入観なんか、こんなもんだって例だ。あの社長の頭は、地毛だ」

「ええ? マジっすか!」

「あぁ、マジだ」

勇は、社長の頭がカツラのように見えるとは誰にも言っていない。江藤が勝手に、そう思っているに違いないと判断しただけだ。「そっちの先入観はどうなんですか」と言ってもいいところだが、衝撃が大き過ぎてそれどころではなかった。

確かに、先入観だけですべてを知った気になってはいけない、という好例ではある。これほど第一印象を劇的に覆されたことは、勇の人生で初めてのことだ。

「なんでわざわざ、あんなヅラっぽいカットしてるんですか」

「知るか」

などと喋っていると、中条がやって来た。

「おいこら、お前ら！」

勇は咄嗟に「俺、関係ないっす」と両手をブンブン振り、江藤は「こいつにセンニューカンを捨てろっつーキョーイクをでしゅねぇ～」と中条に通じる筈もない言い訳を並べ立てた。

見たことがないくらい猛り狂っていた中条だったが、同じく見たことがないくらい酔っ払った江藤の様子に、つい「馬鹿じゃねぇの？」と笑ってしまった。そして落ち着きを取り戻し、勇に選手やスタッフの家族を紹介するから来い、と命じた。

女性と子供メインのそのテーブルでは、二十人くらいが賑やかにお喋りに花を咲かせていた。酒と煙草の匂いは殆どしないが、もっと苦手な化粧と香水の匂いが強い。

「あ、桐山く～ん」

伊勢の妻が勇に気付き、「こっちこっち」と手招きしてくれた。彼女とその子供達とは、何度か顔を合わせている。というか、ミーティング兼ゲーム大会で手料理をご馳走になったり、幼稚園児二人の遊び相手をさせられたりで、かなり親しい。

彼女と中条から一度に覚えられる筈もない人数の女性や子供を紹介されながら、勇は『監督の奥さんスゲー美人。へー、元モデルか』『近江さんの長男ヤンキー臭キツいなぁ』『李さんの彼女、超ギャル』等々、声に出さずに思っていた。

次々に紹介される人々は、遠くから勇にお辞儀するだけの人もいれば、わざわざ近くまで来て

「ご活躍は聞いてるわよ」「今日もいい動きだったね」などと一声掛けてくれる人もいた。勇はその一つ一つに「どうも」「お世話になってます」などと答えつつ、内心「半分終わったかな」「あと何人だ？」と考えていた。

「あとは、俺も知らないってことは大野さんと橘さんの家族だな」

中条が言い、喧噪から離れた席で静かに飲んでいた二人を呼んだ。

「こっちが嫁、こっちはガキ」

大野はいつもの無愛想のまま二人を紹介し、すぐに席に戻って行った。

「どうも、いつも大野さんには助けられてます」

勇がそう挨拶すると、ボルダリングが趣味という引き締まった身体をした大野の妻は、「ホントですかぁ？」と悪戯っぽい目付きで勇を見た。

「ホントです。試合中だけは助けられてます」

かつてＪ１の強豪チームの中心選手だった大野は、かなりの高給取りだった。それが今では、十分の一以下の収入になっている筈だ。そんな急激な収入差の中で、その時々に応じて家計をやりくりしている人だ。肉体的にも精神的にもタフでなければ、もたないだろう。

なんとなくそんなことを考えていると、続いて橘が「なんだよ面倒臭ぇな」とこぼしながらやって来て、「うちの嫁とガキどもだ」とだけ言って席に戻った。

「どうも。桐山です。橘さんには色々……」

そこまで言って、勇は続きの言葉を失った。

「え？　なんだよ、お前ら」

スタイルのいい女性の隣に、ファミレスで会ったあの兄妹が立っていた。あの日と同じく、兄は礼儀正しくペコリとし、妹は射るような目で勇を睨んだ。

社長の頭が地毛だった件を越える衝撃の事実に、勇は誰にとはなく「え～？」を繰り返していた。

遠くの席から勇の様子を窺っていた堀田も、驚いた表情で席から半分腰を浮かせていた。

勇は慌てて、席に戻りかけていた橘を呼び止めた。

「あ、いや、こちらこそ……ちょ、ちょっと、橘さん！」

言葉を失っている勇にT.Ryo＝タチバナリョウ少年が先に言った。

「先日は失礼しました」

6

橘涼《りょう》、十二歳八カ月。

父親の影響で、本人の記憶にない頃からボールを蹴り始め、中学一年生となった今ではボールコントロールもキック力も標準を遥かに超えたものを持っている。

但し、キッズ、ジュニア、ジュニアユースを通じて、一つのチームに二年以上在籍したことがない。これも、頻繁にチームを移籍する父親の影響だ。

独身の頃から移籍の経験も豊富だった父親は、涼に新参者としての生き抜き方もレクチャーしている。だが、どこへ行っても涼の実力はなかなか正当に評価されなかった。

子供のチームには、全学年にまんべんなく出場機会を与えるチームもあれば、勝利を優先して上手い者しか試合に使わないチームもある。涼が所属した六つのチームのうち、二つが前者だった。いずれも三十名以上の子供達を抱え、出場機会自体が少なかった。残りの四つではたっぷりと出場機会を与えられたが、これはこれで、前者よりも辛い経験をした。

子供同士の世界では、「絆」「仲間」といった言葉が極端に尊ばれる傾向がある。一緒に練習する期間が短い涼は、いくら上手くても……逆に上手かったからこそかもしれない……新参者のレッテルを剥がすことが出来なかった。
七、八歳の頃からそういう経験を繰り返してきた涼は、新しいチームのカラーに自らを合わせるよう努め始めた。コーチ陣の顔色を窺い、選手内で強い影響力を持つ者を見付け出し、そのチームで自分が使われる可能性を探る。言われれば、GK以外のどこのポジションでもやった。
そして今、涼はまたもや新たなチームに入った。ジュニアユースとして最初の年次という、これから先のサッカー人生を考えれば、とても大切なシーズンだ。

そのチームは、武山FCジュニアユース。父親が新たに加入したチームの下部組織だった。

「てなわけで、けっこう苦労してるらしいよ、あの子も」

揚げたてのコロッケを手早くバットに並べながら、葛西はケラケラ笑った。

1stステージの打ち上げで、葛西は途中から選手の家族が集うテーブルにいた。五歳の男の子のシングルマザーである彼女は、そろそろ息子を武山FCのキッズチームに入れようかと考えており、同じ年頃の子を持つ母親と意見交換したとのことだった。

それを遠目に見ていた勇は、同じテーブルにいた橘の息子について「どういう子なんすかね」と軽く訊いてみただけだった。

期待したわけではないのだが、葛西はかなり詳しい情報を聞き込んでいた。この元ヤン臭溢れる二十三歳の情報収集能力は、あなどれない。

「妹の方は、早くもエース格なんだって。あのおチビちゃんの方が父親似だわ。まぁキッズだと、女の子でも我《が》が強い子が目立っちゃうんだけどね。そうそう、橘さんの奥さんって……」

但し、訊いていない部分まで詳しくて、話が延々と続くのには参る。こちらから切り出した話なので、「もういいっす」と言うわけにもいかない。

「珍しいね、キリちゃんが人のこと気にするなんて。でも、いい傾向だよ、うん」

やっと終わったと思ったら、変な勘違いの話が始まろうとした。勇は「別に気にしてないっす」と否定した。勇はただ、涼が見せた敵意の理由がなんなのか、知りたかっただけだ。それが、勇とは正反対の環境でサッカーをやって来たせいだということは分かった。それだけで充分だ。

ポジションを変えられたとはいえ、自由奔放にプレーし味方まで混乱させる勇のやり方は、チームに溶け込むことに腐心する涼に言わせれば我がまま以外のなにものでもないだろう。

勇は、ずっと一つの小さな町の中でサッカーをやって来た。そこそこに上手い奴らは、ジュニアユースやユース、名の通ったサッカー強豪校へ行ったが、勇は取り残されて大して強くもないサッカー部でプレーし続けた。

そんな環境で育ち、より高いレベルでサッカーをやりたいと渇望し続けていた勇にとって、涼の悩みなど「贅沢だ」の一言で済ませられる。

確かに、小学生の頃から顔見知りだったからこそ得られる部分、プレーに現われる阿吽の呼吸のようなものは、小さくないとは思う。だがしかし、それもこれも最終的にはあんな形で……。

「どうしたの？　考え込んじゃって」

葛西に「涼が抱えている問題など贅沢だ」と言ったところで、どうなるものでもない。だから勇は、「監督の奥さん奇麗だと思ったら、元モデルさんなんですね」と誤魔化そうとした。

「あれ？　あれれ？」

元ヤンが、悪戯っぽい目付きで勇を見た。マスクで隠れた口元が笑っているのも見て取れた。

「ひょっとして、あれかな？　涼クンの悩みなんか贅沢だ〜とか、思ってる？」

「思ってないです。勝手に決め付け……」

「いやいやいや、みなまで言うな。キリちゃんが抱えてる悩みはね、ちゃ～んと分かっておるのだよ。姉ちゃんに心を開いてごらん」

「おかげさまで、〝姉ちゃん〟なら間に合ってます」

「キリちゃんはあれでしょ？　ずっと弱いチームでサッカーやってきたから悔しいんでしょ？」

恐らく、酔うと必要以上におしゃべりになる近江か中条あたりから聞いた話なのだろう。勇は肯定も否定もせず、バットに並んだコロッケをパックに詰め始めた。

「つまりねぇ、どっちも無い物ねだりのアイウォンチューなのよ。分かる？」

分からない。と言うか、語呂として心地良いから付け足しただけだろうが、「アイウォンチュー」が妙にムカつく。

「二十パック出来ました。陳列、お願いします」

葛西の言葉を無視して、惣菜売場に繋がるカウンターにパック詰めしたコロッケを並べると、常連客と話し込んでいた咲田が丸い顔をほころばせて「はいはい」と振り返った。

気付かぬうちに険しい表情になっていたらしい。咲田の顔から笑顔が消え、厨房の奥に視線を移した。葛西がいることを確認すると、咲田は『まったくもう』という感じで顔をしかめた。

「ちゃんとやってま～す」と手を振った葛西だったが、咲田が再び常連客と話し始めると、すぐに話を再開した。

「思い込みを捨てろとか、想像力を働かせろとか、言われてるんでしょ」

『そんなことまで耳に入ってんのかよ』と思いつつ、勇は背中を向けたまま黙っていた。

「出たよ～、シカト。涼クンの置かれてる立場、贅沢だなんて決め付けないで想像してみなよ」

カウンター越しに売場を見詰めたまま、勇は「葛西さんの方が思い込み酷いですよ」と答えた。

葛西から暫く返事がないのは、上手く切り返したからだと思った。だが、振り返ろうともしない勇の態度に元ヤンの血が騒いだらしい。葛西は「おい」と低い声で唸った。

「涼クンのことだけじゃない。咲ちゃんが、なんであんなに一所懸命に裏方の仕事をやってるか、あんた想像したことあんのかよ」

振り返ると、葛西は腕組みをしていた。厨房用の上下にマスクと長靴、更にキャップまで、すべてが白のせいかレディースの特攻服に見えた。

「なんで咲田さんまで出てくるんすか。思い込みを捨てろとか想像力を働かせろってのは、俺のプレーへの忠告です。橘さんの息子ともサポーターとも、関係ない……」

調理台が〝ガン〟と鈍い音を立て、勇の言葉を遮った。葛西がマスクをずらし、口元を極端に歪めた。調理台を蹴った爪先が痛い、というわけでもなさそうだ。

「それが、あんたの限界なんだよ」

葛西は、細い眉を片方だけ吊り上げて勇を睨み付けていた。歪めた口元からは、今にも「あんコラ」という声が零れそうだった。たまにヤンキー口調で上司や客の陰口を叩く葛西だが、この時の口調及び面相は、おふざけの延長という感じではなかった。

想像力が乏しいと断じられたばかりの勇でも、咲田がなんらかの事情を抱えていることは分かった。

「前に訊こうとしたら、葛西さん邪魔したじゃないですか。忘れたんすか？」

葛西は「あれは」と言い淀み、厨房にいる面子を確認した。そして、勇のすぐ側までやって来て小声で囁いた。

「咲ちゃんの口から言わせたくないから、間に入ったんだよ。それくらいのこと、察し……」

「ちょっと、葛西ちゃん」

咲田だった。入室前に義務付けられている手の消毒を行なわず、キャップもマスクも着けていない。厨房の異変を感じ、慌てて売場から戻って来たらしい。

「桐山クン、葛西ちゃんのスイッチ入れちゃったの？」

「いや、なんで怒られてるのか、意味が分からないんですけど」

葛西が急に態度を変え、「悪い癖が出ちゃった」と舌を出した。

よく事態が分からないが、咲田のおかげでその場はなんとか収まった。

『なんなんだよ、どいつもこいつも、俺の人間性にまで直せ直せって。サッカーやりに来てんだよ、こっちは』

ボランチとして結果を出すことには腹を括っているつもりの勇だったが、2ndステージの開幕も1stステージ同様、焦れったさを抱えながら迎えることとなりそうだった。


そして六月、JFL2ndステージが開幕。武山FCは、その初戦をアウェイで迎えた。

相手は、SC三島。昨季までは十位以下が定位置で完全に格下だったが、今季1stステージでは武山FCの一つ上、六位まで躍進したチームだ。

急激に強くなったのは、MFの補強が成功したからだと言われている。さすがサッカーどころと言うべきか、人材は富士山のように広い裾野に埋まっているらしい。遠くから大金を使ってかつての有名選手を引っ張るまでもなく、地元で調達した無名の若手選手五人が見事に機能した。

強力な決定力を持つFWこそいないものの、中盤のキープ力にものを言わせ、遠目から強引にでも放り込めばなにかが起きる。新顔五人を中心としたそんな荒っぽい攻撃パターンが、面白いようにハマったのだ。

1stステージ、勇が外されていた時期に行なわれた直接対決は、スコアレスドローに終わった。良く言えばどちらに転ぶか分からない緊迫した展開、悪く言えば臆病なボクサー同士のような牽制だけの戦いだった。終了後、サポーター達は「取りこぼしてんじゃねぇぞ！」と、ゴール裏から容赦なく罵倒した。

そんなチームと再度相まみえるアウェイ戦、ノロ・サダ・デンスケは応援と言うよりも「下手な試合したらただじゃおかん」という雰囲気を漂わせ、ゴール裏に陣取っていた。

そして、キックオフ。

1ｓｔステージ同様、立ち上がりは互いに様子見の展開で始まった。

違うのは、武山ＦＣの先発にボランチ桐山勇がいたことだ。

前半十五分過ぎ、一旦プレーが途切れた時、赤瀬が短く指笛を吹いた。勇へのゴーサインだ。

江藤も大野も橘も、赤瀬のサインを聞いて『ＯＫ』『はいはい』、或いは『しょうがねぇな』と、様々なニュアンスを含んだジェスチュアで〝了解〟した。

『よし、行け』

三島のスローインでプレーが再開すると同時に、勇は駆け出した。

狭い範囲で激しく動くボールに、守備のことなどまるで頭にないように何度も食らいつく。リベロと言うよりも、ピッチ上に紛れ込んだ犬のようだった。ボールを奪うと、相手が複数で来なければ一人でグイグイ上がる。ファール覚悟で削りに来れば、手薄になったスペースにボールを出して自分はペナルティーエリアまで上がる。

勇は、ゴーサインが出されてから僅か十分で、四度もその動きを試みた。いずれも得点には繋がらなかったが、相手を慌てさせるには充分だった。

三島側も勇の奔放なプレースタイルは映像で観ているだろうが、初めて対峙して明らかに戸惑っていた。勇がボールを離す時は、既にアタッキングサードに入っている。遠目から一か八かでロングフィードをゴール前に放り込む三島のやり方よりも、その精度は高い。

1stステージでは相手のパニックを誘うことで躍進したチームが、逆にパニック寸前だった。そして前半三十六分、また勇にボールが収まった。

五度目となる攻め上がり。勇はアタッキングサードに入ると同時に、ミドルシュートの態勢に入った。四度の好機を前線が決め切れず、経験不足の若いボランチが痺れを切らせた。三島のDF陣はそう思い込み、シュートコースにいる者を除いて動きを緩めた。

勇は視線をゴール方向へ向けたまま、右足を振り抜いた。だがボールは、勇の左前方へ力なく転がっただけだった。シュートコースに飛び込んだ二人の相手DFも、身構えていたGKも、味方の伊勢やココや李までもが、ミスキックだと思った。

だが、ボールが転がった先に大野がいた。ぽっかり空いたゴールほぼ正面の位置に、誰にもマークされることなく立っていた。

勇に向かってスライディングしたDFの一人、ほんの数秒前まで大野にベタ付きだったあご髭の男が、小さく「クソッ」と吐き捨てた。

ウェアにポケットは付いていないが、まるで両手をポケットに突っ込んでいるかのような余裕たっぷりのポーズで、大野は勇からのパスを〝ちょこん〟とワンタッチで前へ転がした。

ゴール右前方にいた江藤が素早く反応したが、大柄な相手CBに進路を塞がれた。CBはボールには行かず、江藤に体重を預けながら「クリア！」と叫んだ。

だが、いち早くそのボールに向かったのは、いつの間にか上がっていた橘だった。左サイドから斜めに切れ込むと同時に、相手DFが手を挙げてオフサイドをアピールしたが、ホイッスルは鳴らない。勇の動きを見てシュートと決め付けた一人が、ラインを上げるのを怠っていた。

GKが慌ててボールに向かい、裏を取られたSBは橘のユニフォームに手を伸ばす。そのまま倒れればPKも貰えそうだったが、橘はSBの手を乱暴に振り払い、右足を伸ばした。その爪先に触れたボールは、前に出たGKの脇を抜けてゴールに流し込まれた。

真正面で見ていたノロ・サダ・デンスケ達も、視界にいきなり飛び込んで来た橘に驚いたらしい。ワンテンポ遅れて「うおぉぉ～！」と旗を振り上げ太鼓を叩いた。

その盛り上がりに反して、選手達はクールだった。ゴールを決めた橘は派手なアピールをすることなく、ゴール裏に軽く手を挙げてハーフウェーラインに向かった。彼に対する祝福も、近くにいた江藤がポンと肩を叩いただけで、他の者は離れた場所から拍手を送ったり親指を立てたりするだけだった。

ベンチもまた、冷静だった。赤瀬は腕組みをしたまま小さく頷き、何人かの控え選手が立ち上がって拳を突き上げたが、それもほんの一瞬だった。

「なんだよ、愛想ねぇぞ！」

「そうだそうだ、アウェイだからって遠慮すんな！」

上半身裸のサダとデンスケが、太鼓を打ち鳴らしながら叫ぶ声がピッチにも聞こえた。

「いや、そういうことじゃないな……」

同じく上半身裸でチームフラッグを支えるノロの言葉の続きは、勇の耳に届かなかった。だが、他のサポーターに比べて冷静な観察眼を持つ彼が、言おうとしていることはなんとなく分かった。

遠慮しているわけではない。ピッチにいる十一人も、ベンチの選手もスタッフも、この一点によってゲームが激しく動き出すことを予感し、緊張感を高めただけだ。

1stステージ終了後、武山FCでは勇にボールが収まった場合のフォーメーションを幾度も話し合い、実戦形式の練習で何パターンも試した。

話し合いでは、「桐山に自由を与える」という赤瀬の案に、多くの選手から反対意見が出た。

だが、赤瀬がそれを黙らせた。

「このままじゃ、うちはいつまで経ってもリーグ最強にはなれない。これが正解とは限らないが、他のチームにない特別な何かが必要だってことは、皆も分かってる筈だ」

自由を与えられた勇にも、三つの約束事が設けられた。

第一に、赤瀬からのゴーサインが出ない限り守備的にプレーすること。第二に、誰よりも運動量が求められ相手に削られる場面も増えるが、決して音を上げないこと。

そして第三に、攻撃中も味方の守備陣形がどういう状態であるか、常に把握しておくこと。

攻め込みながら、背後にも視線を向けろという意味ではない。オフ・ザ・ボールの状態になったら、すぐに守備に戻れというのとも少し違う。

本来ならピッチ上の二十二人、全員の位置関係を把握し、なおかつ数秒後の世界を想像出来なければならない。だが今の勇に、そこまでは求めない。だからせめて、味方の守備だけは把握せよ。複数の敵に囲まれていようと、ファール覚悟のチャージで削られようと、常に背後の状況を把握せよ。視界に入らない部分は想像力で補え。そういう意味だ。

故意か偶然か勇には分からない。だが赤瀬もまた、ここで「想像力」という言葉を使った。

練習では、視界に入っていないDFの動きを把握することなど出来なかった。赤瀬や中条からは何度も言葉で説明され、その内容は理解出来たものの体得までには至らなかった。

李には「Don't think. Feeeeeeel」とからかわれたが、実はこの言葉が最もピンと来た。同時に、それがコツなのだとしたら、このチームに加入して半年も経っていない勇には、どだい無理な注文なのだろうとも思った。

約束事の一つ目と二つ目は、他人の目にも分かることだ。だが幸い三つ目は傍目には分からない、あくまで勇の感覚的な部分だ。

『決めちまえば、後ろなんか関係ねぇ』

そう割り切って、勇はこの日のピッチに立っていた。

守備的MFの一角が攻撃に専念して、ただで済むわけがない。勇の動きに合わせて、伊勢を除く全員が攻撃態勢に入る。両SBいずれかが上がり、中盤はパスコースを探り、前線は相手のマークを外そうと動き回る。それによって攻撃の選択肢は広がるが、ボールを奪われてしまえばすべてが仇《あだ》となる。まるで、一点ビハインドで試合終了直前を迎えたチームの戦い方だ。

初めて実戦で試し、アウェイでの先制点に繋がったのはラッキーだった。戸惑うばかりだった三島も、こんなカウンターして下さいと言わんばかりの戦法に気付かない筈はない。

そして試合は、先制直後から激しく動き始める。

「二点差がつけば、状況はぐっと変わる」

赤瀬が言っていた言葉を信じて、武山FCは更に攻撃的に動く。

二点以上の差がつけば、相手は攻撃するしか手がなくなる。そうなれば、通常の陣形に戻し、カウンターの機会を窺えばいい。セオリーから言えばその通りだが、この試合ではそう簡単に行かなかった。

前半四十一分、攻め続けて全体的に前掛かりになっていたところ、相手のゴールキックがたまたま前線のFWに渡り、そのままドリブルで持ち込まれて決められた。

三島にとって、今のところこれしかないという方法で追い付かれてしまった。

だが前半終了間際、一点目のパターンを警戒し過ぎた相手の裏をかいて、右SBで今季初出場していた堀田の上がりが起点となり、江藤がダイビングヘッドで二点目をもぎ獲った。

そのままホイッスルが鳴り、武山FCは一点リードで前半を終えた。

後半に入り、三島の戦い方は明らかに変わった。

中盤で13《勇》番が自由に動き回ることへの対応は、殆どやらなくてよい。その代わり、トップ下の大野《おお》11番のポジショニングは人数を掛けてケアせよ。13番の動きは鬱陶しいが、パサーとしての能力は高くない。11番さえ機能させなければ、必ずカウンターの機会が巡って来る。

三島がそう考えていることは分かったが、武山FC側はピッチもベンチも状況を打開する策を持ってはいなかった。勇を守備に徹底させれば失点の可能性は減るが、四十五分も守備的に戦うのは難しい。こうなると、ノーガードの殴り合いだ。

赤瀬は状況を観ながら勇にステイとゴーのサインを繰り返し出し、時間と選手の消耗を観察しながら、後半二十分までに交代枠の三人を使い切った。伊勢になにかあった時、誰にGKをやらせるか考える時間帯は、ピッチにいる者達よりもベンチの方が胃が痛かった。

これに対して、観ている者達は大いに盛り上がった。一度は追い付かれ、引き離し、また追い付かれ、再度引き離しという展開で、盛り上がる場面は通常の五試合分ほどもあった。

そうして武山FCは、なんとかかんとか四―三でホイッスルを聞いた。なんだかんだあったものの、1stステージで格上だったチームとのアウェイ戦で、勝ち点三を上げることが出来た。

得点を決めたのは橘、江藤、ピンボール状態からのオウンゴール。そして決勝点は後半アディショナルタイム、大野が受けたファールのセットプレーから、李のヘディングシュートだった。

昨季はゴールがなかった李の偶発的、交通事故的、跳んだら頭にボールが当たりました的、劇的決勝ゴールによって、静岡まで応援に来たサポーター達は大いに盛り上がった。

そして選手達もベンチも、この日、四度目の得点で初めて喜びを露わにした。

ただ勇の目には、ピッチ上の選手達の大半が、勝利にではなく試合が終わったことへの安堵感から喜んでいるように見えた。

勇の奔放なプレースタイルは、赤瀬のお墨付きを得たことによって、ただの我がままからチームの方針となった。そして今日、それによって勝利を得た。

それでも、勇のプレースタイルに納得している者はごく少数だ。それどころか、1ｓｔステージ最終節から燻り続けている勇への不満は、お墨付きのおかげでチームの方針への不満になりつつある。勇に決定的なミスが続けば、この不満はいつ爆発するか分かったものではない。それは勇個人ではなく、チームに向かう。

自分が気付くくらいなのだから、大野や橘、そして赤瀬も気付いているのだろう。だが彼らは、明らかに腹に何かを持っていることを態度に出す選手を前にしても、注意すらしない。むしろ彼らは、不安を抱えながらシーズンを戦っていくことを、どこか楽しんでいるふうですらある。

自由を与えられ、誰よりも喜んでいればいい筈の勇本人は、サポーター達のチャントに手を挙げて答えながら、そんなことを考えていた。

第二節、三節と格下相手が続き、武山ＦＣは開幕三連勝を飾った。

第四節は三—三のドローとするも、格上ツバメ配送ＳＣを相手に勝ち点一をもぎ取る善戦と言えた。第五節は格下の氷見《ひみ》ユナイテッドを相手に、五—四と辛勝を収めた。

ステージ五節を終えたばかりとはいえ、勝ち点十三、得失点差プラス五の三位。結果だけを見れば1ｓｔステージ同様、上々の滑り出しと言えた。

但し、試合内容はいずれも褒められたものではない。従って、アウェイで貴重な勝ち点三を得た第五節の帰路も、バスの中は比較的静かだった。

勇は、次節対戦するチームの試合を動画で観ていた。

相手に出来ること、出来ないことを探りながら、特に得点と失点のシーンは繰り返し再生する。1ｓｔステージ途中から、バスの中でのルーティンとなった作業だ。

だがこの日は、機械的に映像を目で追うだけで、ちっとも集中出来ていなかった。

選手の多くが、腹に何かを抱えたまま2ndステージを戦っていることが、気になってしょうがないからだ。

勝利は、なにものにも勝る特効薬だ。試合内容がどんなに拙いものだったとしても、勝ってしまえばすべては報われる。選手はただ次の試合に集中すればいい。よく、そんなふうに言われる。逆に言えば、勝利、或いは格上を相手に善戦という結果が出ている以上、誰も文句は言えないということでもある。

しかし、選手の口数が少ないのは、結果が出ているせいばかりでもない。勇に自由を与え攻撃的に戦う今の戦術は、フィジカルの消耗がとてつもなく大きい。五節を終えたばかりで、皆、疲れ切っている。

以前、堀田が武山FCを評して言った「大人」という言葉が思い起こされた。大人であるが故に、いちいち文句を言わない、トラブルを避ける、理屈で考え感情に走らない。そのせいで、鬱々とした気持ちを溜め込んでいるような気がする。大人の対応で無視された橘と大野の「ぬるい」「腰掛け」発言も、なにかをきっかけに再燃するのではないか。

どこかで、ガス抜きをすべきではないか。自らがこの問題の原因でありながら、勇は頭の中の妙に冷静な部分で、そんなふうに考えていた。

「みんなちょっといいか」

運転席の真後ろにいた赤瀬が、マイクを通して言った。

「第一節のデータが出たから、発表しとこうと思う」

「第一節?」「終わった試合のデータなんか」

何人かがそんなことを言ったが、それには構わず、赤瀬はiPadを見ながら話し始めた。

「走行距離は、約十二・四キロで桐山がトップ。次が十一・六で橘、他の皆も九・八キロ以上は走ってる」

　こんな数字は、ミーティングでも聞いたことがなかった。勇も詳しいことは知らないが、正確な数値を出すにはトラッキングシステムとやらが必要な筈だ。

　比嘉が「あの、それって」と立ち上がりかけたが、赤瀬はこれも無視して「次にスプリントだが」と続けた。スプリントとは、正式には時速二十四キロ以上のスピードに達した回数のことだ。これは橘が三十回で最多、次いで堀田の二十八回、勇は江藤と同じ二十六回とのことだった。

「チーム平均で言うと、距離もスプリントも1ｓｔステージの一割増。まずまずだな」

　赤瀬がそこまで喋って一旦、間を置いた。と同時に、方々から「いやいや」と声が上がった。

「それって確か、軍事技術の応用とかで」

「そう、複数のカメラでボールと選手と審判を追尾するってやつですよね」

「そんなの頼む金、ウチにないでしょ」

　赤瀬は「分かってる分かってる」と両手を挙げ、それらの声を制した。

「金はないが、ウチには優秀な酒屋がいる」

「え、イサクのおっさん？　じゃ、目測っすか？」

「あぁ、そうだ。ピッチを何十コマかに割って、一人ずつ測ったそうだ。まぁ、カメラに映っていないところは測れてないし、スプリントに関してはイサクさんの印象も入ってる。厳密とは言い難いが、それほど馬鹿にしたものでもない」

　座間味が立ち上がり、赤瀬が説明した数値を記載した紙の束を二列目に渡した。そこには、伊勢を除く出場者十三人の、走行距離とスプリント、その他にパス成功率、敵へのチャージ回数、シュート数、更には一人一人に対するイサクの個人的な感想も書かれていた。ＳＣ三島側の選手も、新加入の五人だけだが、走行距離とスプリントが掲載されている。

「リーグ全体のデータがあればいいんだが、今はこれで精一杯だ。イサクさんが感覚的にやってる部分が大きいから、大勢に頼んでも数値にズレが出て、あまり意味はないだろうしな」

一枚ずつ取って後ろに回されると、「感覚的って」と笑っていた者達も興味津々で見入り始めた。その中の誰かが、小声で「疲れるわけだぜ……」と呟くのが聞こえた。

勇も一枚取り、後ろに回した。さり気なく後方の席を見ると、大野が薄く笑みを浮かべながら赤瀬を見詰めていた。その斜め前に座っていた橘は、『くだらねぇ』と唇を動かしていた。

「所詮は数字だ。そもそも俺は、こういうデータを重視する方じゃない」

紙が行き渡ったのを見届けてから、赤瀬は話を続けた。

「ピッチに立ってる奴は、必要な時に必要な場所にいればいい。勝利に貢献しようとすれば結果的に走り回らなければならないわけで、走り回れば勝利に貢献出来るかと言うと、ちょっと意味が違って……」

赤瀬の説明を聞きながら、『ガス抜きだ』と勇は気付いた。

「監督」

かつて赤瀬とチームメイトだった大野が、最前列に届くよう大声で言った。

「昔、ミーティングで数字の話をされると〝打率と防御率も出してくれよ〟とか、文句言ってませんでしたっけ?」

「茶化すなよ、大野。要するにだ、数字で語れることは皆無ではないが、サッカーという競技の特性から言って、あまり意味はないと俺は思ってる。走行距離もスプリントの回数も、経過と結果を結びつける一つの目安でしかない」

今度は橘が「だったら、なんで」と大声で訊ねた。

「今の戦術とそれなりの結果の関係を説明するには、有効だと思ったからだ」

ついさっきまで『くだらねぇ』と呟いていた橘が、「なるほどね」と笑った。

「パスの成功率は、自陣と敵陣で分けて計測してくれてる。俺の感覚だが、敵陣での成功率は1stステージより三割増で良くなってる。小さいスペースでのワンツーが増えたからだろう。効果は分かり難いが、相手の視線と重心を僅かに動かすだけで次の動きに影響……」

赤瀬の説明は、かつてないほど長く続いた。一つ一つの項目と、イサクの計測方法及び信憑性、そしてその数値が示すもの。更に、2ndステージの戦い方の有効性と、失点が増えることも織り込み済みであること等々……。

勇には、赤瀬の話が、不満を持つ者達の出口を塞いでいるようでありながら、実は発言を促しているような気がした。

「駄目だよ、監督。もっとはっきり言わなきゃ」

席に座ったまま首だけ通路に出し、橘が言った。

「お前ら、分かんねぇかなぁ。監督は呼び水になってくれてるんだよ。今の戦い方に言いたいことがあれば、遠慮せずに言えって。好きでもない数字を使った説明も、具体的な突っ込みどころを提示してくれてるんだ」

彼もまた、勇と同じことを感じていたらしい。

「ですよね、監督」

赤瀬は肯定も否定もしなかったが、「続けろ」と促した。

「お前ら〝結果が出てるから文句は言えない〟なんて思ってんだろ？　〝消耗が激し過ぎる〟なんて口にするのは、プレーヤーとして恥だしな。でも、結果が出なくなってから言っても、そん時はにっちもさっちも行かない事態になってるものなんだよ」

何人かが「別にそんなことは」「決め付けないで下さい」と発言すると、橘は「フン」と鼻を鳴らして席から立ち上がった。氷水がガシャンと音を立てた。彼も堀田と同様、膝を氷嚢付きのサポーターで固めていた。

「おい中条、それから李。お前ら試合中、桐山に〝俺らのことも考えろ〟とか〝レッド喰らって一人少ない状態と一緒だ〟とか言ってただろが。俺にも聞こえてんだよ」

事実だ。中条と李だけではない。プレーが止まる度に、味方の特に守備的ポジションから、勇に何度もそんな言葉が投げ掛けられている。

「桐山に走らされてるなんて思ってるなら、お前らプレーヤーとして下の下だ。どんなシチュエーションであれ、走らされてるんじゃない。てめぇで走ってるんだろうが」

橘の追撃の言葉に、

「あんまりキツかったんで、冗談で言っただけっすよ」

「そうそう。実際、手を抜いてるわけじゃないし」

名指しされた二人は慌ててそう答えた。だが、橘は容赦しない。

「いちばん走りまくってる若い奴に〝あんまり走るな〟って言う先輩がいるか？　バリバリ頑張ってる張り切り営業マンに〝俺達まで忙しくなるから仕事を取ってくるな〟って言ってるようなもんじゃねぇか。新人刑事に〝面倒だから事件を増やすな〟って怒るロートル刑事、命を救いたい一心で医者になった若者に〝これ以上急患受け入れるな〟って……」

江藤が「あ、もういいっす」と割って入らなければ、橘の喩え話は延々と続きそうだった。

「おう、この戦い方で五ゴールの恩恵を賜ってるエースの江藤くんじゃないか」

「なんすか、それ。中条さんや李さんを庇うつもりはないけど、前線の俺達だって感じてますよ。こんな戦い方をやってたら身体がもたない。残り十試合、どこかで破綻するに決まってるって」

江藤の言葉に勇気付けられたか、黙っていた者達から「うん」「そうだな」と声が上がり始めた。

「ツバメ相手にドローがいいとこ。格上相手に通用するとは思えない」

「格下相手だって、十一月まで身体がもつわけない」

「十試合と違《ちゃ》う。夏場には、県知事杯もあるやろ」

三つ目の御蔵屋の発言に、何人かが「おぉ、そうだ」と反応した。

県知事杯サッカー選手権大会。天皇杯の県代表決定戦を兼ねた大会だ。県・地域・大学の各リーグ、JFLやJ3まで、県内のあらゆるカテゴリーに属するサッカーチームが参加する。

武山FCは1stステージで優勝していれば無条件で天皇杯本戦に出場出来たが、それが叶わなかった以上、この県知事杯に優勝して県代表枠を得ない限り本戦へは出場出来ない。

JFL所属チームは予選が免除され、八月に行なわれる決勝トーナメントからの出場となる。各都道府県とも同じような大会が開催されるので、第七節以降は一カ月ほどJFLの試合は組まれていない。

順当に進めば、イサク達が「憎き北」と呼ぶJ3ブルスクーロ青嶺と、どこかで当たる。実現すれば、トレーニングマッチを除いて五年振りの直接対決だ。双方のサポーター達は、リーグ戦以上に気合いを入れて応援に来るに違いない。

「その大事な一戦を迎える頃に疲れがピークなんじゃないか、なんて心配してるのか？」

橘の言葉はいちいち挑発的だが、カウンター狙いの罠であることは明らかで、誰も迂闊に打ち込もうとしない。

暫くの沈黙の後「確かに」と立ち上がったのは、これまでずっと発言のなかった堀田だった。

「確かに、運動量が少し増えたくらいであたふたするのはみっともない。でも、問題はそれだけじゃない。攻撃的に戦うのはいいとして、守備が疎かになってることも数字に現われてます」

その通りだった。1stステージでは五節を終えて十だった得点は、十八と倍近くまで伸びた。だがその一方、僅か四だった失点も既に十三ある。こちらは三倍超だ。更には、勝った試合で二点差がついたのは一つだけ。残りはすべて一点差だ。試合中に二点差以上が付いたことも、ほんの僅かな時間しかない。派手な点の取り合いでサポーター達は盛り上がるが、どう考えても良い戦いをしているとは言い難い。

「どこかでバランスを取るべきだと、俺は思います」

堀田に賛同する声がいくつか上がり、橘も暫く黙って聞いていた。だが、

「この件に関しては、橘さんの守備にも問題がある。あんたは上がりも戻りも確かに凄い。サイド攻撃については、めちゃくちゃ勉強させて貰ってる。だけど、物理的な限界ってものがある。俺やココや李があんたのフォローをしてること、分かってないわけじゃないでしょう」

堀田が止《とど》めのように放ったこの言葉に、橘は「ほぉ」と笑みを見せた。カウンターが来る。そう直感し、勇は橘に目を向けた。

「堀田、お前まさか〝怪我が治ったばかりなのに俺のフォローしてもらって悪いね〟とか言われたいのか」

「まさか」

「この際だから言っておく。膝、庇ってんじゃねぇぞ」

一瞬、バスの中が凍り付いた。北陸自動車道を進む規則正しい走行音が、車内を包む。

「ちょっと待って下さいよ。ピッチに立つ以上、故障上がりが言い訳にならないくらいのことは、俺が誰よりも分かってるつもりです」

「嘘を吐くな。膝を庇ってることはバレバレなんだよ」

「だから、庇ってなんか……」

「無意識だとしたら、却って重症だ。同じ箇所を壊したことがある俺が言うんだ。間違いない」

勇も、この五試合で思い当たるシーンが幾度かあった。堀田は、ボールを奪いに行く際には激しく相手にチャージする。危険と思われる角度からのスライディングも厭わない。しかし、特に右サイドをドリブルで上がる際など、相手に奪われそうになると削られる前にボールを離す。相手のスライディングを強引に突破することはなく、接触を避けて安全策を選択する。

指摘されて、本人も初めて気付いたらしい。橘を睨み付けていた目を伏せ、堀田はストンと腰を下ろした。

駄目だ。橘は本題と関係のないところまで必要以上に挑発し過ぎる。これでは、ガス抜きのきっかけと言うより火種になり兼ねない。

「あの」

気付いたら、勇は立ち上がっていた。

「おぅ、元凶ちゃんっすか」

「誰が元凶ちゃんっすか」

「悪い悪い。なんだよ、お前は不満なんかないだろ。ご希望通り好きなようにプレーして、周りが合わせてくれてるんだ。楽しくってしょうがない筈だ」

ついさっき「いちばん走りまくってる若い奴」と庇うようなことを言っていたのに、その勇にまで絡んで来る。こうなるともう、癖《へき》と言うべきかもしれない。なにしろこのチームを「ぬるい」と断じた男だ。自分好みの湯加減にするために、文字通り焚き付けている感じだ。

「いや、全然不満とかじゃなくて、堀田さんが言った守備面についてです」

「ほぉ、とびきりのアイデアでも浮かんだのかい」

橘は「拝聴しましょう」と、前列の背もたれを抱くような姿勢をとった。その態度にカチンと来ないわけではなかったが、勇はグッと堪えて言った。

「失点が多過ぎるって部分は、確かにその通りです。ただ、俺はこのままの戦い方でいいんじゃないかと思います」

後見人的意識でもあるのか、勇と最も長時間接している中条が「おいおい」と止めようとした。

「そりゃ、たまたま勝ててるからだろ。俺達が言ってるのは……」

「分かってます。最後まで聞いて下さい。俺が言いたいのは、攻撃は今のままでいい。但し守備面に関しても、もっと走行距離やスプリントを伸ばせばいいんじゃないかってことです」

勇の発言の意味は、すぐには通じなかったらしい。また沈黙があったが、今度はすぐに「はぁ?」「いやいや」「そんな馬鹿な」と数名から声が上がった。

「消耗が激し過ぎるって前提を無視すんなよ。堀田が言ったのは、攻撃一辺倒になってる意識を、ある程度は守備にも回すべきだって話だろ?」

中条が代表して捲し立て、周りも「分かってねぇな」「話、聞いてるか?」などと野次った。

これまでとは違い、失笑混じりだった。

それによって、バスの中に立ち籠めていた緊張感が幾分か緩んだ。橘も、勇に「そうなるわな」と言って、冷笑を浮かべて腰を下ろした。

皆、冗談だと思っているようだった。

だが、勇は本気だった。

これを言わせたかったんでしょう、監督。

そんなふうに思いながら、勇は最前列の方へ目を向けた。だが、赤瀬は既に背もたれの向こうに腰を下ろしていた。

大人の対応も、限界を迎えたようだった。

その日を境に、橘はチーム内で孤立するようになった。

その影響か、大野もあまり喋らなくなった。もともと自ら発言することは殆どなく、若手の選手から質問があれば答えるというスタンスだったのだが、質問されること自体が少なくなった。

そんな状況だったこともあり、いきなり橘から「たまには飯でも行こうや」と誘われた時、勇は「はぁ？」と失礼極まりない反応をしてしまった。

「なんだよ〝はぁ？〟って」

第六節を終えて数日後、練習を終えた直後のことだった。橘は「なんつーリアクションだ」と笑い、強引に腕を摑んで勇をロッカールームから連れ出した。

どこに行くのかも聞かされないまま、勇は橘の運転する車に乗せられた。普段ジムで行なっているメニュー、夕食で気を付けていることなど、当たり障りのない話をしながら、車は市街地を抜けて三十分ほど走った。

なにか話があるのかと訊ねようと試みたが、橘はその都度、話をはぐらかすように勇を質問攻めにした。

「そろそろ夜のジム通いはやめて、身体のケアに気を使え。『滝之湯』だっけ？　あそこはジャグジーもあるし、いいぞ。隣がマッサージ屋だし。今なら湯冷めもしないだろう」

まさか、人恋しくなったというわけでもないだろう。お前も新顔なのだからこちら側に付けとか、そんな中学生みたいな話なわけないし……。

あれこれ考えていると、車が停まった。普通の民家を改装したようなレストランの前だった。

玄関前のイーゼルには、『有機野菜』『地鶏料理』と手書きされた黒板があった。店内には三組の客があり、皆、小声で喋っていた。ドレスコードはないが、誰も彼も小奇麗な格好をしている。

プーマやアディダスな二人は、完全に浮いていた。

「この間の試合を見て、お前が本気だということは分かった」

席に着いてすぐ、橘はそんな話を始めた。

第六節、武山FCは初黒星を喫した。だが、1stステージ優勝の浦安海運SCに三―四と善戦し、内容自体も悪くはなかった。一―四の後半四十分過ぎから諦めることなく立て続けに二点を取る展開に、ノロ・サダ・デンスケ達も惜しみない拍手を贈ってくれた。

大野と橘の動きも光っていた。大野は三点のうちの二点でアシスト、橘はすべての得点になんらかの形で絡む動きを見せた。普段のチーム内での存在感に反して、二人が武山FCに欠かせない存在であることを象徴するような試合だった。

光ったというよりも目立ったという意味では、勇が一番だったろう。

「俺もさすがに、やり過ぎだと思う」

橘が、そんな感想を持つほどに。

勇はこの試合で、誰もが失笑し本気にしなかった宣言を実行に移した。

攻撃面ではこれまで通り中盤を駆け回り、ボールを持てば積極的に上がって行く。大野を囮にして自ら起点になるプレーも試み、ゴールとアシストも一つずつ決めた。

それに加え、守備にも同等かそれ以上の労を惜しまないよう努めた。守備面でのポジショニングや身体の使い方には、自分でもまだまだ拙い部分があると自覚している。それを運動量でカバーしようと、とにかく動き回った。

赤瀬は、試合後のミーティングで数字を使った説明をしなかった。イサクに頼んだのは、あの第一節だけだったらしい。もしこの第六節を計測していれば、勇の走行距離とスプリントは異常な数値だっただろう。

「四失点もしたし、まだまだです」

テーブルに、湯気を立てる色鮮やかな野菜と胸肉のソテーが並べられた。勇の前にバゲットが、橘にはハーフサイズのライスが置かれた。

「この前のみんなの言葉じゃないけど、いつか潰れるぜ」

ニンジンを口に運びながら、橘がらしくないことを言った。

「まぁ、そうかもしれませんけど」

軽く味付けしただけのボイル野菜は、異常なくらい美味かった。チラリとメニューを見た時『高っ』と思ったが、それだけの価値はあると思い直した。

「それで、身体のケアのことを言ってくれたんですか?」

「まぁ、それもある」

「そんな話なら、練習中にいくらでも言えるでしょう。周りの目が、気になりますか?」

橘はその問いには答えず、胸肉にナイフを入れた。

「チームの勝ちも負けも一人で全部、背負ってるつもりか?」

暫く沈黙した後、橘が唐突にそんなことを言った。彼にしてみれば、何気なく使った言葉なのだろう。

だがそれは、勇のナイフとフォークを止めるのに充分な意味と威力を持っていた。

かつて、父親に言われた言葉と似ていたからだ。

7

一人暮らしを始めて七カ月が経ち、勇の生活にいくつか変化が生まれた。

一つは、十九歳の誕生日を迎えたことだ。美緒から『一応ね、おめでと』と留守電に録音が残されていることは想定内だったが、LINEで高校サッカー部の同期であるトラやテツやペニーからゴテゴテしたスタンプだらけで『ハピバスデ！』と祝福されたのには驚いた。

何度か『元気か？』『ネットで動画観たぞ』などとメッセージを貰っても既読スルーしていた勇も、これにはさすがに『なんで誕生日知ってんだよ。気持ちワリーな』と返信してしまった。すると即座に、酒井このはが『おいコラ、桐山ぁ！』と割り込んで来て、勇は速攻で退出した。

いま一つは、自転車という強力な移動手段を入手したこと。安物の所謂ママチャリでもよかったのだが、どうせならと奮発してマウンテンバイクを買った。

購入費には、手を付けていなかった出場給と勝利給とゴール給を充てた。中古なのでメーカーやデザインを選ぶほど選択肢はなかったものの、アルバイトというものをやったことがない勇にとって、生まれて初めて自分が稼いだ、それもサッカーで稼いだ金で手に入れた特別な物だ。

このメタリックブルーの相棒によって行動範囲は格段に広がり、練習の行き来や日々の買物も随分と楽になった。

もう一つの変化は、朝のルーティンワークだ。

これまでは無舗装の林道を黙々と走っていたのだが、十日ほど前からボールを使った練習に切り替えた。どこかを鍛えると言うよりも、身体をゆっくりと目覚めさせるための軽い運動だ。

きっかけは、あの町外れのレストランでの橘の言葉だった。

いま武山FCは、少なくとも週に一試合、大型連休などで変則日程となれば週に二試合をこなしている。しかもその戦い方は、１ｓｔステージとは比較にならないほど消耗が激しい。若さで乗り切ることは出来るかもしれないが、それは却って大きな怪我に繋がり兼ねない。疲労が蓄積した状態で走り込むのは逆効果、やるなら軽いものにした方が良い。

橋の提案は、そんなものだった。

確かに、強豪校の出身でない勇にとっては、これまで経験したことが無いペースで公式戦が行なわれている。更に、アウェイ戦での長い移動もある。疲労が蓄積されて当然だ。

これまでに経験のない身体の重さを、事実、感じてもいた。そんな自覚もあって、勇は提案に従うことにした。

だが橘は、ただ勇の身体を心配しているだけではなかった。ひょっとしたら、心配など微塵もしていなかったのかもしれない。

「明日からそうします」

そう答えると、橘は用意していたかのように「じゃあ」と、ある依頼を持ち掛けたのだ。

その日も勇は、午前五時半に起床すると、顔を洗って歯を磨き、アップシューズで家を出た。ボールバッグを背負い、マウンテンバイクに跨がって向かった先は、いつも利用しているスポーツジムの本館脇にある、金網に囲まれたフットサルコートだった。武山ＦＣのスポンサーであり、江藤ら数名の選手の雇用主でもあるジムのオーナーから、早朝の一時間程度なら自由に使っていいと許可を貰い、勇はここの鍵を預かっている。

「お待たせ」

勇が到着すると、先に来ていた相手はストレッチを中断して「おはようございます」と丁寧に頭を下げた。

橘の息子、涼だった。

橘の依頼とは、朝の自主トレに彼を相方として使ってくれというものだった。

その話を持ち掛けられた時、勇は「やですよ」と即答した。

「なんで」

「なんでって……俺、試合後のサッカー教室でキッズチームの子、二、三人泣かしたことあるし。子供の扱い、苦手なんですよ」

「上の子だぞ。そんなガキじゃない。まぁ、下の子だとお前の方が泣かされるだろうけど」

適当な返事で断わることは難しそうだったので、勇は告げ口ではないと前置きして、ファミリーレストランで「あなたのプレースタイルが嫌いです」と言われた一件を説明した。パラフレンチ武山で再会した時に謝られたが、敵意はそのままだったように感じたことも伝えた。

「てなわけで、彼の方が嫌がるに決まってます」

橘は、ファミリーレストランでの一件を知っていた。そして「順序が間違ってた、すまん」と頭を下げた。その上で、「だからこそ頼みたいんだ」と言った。

所属チームが頻繁に変わる環境の中、涼は行く先々で上手く立ち回ろうとしている自分が嫌でしょうがなくなっている。親に不満をぶつけているうちはいいが、サッカーそのものを嫌いになれば最悪だ。涼の将来をサッカー選手と決め付けているわけではないが、途中で投げ出すようなことだけはさせたくない。

そんな話を聞かされている最中、勇はどのタイミングで「知ったことじゃないです」と言ってやろうかと考えていた。だが、

「そんな、親にしか不満をぶつけなかった涼が、何故かお前には面と向かって文句を言った。それも初対面で。それは、あいつとお前が似た者同士だからだと、俺は思う」

そう言われて、思い留まった。

口を開こうとした勇を制して、橘は「いや」と先回りした。

新しい環境に飛び込んだ時、殆どの者はそこに馴染むことを選ぶ。環境の方を変えようなどとは思わない。ところが桐山勇は違う。望まないポジションを与えられても、自分のやりたいよう

にやる。誰でもそんなふうに振る舞いたいと思っているが出来ないことを、桐山勇だけがやっている。

結果的に選ぶ行為が正反対だとしても、そこに至る思考が勇と涼は似ている。故に反発もするが、それは同調の裏返しでもある。気に入らないと同時に、気になってしょうがない。正直に言えば、羨ましいのだ。

「つまりさ、一緒なんだよ二人とも」

そんな橘の言葉を聞きながら、勇はナイフとフォークを中途半端な高さで止めていた。

この数分前、「チームの勝ちも負けも一人で全部、背負ってるつもりか？」と問われた時と同じ反応だった。

最終的に選ぶ行為が違っていても、考えていることは同じ。

この言葉がやはり、かつて父親に言われた言葉に似ていたからだ。

その時、ニンジンの自然な甘みに満たされていたはずの鼻腔に、血の味が蘇ったような気がした。

勇の沈黙の意味を、橘がどう受け取ったのかは分からない。

「基本的なことはユースレベルに達してるから、足を引っ張るようなことはない。この町の新参者同士でもあるし、桐山にとってもマイナスにはならないんじゃないかな」

その言葉にどう返答したのか、勇は覚えていない。

相談に乗ってやる必要はないし、先輩としての教えを期待しているわけでもない。ただ、親でもチームメイトでもない人間が、一緒にボールを蹴ってくれればいい。それが今のあいつには、重要なのだ。

これまで見せたことがないほど必死に訴える橘に押し切られ、勇は渋々引き受けることにした。

そうして、既に一週間余りが経つ。

涼は、とても礼儀正しい少年だった。

初めて一緒に練習することになった日の朝、涼はまず頭を深々と下げてファミリーレストランでのことを改めて謝った。新しいチームでの立ち位置が見付けられずにいた頃、自由奔放にやっている勇を見ていて腹が立った、しかしそれが筋違いの怒りであったことを父親に言われて気付いた、とのことだった。

「じゃ、始めようか」

人工芝のピッチをゆっくりと五周走った後、三メートル余り距離を取って勇がボールを投げ涼がダイレクトで蹴り返す。五分ほど繰り返し、交代。続いて、距離を広げながらのパス交換。易しいボールから始まり、徐々にスピードもコースも厳しくしていく。

「今日から一つ、新しいメニューを試そうか」

軽く汗ばんだ頃、勇が涼を呼び寄せて言った。

同じサイドの両コーナーに二人が立ち、一人が逆サイドに向かってタッチライン沿いに走る。もう一人が、対角線上のコーナー付近に向かってロングボールを蹴る。走り込んだ一人が、そのボールをトラップするというものだ。蹴る側は動く標的への正確なロングパス、受ける側はロングスプリントしながらトラップする練習になる。

「完全にＦＷの練習ですね」

説明を聞いて、涼が微かに笑いながら呟いた。

「ここでも対角線なら三十メートル程度ある。タッチライン際から遠いサイドへのクロスボールくらいの距離だ。ニアにクロスと思わせておいて手薄な逆サイドに飛び込むってのは、お前の親父さんもよくやるプレーだろ？」

涼は無言で笑みを浮かべたまま、ボールを抱えてコーナーへ向かった。

涼のボールコントロールは、想像していた以上に上手かった。三度繰り返し、そのいずれもがコーナーの内側三メートル以内に来た。グラウンダーでも、浮かしても、曲げても、その正確さは変わらない。

だが、あまりに正確なボールではトラップの練習にならない。中途半端な高さや難しいバウンドを注文すると、涼はこれにも難なく応えてくれた。

恐らく、キックの正確さでは勇が中学一年生だった頃よりも上だ。その一方で、一対一のボールの奪い合いをすると、あまり上手くはなかった。何度か「遠慮するな」と言ったが改善されないということは、無意識にラフな接触プレーを避ける癖が染み付いているのだろう。

プレーは雄弁だ。わざわざ訊かなくても、彼のサッカー人生が手に取るように分かった。

橘の「桐山にとってもマイナスにはならない」という言葉は、その通りになっている。恐らく、橘の意図した意味以上に。

付き合ってやっている体で始まった筈なのに、勇も朝練を楽しみにするようになっていた。それは中身の濃い練習が出来るからでもあるが、他愛のない会話が出来るからでもあった。

勇はこっちに来てから半年間、同級生や年下のサッカープレーヤーと接していない。伊勢の子供達では年少過ぎるし、江藤や堀田に軽口を叩くことは出来ても、やはりどこか遠慮がある。知らず知らずのうちに鬱憤が溜っていたらしい。

橘がそこまで考えてくれていたかどうかは分からないが、涼と接してみて、勇は改めてそのことに気付かされていた。

「上手いもんですね、さすがに」

「中坊と一緒にするな」

ペットボトルで頭を小突くと、涼はペコリとしてそのスポーツドリンクを受け取った。

一セット五本で一人三セットずつをこなすと、二十五メートルほどのダッシュを十五本やったことになる。明らかに軽い運動ではなかったが、黙々と林道を走るよりも格段に心地のいい汗だった。

「完全に攻撃の練習かと思ったけど、敵のロングフィードをカットする時も正確なトラップがものを言いますもんね。敵の攻撃を寸断するだけじゃなくて、すぐにカウンターに移行出来る」

涼のトラップは、十五本のうち十二本が大きく弾んで足下に収められなかった。それでも、中学一年生ならボールに追い付いただけで充分に及第点だと勇は思う。

「当然だけど、やっぱ桐山さんはトラップも上手いっすね」

「いや、まだまだだ」

謙遜でもなんでもない、正直な言葉だった。

ゲーム中なら味方が蹴る前に動き出していなければならないし、風やピッチの状態も計算に入れておかなければならない。なにより、相手の選手がトラップを黙って見ているわけがない。

人工芝の上で股関節の柔軟をしながら、涼は勇の説明を聞いて深く頷いた。

「なるほど。トラップの上手さで言うと、武山FCでは大野さんが抜群ですね。あと、チャージを受けても倒れない強さでは、やっぱ江藤さんかな」

鋭い、と感心してしまった。

武山FC唯一のJ1経験者である大野のプレーには、勇は幾度となく驚かされている。その中で、視野の広さと絶妙なタイミングのズラし方は、天性のもののような気がする。ただ、トラップに関しては技術だ。これを参考にしない手はない、と思っている。ゴール前での江藤のボディバランスの良さも、同様だ。

その両方を自分のものとし、すべてのプレーでチームNo．1になる。これが、目下のところ勇の目標だ。

「そっかぁ、それが桐山さんのモチベーションなんですね」

「あぁ。お前も環境が気に入らないなら、自分でなんとか目標を見付けろ」

橘から似たようなことは言われているのだろう。涼は唇を堅く結んで俯いてしまった。

「よく、俺らの試合を観てるんだな」

「練習と重ならないホームゲームは、だいたい。あ、この間はアウェイ戦も観に行きましたよ。近かったし」

先週末の、2ndステージ第七節のことだ。

「あの試合も、大野さんの凄いプレーありましたね。トラップも見事だったけど、その後の故意にワンテンポ遅らせた絶妙のスルー……」

言い掛けて、涼は続きを飲み込んだ。明らかに『しまった』という表情をしていた。

「チームの雰囲気とか、親父さん、なにか言ってたのか？」

勇の方から水を向けたが、涼は「いえ」と首を振った。

「細かいプレーのことは説明してくれるけど、チームの内情なんかは口にしないんで」

「そっか」

「今週末から県知事杯ですよね？　休めるんですか？」

「まぁ、監督は二回戦までサブ中心で行くと言ってたけど、どうだろうな。そんなに甘いもんじゃないと、俺は思うけど」

「けど、このタイミングでリーグ戦が止まるのは、ラッキーじゃないですか？」

小さな頃から、チーム内の雰囲気を感じ取る能力に磨きを掛けて来たのだ。ピッチ上で行なわれていることを観れば、ベンチやロッカールームまで透けて見えるのかもしれない。

「俺は逆もあるような気がする。吉と出るか凶と出るか、ってヤツだ」

「まぁ、そうかもですね」

だとしたら、涼は父親の思惑を遥かに越えて、とんでもないサッカー選手になるポテンシャルを秘めているのかもしれない。俯いたまま、汗に濡れた前髪をぐりぐり捻っている中学生の横顔を見詰めながら、勇はそんなことを思った。

「けどあの試合……」

俯いたまま涼が言葉を継ごうとしたが、やはり続きは出て来なかった。

聞かなくても、勇には彼が言おうとしていることが分かった。

第七節、武山FCは勝利を収めた。それも、2ndステージ初の完封勝利だった。

だが、その試合でチームは綻びを見せた。そのことに触れようとして、思い留ったようだ。

汗が引き、金網の外にジョギングや犬の散歩の人々が少なくなった頃、どちらが言うともなく二人は立ち上がった。

「どうも、ごちそうさまでした」

ペットボトルを振ってそう言う涼に、勇は一つだけ付け足すように言った。

「大野さんと江藤さんだけじゃない。もう一人、敵わないと思ってる人がいる」

「え?」

「お前の親父さん。あのおっさんの、とんでもないスタミナだよ」

お世辞を言ったつもりはなかった。

大野のトラップ、江藤のボディバランス、そこに橘のスタミナも自分のものにすれば、チーム内はおろかリーグNo・1も夢ではない。勇は、本気でそう思っている。

いずれも一朝一夕で会得出来る代物ではない。その中でも最も厄介なのが、耐久力だ。

涼は、まるで自分が褒められたように照れながら「どうも」と頭を下げて駆けて行った。

『お前の空気を読む能力も、見習うよ』

遠ざかって行く涼の背中を見送りながら、勇はそんなことを思った。


遡ること三日前。ＪＦＬ、２ｎｄステージ第七節が行なわれた。

武山ＦＣは、郡上《ぐじょう》経産大ダイノスとのアウェイ戦に臨んだ。

相手は大学一部リーグのサテライトチームで、１ｓｔステージ十二位と完全に格下だったが、ホームゲームでの応援はリーグ屈指の激しさで有名だった。

ダイノスの名の通り、チームフラッグにはＴレックスの骨格標本と思しきシルエットが描かれ、その四隅には『暴君蜥蜴』のおどろおどろしい筆文字が踊っている。

一方、芝生のバックスタンドに追いやられた武山ＦＣサポーターも、隣県ということもあってアウェイ戦にしては人数が多い。こちらの新しい横断幕には『BITE! #13』とあった。

ＪＦＬの試合などモノクロの二ページにしか載らないサッカー専門誌で、勇のプレーが別格の扱いで『嚙み付かんばかりの勢い』と評されたのを受け、急遽制作された横断幕だった。

『暴君蜥蜴』と『BITE!』が八月の太陽の下で翻り、試合前の雰囲気はサッカーと言うより、嚙み付き引っ掻きなんでもありのバーリトゥードの応援のようだった。

試合は序盤から格上の武山ＦＣが主導権を握り、前半十五分で計七本のシュートを放った。いずれも相手ＤＦの身体を張った守備とＧＫのファインセーブに阻まれたが、ボール支配率は七対三から八対二で、武山ＦＣが制していた。

前半を終え、シュート数は十六対一。圧倒的に押してはいるが、スコアは〇―〇だった。フラストレーションは、明らかに武山ＦＣ側に募っていた。

涼が言った、大野の「故意にワンテンポ遅らせた絶妙のスルー」が出たのは、後半十七分のことだった。何度もオフサイドを取られていた江藤が、大野の故意に作った緩急のおかげで裏への抜け出しに成功した。

二人に囲まれた状態で、江藤は角度のないところからシュートを放ち、サイドネットを内側から揺らした。

涼が感じ取った綻びは、この直後に起こった。

「もう足が動かない」「勘弁してくれ」「一―〇で充分だろ」「やりたきゃ、お前らだけでやれ」

フィールドプレーヤー十人中六人が、表情や身振りでそう訴えていた。

相手は十九歳から二十二歳。スタミナは無尽蔵と言っていい。交代枠も早い時間帯で使い切り、フレッシュな選手も前線に三人いる。ましてや一点差。２ｎｄステージ三位を相手に意地でも勝ち点一を奪い取ろうと、獰猛に喰らい付いて来る。

一方の武山ＦＣは、勇、大野、江藤が前線で攻撃的に動き回る。そこに左サイドから橘が加わろうとする。だが、他の者は完全に一点を守り切る態勢になっていた。

がっちりと退《ひ》いて、一点を守り抜く。高い位置から奪いに行き、もう一点を取りに行く。後半二十分を過ぎて僅かに一点リードの状況では、どちらの思惑も間違ってはいない。明らかに間違っていたのは、ピッチ上に相容れない二つの思惑が混在していたことだ。

当然、中盤は間延びした。

中盤でボールを支配され、後半二十分過ぎから武山ＦＣは自陣でプレーする時間が続いた。

ちょっとした接触で、なかなか立ち上がろうとしない者も出始めた。明らかに、足がつった芝居をしている者も複数いた。

試合開始前に発表された気温は二十八度だったが、一時間余りを経て、ピッチ上の体感温度は三十五度以下ではない。盆地にある県営陸上競技場に風は殆どなく、湿度も恐ろしく高い。厳しいコンディションでの試合で、リードした側の姑息な時間稼ぎは珍しいことではないが、後半の二十分からでは早すぎる。第一、プロアマを問わずプレーヤーとしてみっともない。最早、恥も外聞もないということのようだった。

赤瀬も座間味も、普段はゲーム中に声を荒らげることのない近江までも、タッチラインギリギリまで出て「受け身になるな！」「下がってんじゃねぇ！」「ライン上げろ！」と叫んでいた。副審から何度も前に出ないよう注意され、座間味などは喰って掛かって退場処分を受けた。

後半三十二分、最後の交代枠を使い、赤瀬は中条に代えて御蔵屋を投入した。勇ではなく中条を代えたことで、もっと攻撃的に行けというメッセージは伝わったはずだった。

それでもDFラインは上がらず、中盤が間延びした状態は変わらない。直接ベンチから指示を受けているはずの御蔵屋までも、僅か数分で動きの鈍い守備陣に飲み込まれるかのように退いた位置でプレーをし始めた。

「なんで攻めないんすか」

業を煮やし、プレーが途切れた合間に勇が御蔵屋に迫った。

「見たら分かるやろが」

御蔵屋の反応は、冷たいものだった。

「ベンチの指示より、ピッチで起きとるリアルな状況を優先させとるだけや。中盤ゆるゆるにして攻め上がっとる場合か、どあほ」

「なんなんすか、それ……」

尚も詰め寄ろうとする勇を、大野が止めた。

「後ろはいい、前だけ見てろ」

水を補給する大野も、珍しく息が上がっていた。いつも以上に激しく前線への上がりと戻りを繰り返す橘は、もうなにも言えない。

彼らは、こういう状況が初めてではないようだった。

動ける選手までも動こうとしない。つまり、ただ消耗が激しいだけでなく、ピッチに立つ選手の多くが、二点差が付くまで攻め続けるというチームの方針に対して反乱を起こしているのだ。

「行けよ、コラァ!」「退いてんじゃねぇぞ!」

後半三十五分を過ぎた頃、サポーター達も騒ぎ始めた。彼らの目にも、ピッチ上とベンチの思惑にズレがあることは伝わったようだった。

危ない場面は何度かあったものの、相手の拙攻にも助けられ、試合は一―〇のまま終わった。武山FCの選手の多くは、試合終了のホイッスルと同時にその場に座り込んだ。ユニフォームを脱ぐ者、大の字に寝転がる者もいた。郡上の選手に握手を求められ、その手を借りて立ち上がる者もおり、どちらが勝者か分からないような状態だった。

「さぁ、ヘタばるのはまだ早いぞ」

比嘉が手を叩き、何人かを助け起こした。メインスタンドに向かって整列して一礼、その後、サポーターにも挨拶に向かわなければならない。

重い身体を引き摺るようにバックスタンド前に並ぶと、スマートホンを持ったサポーター数名が「やった! 二位だぞ!」と叫んでいた。同時刻に行なわれた試合で二位の浦安が格下相手にドローで終わり、武山FCは二位に順位を上げたとのことだった。

その一方で、ノロ・サダ・デンスケを中心とするコアなサポーター達は、選手達に容赦なくブーイングを浴びせていた。

「なんだよ、讃えてやれよ！　初の完封だぞ！」

「分かってねぇな、褒められた内容じゃねぇだろ！」

一礼し、バックスタンドに背を向けた勇の耳に、サポーター同士の言い争う声が届いた。

勇も消耗は激しかったが、敵にも味方にも疲れた素振りを見せてはならないと判断し、ベンチの数名と握手を交わしてロッカールームに向かおうとした。

「桐山クン」

通路に入ってすぐ、後ろから呼び止められた。振り返ったが、八月の陽光に慣れた目には相手のシルエットしか見えなかった。

「噂に聞いてたけど、君の動きには驚かされたよ。1stステージで当たった時は、なんで外れてたんだ？　怪我でもしてたのか？」

向こうから近付いてくれたおかげで、相手の姿が見えた。郡上の本体とサテライトチームを統括する総監督だった。

勇も、この総監督のことは知っていた。かつてはJ1で指揮を執っていたが、若手の育成に携わりたいとの理由から六十代半ばで出身大学へ戻った有名な指導者だ。話題になったのは勇がサッカーを始めたばかりの頃だったので、今は七十歳を越えているはずだ。

試合終了直後、赤瀬は相手の若い監督とは簡単に握手を交わしただけだったが、この総監督とは暫く話し込んでいた。

「しかし、君を止めるのはそれほど難しいことじゃない。対処法は、すぐに分かったよ」

勇はなにも答えなかったが、スーツに身を包んだ老人は嗄れ声で一方的に喋り続けた。

「うちの選手にその手は使わせなかったが、いずれどこかのチームが使って来るだろう」

負け惜しみを言っているとは思えなかった。

「それともう一つ、チームの状態があまり良くないみたいだな」

「……………」

「図星かな？」

長くサッカーを観ていると、チームが一つの生物のように成長したり衰えたり、風邪をひいたりする様子が分かる。今の武山ＦＣは、寝込むほどではないが微熱が続いている感じだ。この調子で行くと、数試合以内に悪化するだろう。長いシーズン、どんなチームでもすべてが上手くいくということはない。問題は、最悪の状態になった時、どんな試合を迎えるかだ。

武山ＦＣは、最悪の状態で県知事杯決勝トーナメントを迎えるだろう。

両チームの選手とスタッフがロッカールームに消えた後も、総監督は話し続けた。

「ここからは、君の人間力が試されることになるぞ」

じっと目を見られ、勇はやっと「ご忠告どうも」と応えた。

物足りない反応だったらしい。老人は肩をすくめ、「楽しみにしてるよ」と勇に握手を求めてロッカールームへ消えて行った。

ただの話好きなのか、気になる若い選手を見ると声を掛けずにはいられないのか、分からない。負け試合の直後、相手の選手を呼び止めてまで言っておきたいことだとは思えなかった。

確かなのは、武山ＦＣが崩壊寸前であることが、敵の目から見ても明らかだということだった。


八月の二週目からＪＦＬは中断され、天皇杯本戦の代表枠を賭けた大会が各都道府県で開催された。

武山ＦＣも、県知事杯に決勝トーナメントから出場した。

決勝トーナメントは、地域リーグ、県リーグ、大学二部リーグから各一チームずつ、更にその下部に位置するリーグから一チームが、予選を経て出場権を得る。そこに、予選を免除された地域リーグと大学一部リーグの前年度県内一位チーム、Ｊ３とＪＦＬ所属の二チームが加わり、計八チームで行なわれる。

その一回戦、武山ＦＣは地域リーグ代表を相手に、サブメンバー中心ながら四―一で圧勝した。続く二回戦も大学一部リーグ代表を相手に、大野も橘もいない状態で五―三で勝ち上がった。

二試合とも、勇にも出番はなかった。アップを命じられることもなかった。

その戦い方は、２ｎｄステージで赤瀬が実現しようとしている超攻撃型でないことは明らかだった。二試合とも点差で言えば危なげない勝ち方ではあったが、赤瀬は何度も「休むな！」「上がれ！」と叫んでいた。

それでもピッチ上の選手達は、ベンチとまったく別の思惑で動いているようだった。

危険な打ち合いなどする必要はない。これくらいの相手であれば、次戦を見据えて消耗を抑え、余裕をもって勝つことが出来る。プレーの端々に、そんな思惑が透けて見えた。

その戦い方によって、結果は出した。

結果が出てしまったことが問題をややこしくしていた。明らかに格下相手であったことは差し引いて考えなければならないのに、休養していたレギュラークラスも含め、この二試合の結果によって「これでいいじゃないか」という雰囲気がチーム内に蔓延し始めていた。

そんな、悪い意味での勝ち癖が付いたなか迎えた、県知事杯ファイナル。

対戦相手は大方の予想通り、ブルスクーロ青嶺だった。彼らも武山ＦＣと同様、一、二回戦は主力を温存しつつ無難に勝ち上がって来た。

休養充分なフルメンバーによる五年振りの公式戦。青嶺のホームである県営陸上競技場は満員の三万五千人で埋まり、その周囲でも入場出来なかった両チームのサポーターが、旗を振りチャントを叫んでいた。

県営陸上競技場は、国体が行われた時に整備拡張された。控え室もシャワー室も、トイレや通路の明るさまでもが、武山ＦＣのホームである市営陸上競技場とは雲泥の差だった。

ブルスクーロ青嶺は一銭も使わずにこの施設を手に入れ、同時に武山からも去った。そのことに反発し、北サポーターの半数ほどは南＝武山ＦＣに鞍替えした。

そんな裏切り者、ブルスクーロ青嶺がＪ２で最下位争いを繰り返し、Ｊ３でも上位に喰い込めないでいることに、武山ＦＣサポーターは幾らか溜飲を下げている。だがやはり、直接対決での圧倒的勝利に勝るものはない。

ノロ・サダ・デンスケ達は、いつも以上に気合いが入っている。サポーターはいつもより大人の割合が高く、声援は野太く足踏みの音も重い。普段は裏方に徹するイサクや咲田らも、メインスタンドの後方にいた。

オォォォォォ……　オォォォォォ……

決勝戦ということで試合前に少し長いセレモニーがあったが、その間も客席では煽るように低い声が何度も上がり、手拍子と足踏みも止むことはなかった。

「こういう雰囲気は、初めてだろう」

記念撮影の後、橘が勇に声を掛けて来た。異様な雰囲気になることはある程度想像していたのだが、現実はその想像を遥かに越えており、勇はやや緊張していた。

「そうっすね。ここまでとは思ってませんでした」

「この歓声だ。ベンチからの指示は殆ど届かない。俺の声も近くじゃないと聞こえないだろう。〝上がれ〟〝下がれ〟くらいはジェスチュアで示すけど、自分で判断する場面が多くなるからな。そこらへんは頭に入れておけよ」

なるほど、予め聞いておいて良かった。雰囲気の問題だけではない。これは、まったく未知の環境での試合となる。

ホイッスルが鳴った瞬間、ゲームは完全に選手個々の判断に委ねられる。ピッチにいる者だけが、ゲームを作り上げるのだ。

「先取点だ」

橘はそう言って勇の肩を叩き、左ＳＢの位置に向かった。

どんな試合でも先取点は大切だが、この試合は特別な意味を持つ。そう言っていることが勇にも分かった。

１ｓｔステージも含め、今季の武山ＦＣには逆転勝ちが一度もない。先取点を取った試合は勝ちか引き分け、逆に取られた試合は格下相手にも負けか引き分けとなっている。

先取点を取られ、選手全員が攻撃型の戦術しかないと割り切ることも考えられるが、今のチーム状況から言って、逆に追加点を恐れて退いてしまう可能性の方が高い。

この試合も、仮に先取点を奪われるようなことがあれば、ただ勝つ可能性が低くなるばかりでなく、ゲームそのものを完全に支配され、武山ＦＣにとって無惨な結果を招く可能性もある。

勇は、青嶺とテストマッチも経験したことがない。試合も生で観戦したことはなく、Ｊ３の最近二試合と県知事杯の二回戦をＤＶＤで観ただけだ。

青嶺の得点源は、左右両サイドからの精度の高いクロスボール、ツートップが囮となる二列目からのミドルシュート、更にはふとした瞬間に繰り出されるゴールキックからのシンプルな速攻もある。

気になるのは、ゴールを決める選手も、アシストする選手も、やたらと多いことだ。セットプレーで長身のＤＦが前線に出るパターンだけでなく、流れの中で誰でも起点になり得、誰でもフィニッシュ出来ている印象だ。

攻撃のバリエーションもクオリティーの高さも、武山ＦＣより上だろう。

ただ、守備面では穴も多い。特に最終ラインは呼吸が合わないのか、簡単に裏を取られる場面が県リーグ代表相手でも数回見られた。

武山ＦＣの攻撃パターンがどれだけ研究されているか分からないが、どんな形でも、先取点を奪わなければならない。出来れば対応される前、早い時間帯に。

事前に収集した情報を改めて頭の中で反芻させていると、抜けるような青空にホイッスルが鳴り響いた。

両チームほぼ同数のサポーターが声援のボリュームを一段と上げ、決勝戦は始まった。

勇は赤瀬から「最初から行けるだけ行け」と指示を受けていた。どうせ、ステイもゴーも耳には届かない。赤瀬も大声援を計算に入れていないはずはないが、定期的にベンチに目を向けろとは言わなかった。つまり、行きっ放しで構わないということだ。

勇はそう解釈し、青嶺のキックオフと同時に、ボールを奪いに行った。

そのおかげで立ち上がりからボールは落ち着かず、中盤でピンボールのように暴れ回った。青嶺は「やれやれ」という感じで、何度も最終ラインにボールを戻し、立て直しを図る。

三週間も試合から離れ、勇の身体は軽かった。なにより、公式戦の緊張感に飢えていた。

その飢えが、敵のバックパスへも突っ掛からせた。結果、明らかに江藤よりも高い位置で相手ＤＦにファールを与えてしまった。

だがこの勇が犯したファールに、武山ＦＣ側のサポーターが大いに沸いた。

「イサム・キリ〜ヤ〜マ！　イサム・キリ〜ヤ〜マ！」

通常、ゴールかアシストを決めた時にしか使われないチャントが唄われた。「いい気合いだ」

と言われているような気がした。

「まだ前半十分も経ってねぇぞ」

水を差すように、江藤が勇の後頭部を小突く。

「雰囲気に吞まれるな。二列目より前に出ないってのが、最低限の約束事だろう」

「身体が恐ろしく軽いもんで、つい」

このファールをきっかけに、青嶺の守備が変わった。自由に動き回る勇に、マンマークを付けてきたのだ。

事前に「13番が鬱陶しかったらこうしろ」と、オプション的に指示があったのだろう。一人を勇に付けても、他の選手達は狼狽《うろた》えることなく、微妙にポジショニングを変えただけだった。

前半十五分過ぎ、自分にマンマークが付いたと感じ取った勇は、「面白《おもしれ》ぇじゃねぇか」と相手の背番号『6』を睨み付けた。

短髪を銀色に染めたMF、普段は主に相手の右サイドを固めている中堅選手だ。攻撃に於いては、ピッチを斜めに駆け上がり相手DFを混乱させスペースを誘発する、ダイアゴナル・ランを頻繁に使う。その豊富な運動量を見込まれ、勇への対応を任されたらしい。

前半二十五分が過ぎた頃、スタジアムの雰囲気がやや変わった。まだどちらが優勢とも言えない展開ではあったが、アグレッシヴなのは武山FCだと判断されたらしい。主に青嶺サイドのサポーターから「攻めろよ！」「守ってんじゃねぇ！」などと声が上がり始めた。

武山FCの中盤は、勇にボールを集めるようになっていた。勇がボールに触れる機会は増え、その都度、勇は一人で前へ出ようと試みた。

銀髪は常に勇に張り付いていたが、運動量はともかくスピードでは明らかに勇が上回っていた。しかし、スピード以外で勇を上回っている部分があった。主審には分かり難い角度から、肘も膝も総動員してラフに身体を当てて来る。近い位置でマッチアップすれば、必ずと言っていいほどユニフォームに指を掛けられる。

老獪と言えば聞こえはいいが、はっきり言って汚い選手だった。

前半二十五分から四十五分まで、七回も一対一になる場面があったが、ファールを貰えたのは明確に肩を摑まれた時とスパイクを踏まれた時、二回しかなかった。しかもいずれにも、カードは出されなかった。

タッチライン際でマッチアップした際には、武山FCサポーターから「肘、入ってるよ!」「引っ張ってるって!」と声が上がったが、主審には見えない角度だったらしくホイッスルは鳴らなかった。中には「倒れろ、桐山!」という声もあったが、勇は意地でも自分からアピールはしたくなかった。『汚い』という勇の印象が、徐々に『ずる賢い《マリーシア》』に変わっていった。そう認めざるを得なかった。

そして、早い時間帯どころか四十五分経っても先取点奪取は叶わず、試合は〇―〇のまま前半を終えた。

「くそっ! あのくそ野郎っ!」

ロッカールームへ向かいながら、勇はピッチ上で我慢していた言葉を吐き捨てた。

「落ち着け。熱くなったら思う壺だ」「向こうも焦ってる証拠だ」

大野と橘が、代わる代わる励ますように声を掛けてくれた。彼らも、銀髪が仕掛ける勇潰しが目に余るものだと憤っていた。比嘉や堀田も、勇がファールを貰う度に、主審に「今のはイエローだ」「もっとよく見てくれ」とアピールしてくれた。

だが、彼らもサポーター達も、もちろん主審も気付いていない、銀髪の勇潰しがあった。言葉だ。

ホイッスルが鳴ってプレーが止まる度に、銀髪は勇に声を掛けて来た。

「雑誌に書いてたけど、お前、噛み付くんだって？　早くやってみろよ」「あんな当たりで倒れやがって。もっと体幹を鍛えた方がいいんじゃないか？」「期待してたけど、たいしたことねぇな。所詮はＪＦＬレベルってことかな？」

例えば李やココに対する差別的な発言であれば、ピッチの中だろうと外だろうと、大きな問題になる。だが勇が銀髪に言われたそれらの言葉は、ただの挑発に過ぎない。それは分かっている。銀髪がその点を考慮した上で言葉を選んでいることも分かる。だが、それを笑って受け流すほどには、勇は大人ではなかった。

「主導権はこっちが貰った。中盤はもっとタイトにして、江藤はもう少し自分からボールを受けに行く意識を持て」

後半に向けての赤瀬の指示は、そんなものだった。勇の動きに関しては、特になにも言わなかった。

「殆ど攻撃出来ず前半を終えた青嶺の方が、焦りは大きい。サポーターの熱さも、向こうの方が鬱陶しく感じてる。だから焦るな。必ずチャンスは巡って来る」

続く座間味の話はメンタル面に終始し、やはり勇のプレーへの具体的な指導も注意もなかった。

勇は市営陸上競技場の数倍立派なロッカー前のベンチに座り、それらの話とはまったく関係のないことを考え続けていた。

その銀髪と細い眉は、美容院で一万五千円くらい掛けてやっているのか。きっとユニフォーム焼けを嫌って、日サロで全身を焼いているのだろう。ひょっとしたら下の毛も処理しているのではないのか。たかがＪ３レベルで、ご苦労なことだ。格好だけは欧州トップリーグクラスだな。サッカー好きの悪いところを凝縮した典型だよ、あんたは。

後半が始まったらあの銀髪に言ってやりたい言葉が次から次へと沸き上がり、赤瀬の指示も座間味の励ましも、殆ど耳には入っていなかった。

そして、後半が始まった。

両チームとも交代はなく、序盤は前半と変わらない展開だった。

ボールは中盤でなかなか落ち着かないが、支配率は武山FCがやや高い。勇は銀髪を強引に振り切って前線へパスを出そうとするが、なかなか繋がらない。たまに大野が勇に近付いてボールを引き受けようとするが、彼が動くと常にマークが二人着いて来る。

そんな展開が十分近く続いた頃、大野がこの試合初めてフリーでボールを持った。出しどころが分からず、勇が苦し紛れに目の端に映った鳶色のユニフォームに向かって蹴り出したボールだった。

慌てて青嶺のMFが奪いに行くが、大野は身体を反転させ、難なく逃れる。それと同時に江藤が裏を狙って相手の最終ラインを確認し、比嘉も二列目から飛び出そうとした。

「上がれ、比嘉!」

比嘉が相手DFを引き連れて右サイドを上がる。だが大野はそちらへ蹴ると見せ掛けて、ワンテンポ置いて逆サイドへ低く速いボールを出す。

「スルー!」

大野が叫び、二人に囲まれていた江藤は咄嗟にボールを跨いだ。ボールは勢いを失わず、左コーナーフラッグへ向かって転がった。

そこに、いつの間にか橘が上がっていた。大野の二つのフェイクで青嶺の最終ラインは比嘉と江藤に引き付けられ、完全にフリーだった。

橘はゴールラインギリギリでボールに追い付き、ゴールに向かってドリブルしようとした。

その時、ホイッスルが鳴った。橘にボールが渡った瞬間に大歓声が沸き上がっていたため、三度も繰り返し鳴らされた。

オフサイドの判定だった。

橘は「どこに目を付けてんだよ！」と、旗を揚げた副審に向かって自分の目を指差して見せた。

「焦ってんなぁ。審判にあのアピールは良くない」

銀髪が、後半に入って初めて勇に声を掛けて来た。

「よく喋りますね、あんた」

これまでなにも言い返さないよう努めていた勇も、遂に応じてしまった。これこそ相手の思う壺であることは分かっていたが、どうにも堪え切れなかった。

オフサイドを取られた場所はペナルティエリアのやや外側だったので、相手ＧＫがボールを抱えてキッカーとして向かった。

そのボールを蹴る前にまたホイッスルが鳴らされた。さっきよりも更に激しい音だった。

主審はＧＫではなく、ハーフウェーライン付近にいた勇と銀髪の元に駆けて来た。

勇は審判にもサポーターにも勘違いを与えぬよう、両手を後ろに組んでいたが、ほんの少し膝が銀髪の腿に当たった。銀髪がそれに大袈裟に反応し、「いでで！」とその場に転がったのだ。

勇は『臭い芝居をしやがって』と思ったが、同時に『ヤバい』とも思った。

主審は勇に対して、まず「カードは出さないから」と前置きした上で「落ち着きなさい」と命じた。中条がやって来て「でも、こいつが」と言おうとしたが、それも「分かってるから」という言葉で黙らせた。

「いいから、私に任せなさい。これほど大勢のサポーターに応援される試合を、こんな下らない理由で駄目にしたくない。それは君達も同じだろう？　向こうにも注意をするから、13番はその間に深呼吸をしていなさい」

例外的な温情措置だということは、勇にも分かった。これまで銀髪が繰り返して来た姑息なプレーを、しっかりと見てやれなくて申し訳ない。そういう意味も込められた措置だ。

勇は言われた通り深呼吸し、いくらか落ち着きを取り戻した。

いつまでも立ち上がろうとしない銀髪に、主審は毅然とした態度で何事か言い、勇を呼び寄せた。立ち上がるのに手を貸すようにとのことだった。

銀髪が立ち上がるところまでを見届けて、主審はボールの方へ向かおうとした。

「お前が本当に得意なのは、噛み付きじゃないんだろ?」

銀髪が、主審が遠ざかるのを確認してからボソリと言った。

「高校時代から使ってた、こいつだよな?」

目の前に、ニュッと右拳を突き出された。

『こんなのは、サッカーじゃない』

そう思った瞬間、勇の中でなにかが弾け飛んだ。

その後の数秒間のことは、勇は正確には覚えていない。

歓声と怒声と悲鳴が、目撃したサポーター達から上がった。

「桐山!」

中条が叫び、気付いたら勇は李に羽交い締めにされていた。

銀髪が胸を押さえて転げ回っていた。大袈裟な芝居なのか、本当に痛がっているのか、分からない。拳にも頭にも痛みは残っていない。殴ったり頭突きをしたわけではなさそうだった。

主審が、またホイッスルを鳴らしながら慌てて戻って来た。

「13番、これはどうしようもない」

そう言いながら、主審は胸のポケットに手を入れた。

レッドカード。一発退場だった。

後半十二分。武山FCは残り三十分以上を、一人少ない状態で戦わなければならなくなった。

8

退場を命じられた勇がベンチ脇を通り過ぎる時、サブの何人かが肩や背中を叩いてきた。痛いほど叩く者もいれば、ポンと手を置く程度の者もいた。下手に言葉がない分、それぞれが叱責か慰めか、よく分かった。

勇は返す言葉が見付からず、「どうも」と曖昧な返事を残し、足早にメインスタンド下の通路に向かおうとした。

すると、階段の手前に赤瀬と座間味がいた。ブルスクーロ青嶺のベンチを気にしてか、ベンチ裏で選手交代の相談をしているようだった。

赤瀬と目が合い、勇は「すみませんでした」と小声で詫びた。座間味は「気にすんな」と言ってくれたが、赤瀬はなにも言わずにフォーメーションのパターンが表示されたiPadに視線を落とした。

俺は今、一人少ないこの窮状をなんとかすることに全力を注いでいる。戦う権利を奪われた者は、黙って立ち去れ。そういうことなのだろう。赤瀬にとっては、退場処分になった選手など、気にする価値もない存在なのだ。

通路近くの客の何人かが、親指を下にしてブーイングを浴びせてきた。ブルスクーロ青嶺、武山FC、双方のサポーターが混在しているようだった。

「頑張った頑張った！　おばちゃん、観てたからね！」

激しいブーイングに混じって、微かに咲田の声が聞こえたが、勇は顔を上げることすら出来なかった。

「後半十二分、武山、13番、退場、暴力的行為」

階段を下りる途中、ピッチを望む小部屋から、公式記録員がどこかに報告している声が聞こえた。そのおかしなくらい事務的な口調は、勇の立場を殊更に強調しているかのようだった。

退場を命じられた者は、ベンチに残って試合を観戦することが出来ない。生まれて初めての経験だったが、それくらいのことは勇も知っている。客席から死角になる位置でなら、試合を観ていたとしても黙認されることも知っている。

だが勇は、まっすぐロッカールームに向かった。後ろから追い掛けて来る人の気配があったが、振り返らなかった。通路に響く靴音が革靴のものだったので、それが近江であることは振り返らなくても分かった。

「おい、あんまり落ち込むな」

近江はチーム代表という肩書きではあるが、経理や事務的な手続きから就職斡旋まで、種々雑多な事柄を一手に引き受けている。退場処分となった選手のフォローも、彼の仕事らしい。

「いや、いっぺん思いきり落ち込んだ方がいいかもな、お前の場合」

相手によってはそんな軽口を混ぜるのも、長年の経験で培ったフォローのテクニックなのかもしれない。だが、落ち込むと言うよりもムカっ腹を立てていた勇には、慰めも軽口も効果はなかった。そんなふうに気を使ってもらう以前に、確認しておかなければならないことがある。

「俺、なにをやったんですか？」

「なんだ、覚えてないのか。まぁ、なんて言うか、あの6番の策にまんまとやられたんだよ」

一緒にロッカールームへ入りながら、近江は勇の記憶にない退場シーンを説明してくれた。

勇は、銀髪の胸を右手で軽く突いただけだった。

主審がＦＫを蹴ろうとするＧＫの近くまで戻り、向き直ってホイッスルを吹こうとした瞬間だった。このタイミングも、主審の視界に入るように銀髪が見計らったものらしい。

ベンチにいた近江の目から見て、勇の押し方はたいした力ではなかったが、銀髪は大袈裟に転げ回った。そして、二十数メートル離れていた主審にとっては、力の強弱は関係ないようだった。

「一度、なだめられた後ってのが悪かった。相手が怪我をするとかしないとかじゃなく、ああいう行為そのものが著しくスポーツマンシップに反するってことだ。それは分かるよな？」

勇が顔を上げると、近江は「〝だったら向こうの挑発はどうなんだ〟か？」と先回りした。

「審判が見ても聞いてもいない以上、どうしようもない。お前の出自や宗教上のことなんかを言われたなら、後日運営サイドに申し立ても出来るが、そういうことでもないんだろ？」

口元をきつく結んだ勇の横顔を見詰め、近江は「まぁ、これもサッカーだ」と慰めるように言った。『こんなのは、サッカーじゃない』と思ったことを、見透かしたような言葉だった。

「同じ轍を踏まないよう、一人でしっかり頭を冷やせ。必要な物があれば声を掛けてくれ、すぐそこにいるから」

近江はそう言い置いて、重い扉を閉めた。〝ガコン〟という重い音と共に、腹に響くスタンドのチャントと歓声が遠退いた。代わって、やや軽いチャントと歓声が勇の耳に届いた。

両側の壁にずらりと並ぶロッカーの上部、二箇所に設置されたテレビからの音だった。地元のケーブルテレビ局が放送している、この試合の生中継だ。

一人になって初めて、酷く喉が渇いていることに気付いた。ウォーターサーバーの水を立て続けに三杯飲み、ロッカー前の長椅子に腰を下ろすと、更に様々なことに気付かされた。

恐らく、あの6番の銀髪はネットで調べられる範囲で勇に関する情報を集めたのだ。言葉によ
る挑発をする為に。
使える物はすべて使う。そういう意味では、近江の言う通りこれもサッカーなのかもしれない。
続いて思い起こされたのが、郡上経産大ダイノス戦の後、あの総監督に言われた「君を止める
のはそれほど難しいことじゃない」「人間力が試される」といった言葉。あの老人は、勇のメン
タル面の弱さを見切っていた。言葉で揺さぶりを掛ければ、分かり易い形でプレーに悪影響が出
る、或いは一発退場になるような行為に及ぶ、そう予測した。「うちの選手にその手は使わせな
かった」のは、大学生にやらせたくなかったからだろう。
銀髪とマッチアップしていた三十数分間、プレーが止まるのもピンチを招くのも、殆ど勇がき
っかけだった。あれは、独り善がりのプレーが際立つよう導かれていたのかもしれない。
もし、勇が短気を起こさず九十分間プレーを続けていたら、そして結果的に負けたとしたら、
退場処分よりも勇の印象は悪くなったかもしれない。そして、勇のせいで負けたという印象は今
日だけに留まらず、そういえばあの時も、あの試合でもと、過去の試合まで遡る可能性もある。
一発勝負のカップ戦でしか当たらない、異なるリーグの選手とはいえ、サッカーをやっている
以上、チームメイト以外はすべて敵。全力で潰す。そういうことなのだろう。
さっきの近江の言葉が、じわじわと効いてきた。
「〝これもサッカー〟か……」
独り言が、やけにはっきりと聞こえた。
無人のロッカールームは、これまでのリーグ戦で使ったことのあるどんな競技場よりも明るく
広い。その明るさと広さが、とてつもない孤独を勇に突き付けているかのようだった。
これから自分は、ここでなにをしていればいいのか。累積警告で出場停止処分を受けたことは

あるが、試合中に退場を命じられたのは初めてだ。勝手が分からない。

二十数分、ただ汗が乾くのを待っているのも馬鹿馬鹿しい。だが、先にシャワーを浴びてさっぱりした状態で「お疲れっす」と迎え入れるのも、なんだか間違っているような気がする。

どうでもいいようであり、重要なようでもある、そんなことを『どうしたもんかね』と思い悩んでいると、歓声のボリュームが上がり、それと同時に真上にあるメインスタンドから、足踏みの重い音と微かな振動が直に伝わってきた。

『ゴォォォォ～ル！』

ＤＪの雄叫びがピッチから聞こえ、少し遅れてテレビからも聞こえた。デジタル放送には若干のタイムラグがあるということを、変なところで実感させられた。

後半二十六分、ブルスクーロ青嶺が先取点を決めた。

反射的に、リプレイ映像を期待して、観ないつもりでいたテレビに目が向いた。

勇がいたときよりも間延びした武山ＦＣの中盤で、中条が味方のサポートを待ち切れず簡単に後ろへ戻した。そのボールがカットされ、速攻に移行。ワンタッチパスが面白いように繋がり、青嶺攻撃陣はあっと言う間にペナルティーエリアに到達した。青嶺ＦＷが放ったシュートはＧＫ伊勢が右手一本で弾いたが、こぼれ球にいち早く反応したのは、もう一人の青嶺ＦＷだった。伊勢はこのシュートも足で防いだが、そのボールが中盤からのロングスプリントでゴール前の混戦に飛び込んだ青嶺選手の前に転がった。伊勢のファインセーブは、三度は続かなかった。やや浮いたボールをボレーで決めたその選手は、あの銀髪だった。

これが、一人少ない状態か。

試合が再開されると、勇はまたテレビから目を逸らして頭を掻きむしった。

一人少なくなっても、攻め込まれる局面で数的不利は作りたくない。だから守りは通常通り、攻めは人数を掛けずカウンターかセットプレーに活路を見出す。それが普通の考え方だ。

赤瀬もセオリー通り、そう考えて指示を出した。守りで、数的不利はない筈だった。それなのに、サイドを抉られるでもなく、抜群の個人技で突破されるでもなく、真正面からの波状攻撃にやられてしまった。

伊勢が二度も弾いた、誰の意思も働いていない筈のボールは、ことごとく青嶺選手の前に転がった。そこだけを観ていると、一人どころか、三人くらい少ないように感じる。

ゴール前だけでなく、武山FC側は選手間の距離が空き、ピッチ全体をまんべんなく埋めようとしている。一人少ない状態で耐え凌がなければという心的要因が、そういう選択をさせているようだ。だがこれでは、どうぞスペースをお使い下さいと言っているようなものだ。そして、セカンドボールやルーズボールは、得てしてそういうスペースに出る。

一点ビハインドで試合が再開された後も、武山FCは殆ど攻められっ放しだった。膝に不安の残る堀田に代えて、高さのあるSBを投入したものの、状況はなに一つ変わらなかった。

焦れったかった。

もっと中盤に人数を割き、最終ラインはやや上げ気味にすべきだ……江藤は無駄に動かさず、体力を温存させて常に前線に置いた方がいい……いや、思い切って3バックにして、運動量の多い橘も前線に張らせるべきか……。

いつの間にか画面に視線が吸い寄せられ、勇の脳裏を様々な考えが過る。

だが、誰にもその考えを伝えることは出来ない。勇は文字通り、蚊帳の外だ。

再開から八分後、また武山FCのゴールネットが揺らされた。今度はPKだった。嵩にかかって攻め込まれる展開の中、李がたまらずペナルティーエリア内で青嶺FWに足を掛けてしまったのだ。スロー再生された映像ではシミュレーション臭かったが、一度宣せられた判定は覆らない。

テレビの中の伊勢は、いつも以上に気合いが入っているように見えたが、いつも通り正反対に跳んで追加点を許した。

その後も、左右両サイドからのアーリークロス、遠めからのミドルシュート、混戦から曲芸紛いのバイシクルシュート等々、ブルスクーロ青嶺の攻撃練習のような時間帯が続いた。

攻め続けられるなどという生易しいものではない、一方的に嬲《なぶ》られているようなものだった。

そして、ホイッスル。武山FCは〇―四と完敗し、県知事杯決勝戦は終わった。

失点四で終えることが出来たのは、展開から言ってむしろ頑張った方かもしれない。だが、スタンドから浴びせられる武山サポーターのブーイングは、青嶺側の歓声よりも遥かに大きかった。

「なんだ、着替えてないのか」

近江が入って来て、長椅子に座ったまま天井を見上げている勇に言った。

「すみませんでした……」

自分でも驚くような、か細い声だった。

水を一杯飲み干し、近江は小さく溜息を吐いた。

「薬が効き過ぎたか？　まぁ、お前だけが悪いわけじゃない」

テレビの中では、表彰式が行われていた。決勝戦なので、試合前と同様に長いセレモニーがある。選手達は普段よりも長く、敗戦後のピッチにいなければならないということだ。この試合内容では、準優勝チームなどではなく、ただの負け代表、晒し者だ。

サポーターへの挨拶も、省略というわけにはいかないだろう。

勇はその場にもいることが出来ない。惨敗のきっかけを作った張本人なのに、罵声を浴びる権利すら奪われているということだ。

『……続きまして、本大会MVPの発表です……』

式の最中も、武山サポーター達のブーイングは収まらなかった。

青嶺サポーターがそれに対して文句を言い、小競り合いになっている様子をテレビカメラが捉えていた。

選手達がロッカールームに戻って来ると、勇は一人でいたときよりも更に居心地が悪くなった。選手達は、殆ど口を開かなかった。誰も、勇に視線すら向けようとしない。

「今はなにも言うな。いずれ機会は来る」

江藤だけが、小声でそう言ってくれた。

勇はなにか言い返さなければと思ったが、出来なかった。江藤の目が濡れていたからだ。彼だけではない、中条と伊勢も目を真っ赤にしている。皆、武山FCユース出身者だった。今日の試合に対する思い入れが、人一倍強い者達だ。

「長い話を聞く気分じゃないだろう。ミーティングは明日、がっつり行なう」

赤瀬は、いつも行なっている試合後の総括を明日に延期すると宣言した。勇が知る限り、それは初めてのことだった。

「それまでに各自、酒をかっくらうなり、かあちゃんのおっぱい吸うなりして、頭を冷やしておくように。俺もそうする」

なんとか頑張って冗談を絞り出した感じだったが、ムードメーカーである筈の中条も李もココも、無反応だった。

県営陸上競技場は武山市から近いので、バスを借りていない。選手達は各々、帰り支度をして現地解散する予定だった。

だが、シャワーも浴びずに真っ先にロッカールームを飛び出した李が、すぐに戻って来た。

「監督、ちょっといいですか。外にですね……」

その後の李の言葉は、勇の耳には届かなかった。黙って聞いていた赤瀬は「分かった」とだけ応え、出て行こうとする何人かの選手を引き止めた。

「全員揃ってここを出るぞ。俺と近江さんで話を付けるから、絶対に揉め事を起こすな」

比嘉、中条、伊勢らベテラン勢が「無理もないか」「覚悟するしかないな」などと、なにかに気付いたようなことを言い合った。

皆と一緒に関係者通用口まで来た時、勇にもやっと意味が分かった。

通用口から五メートルほど離れた位置に設置されたフェンスまで、鳶色の人の群れが押し寄せていた。メインスタンドを支える柱で死角が多いが、数百人規模であることは間違いない。所謂〝出待ち〟ではあるが、サインを求めているわけでないことも明らかだ。

赤瀬を見付けると同時に、前方にいた者達から一斉に「おい待て！　逃げるな！」「どういうことだ！」「なんだ、あのザマは！」と怒声が沸き上がった。

罵声を浴びせるサポーター達を、最前列にいたノロ・サダ・デンスケが一旦黙らせた。

赤瀬がフェンスに近付き、「ありがとう」と礼を言った。近江は「なんだコラ」と応戦しそうになっている選手側の数名を、なだめる役に回った。

「我々は、話し合いの場を設けることをチームに要求する！」

デンスケが、拡声器を使って叫んだ。赤瀬にというよりも、サポーター達に言っていた。

「我々は、今日の試合の戦犯を糾弾し、吊るし上げにしようと言うのではない！　これまでのリーグ戦についても、これからの戦い方についても、確認したいことがいくつかある！　いたずらに話を混乱させないよう、我々は代表者十名で出席することを、たったいま決定した！　チーム側にもスタッフと選手代表の出席を要求する！」

声が届く範囲にいたサポーター達から、拍手と歓声が上がった。

その騒ぎが落ち着くのを待ってから、赤瀬は「分かった」と腕時計に目をやった。

「三時間後でどうだろう。それまでに、こっちの出席者を決める。場所は、そうだな……三十人くらいならクラブハウスでも大丈夫だが」

デンスケが周りの数名と相談し、ノロが前に出た。デンスケが拡声器を渡そうとしたが、彼はそれを断わってフェンスぎりぎりまで赤瀬に近付いた。

「三時間って、口裏合わせにそんなに必要ですか」

「そうじゃない。今日は試合後のミーティングもやってないから、せめてそれくらいの時間は欲しいと思っただけだ」

「分かりました。じゃあ二十時きっかり、場所はパラフレンチ武山でどうでしょう。こっちは代表以外にも、口は出さないから傍聴させろって者が多いもんで。もちろん今夜は貸し切りにしますし、酒も提供しません。儲けは度外視します」

話はそれでまとまり、サダとデンスケがサポーター達に「今夜八時、パラフレンチで!」「席に限りがあるので、傍聴希望者は抽選を行ないます!」と報告して回った。

試合終了後のセレモニーが終わってから、まだ一時間も経っていない。それなのに、フォーマットでもあるかのようにすべてがスムーズだった。

「やれやれ、酒もおっぱいもお預けかよ」

サポーター達が去った後、赤瀬が冗談めかして言ったが、やはり誰も笑わなかった。

「チームは、選手やスタッフのものじゃない。それどころか古参サポーターの中には、俺達を入れ替え可能な駒程度にしか思っていない輩もいる。そういうことだよ」

パラフレンチ武山へ向かう車の運転席で、中条はそんな言葉を口にした。

勇の「サポーターって、ああいうことを言う権利があるんですか？」という問いに対する答えだったが、質問者としては適当にはぐらかされたような気がした。

「でも、気持ちは分からないでもないですよ」

後部座席にいた江藤が言った。

「彼らは一生、このチームを応援するつもりです。俺達とは、チームに対する思い入れの種類が違う。入れ替え可能って部分は、当たってると思うし」

「はは、リョーケン。お前も大野さんと同じで、ここを〝腰掛け〟と思ってるみたいだな」

「やめてくださいよ。あ、話し合いの中でそんなこと、言っちゃ駄目ですからね」

そんなやりとりを聞きながら、勇は江藤の隣で違うことを考えていた。

サポーターがチーム側に、ふがいない試合や成績不振について説明を求めるということは、たまに聞く。それがきっかけとなり、監督やチームスタッフが更迭された例も知っている。

実際に話し合いを要求されてみて、果たしてサポーターの意見にそれほどの力があるのか、という根本的な疑問が湧き上がっていた。

「中条さんは、サポーター達が待ち構えてることが分かってたみたいですけど、うちではよくあることなんですか？」

勇の新たな質問に、中条は「久々だけどな」と軽い調子で答えた。

「前回はリョーケンが加入した年だから、三年前か。その年は今より成績不振で、そんな時に高校生とプロ契約を交わしながら何故すぐに使わないのかって、確かそんな話だったたな」

三年前と言えば、赤瀬が監督になって二年目。タフなFWを育て上げるという長期計画が動き出し、江藤に白羽の矢が立ったばかりの頃だ。その他にも、様々な変革に着手していたであろうことは、勇でも想像がつく。

結果が出るまで時間は掛かるが、それをいちいちサポーターに報告する義務はない。ところが、監督が交代してすぐに成績が上向かなければ、サポーター達は「どうなってるんだ」と文句を言うということか。

今日の場合も、確かに試合そのものは酷いものだった。負けるにしても、あまりに惨めな内容だった。ましてや相手はブルスクーロ青嶺。サポーターの怒りが分からないではない。

それでも、そんなことでいちいち説明を求められていては、きりがないのではないだろうか、とも思う。

「リョーケン、俺なんかより隣の小僧に気を付けろよ。なにを言い出すか、分かったもんじゃねぇぞ」

勇の表情からなにか読み取ったのか、中条がルームミラーの中で笑っていた。江藤が「あ、コラ」と、釘を刺すように言った。

「今日の退場の件も話題に上るだろうが、お前は同席するだけだからな」

「分かってますよ」

クラブハウスでのミーティングで、江藤も勇も選手の代表からは外されていた。話し合いの席に着くのは赤瀬と座間味、選手からはキャプテン比嘉のほか、チーム内での立場が異なる者が選抜された。五年以上在籍し、過去の事情にも詳しい中条、外国籍選手から李、若手の代表に堀田、新加入選手からは大野が選ばれた。

他の選手達も全員が傍聴を希望したが、話し合いは十分で終わるかもしれないし、朝まで続くかもしれない。後者の場合、中座するのは難しい。そんなわけで、明日の朝から仕事がある者は半強制的に帰宅させられた。

「いいな。意見を求められた時以外、口を挟むんじゃないぞ」

「だから分かってますってば。子供扱いしないでください」

「いいや、信用出来ないね。お前、小さい頃に〝お母さん、いますれ違った人ブスだね〟とか、言ってたタイプだろう」

言っていた。

勇の沈黙に、江藤は「頼むよマジで」と嘆き、中条は「駄目だこりゃ！」と爆笑した。


重い木製の扉を開くと、見慣れたパラフレンチ武山とは雰囲気が違っていた。いつもより照明が明るく、BGMは流れていない。常になんらかのサッカーの試合が上映されている巨大なモニターにも、なにも映っていなかった。

そのモニターの手前、店の一番奥に団体客用の長いテーブルが二卓、「へ」の字型にセッティングされている。双方のテーブルに椅子が十脚ずつ並べられ、ワイヤレスのマイクが一つずつ置かれていた。ネームプレートこそないが、勇はテレビの討論番組を連想した。

他のテーブルはそこから少し距離を空けて並び、椅子はすべて「へ」の字の方へ向いている。既にその大半はサポーター達で埋まっていた。

「おう、こっちに座りなよ」

入口で店内を見渡していた勇と江藤に、窓際の席からイサクが声を掛けた。伊勢やココら、代表から外れた選手数名も彼を囲むように座っており、手招きしていた。窓際に据え置かれた棚の雑誌やボールを床に退かし、江藤と勇はその天板に座った。

「イサクさんも来てたんですか。スタジアムの外では見掛けなかったけど」

「あぁ、ノロくんからメールがあってな。最初はサポーター代表として前に座ってくれって頼まれたんだが、そいつは断わった。でも、話だけは傍聴したくてな」

イサクが指差す方を見ると、中条が勤めるリネン会社の社長、ココのアイスクリームショップのオーナーら、スポンサーの姿が傍聴席に数名見えた。武山マートの社長は、サポーター代表の一人として前の長テーブルに着いている。

「あ〜あ〜、テステス」

やけに濁声のマイクテストがスピーカーから聞こえた。

「八時になったんで始めます。傍聴席の皆さんにも時間があれば発言の機会を作りますんで、不規則発言や野次は控えてください」

サダに代わってマイクを受け取ったデンスケの「それじゃあ……」で、ザワついていた店内が静まった。

「最初に、議題をすべて発表します。発言の内容が別の議題に関わることだと判断した場合、途中で止めさせて貰うことがあるので、予めご了承下さい」

サポーター側は、議題を三点に絞っていた。
一　今日の対ブルスクーロ青嶺戦について
一　今後のリーグ戦の戦い方について
一　長期的視野で武山FCはどこを目指すのかについて
「こりゃ、長くなりそうだなぁ」

議題を聞いただけで、イサクが呟いた。

「各論から総論になってる。堂々巡りに陥るに決まってることまで、話を持って行くつもりだ」

こういう話し合いは殆どの場合、成績不振の原因を追及することと、立て直しに向けての意思を確認することで終わる。言わば、分かり切ったことをサポーターの前で宣言させることで、チームに褌を締め直させることを目的としている。

だが武山FCはいま、リーグ戦の成績自体は好調だ。

「それは、今日の青嶺戦が特別なもので、その内容があまりに不甲斐ないものだったから……」

周りの耳を気にしながら、江藤がサポーター側に立ったようなことを言った。イサクはその言葉を待っていたようで、間髪を容れず「だから」と続けた。

今日の試合内容は確かにサポーターの怒りを買うものだったが、それならば議題は一つ目だけでいい筈だ。

一部のサポーターは、一―〇で勝った郡上経産大戦でもブーイングを浴びせていたし、消耗の激しい戦い方にチーム内から不満が出ていることも小耳に挟んでいる。それを踏まえれば、「この際だから」と二つ目の議題が出たことも理解出来る。

「だが三つ目は……」

イサクはそこで言い淀んだが、江藤はなにも訊ねなかった。

ついさっき、車の中で中条と喋っていた内容を思い出していることは、勇にも察しが付いた。

長期的視野で武山FCはどこを目指すのか。

Jリーグ百年構想クラブに属しながら、Jリーグ入りは二年連続で見送られている。その前身であるJリーグ準加盟、準会員制度の時代も含めれば、フラれ続けた期間は十年以上に及ぶ。

その間、一度でもJFLで優勝していればサポーターの溜飲が下がりもするだろうが、それは叶えられていない。これまで通り「Jリーグ入りを目指します」と言えば、具体的な対策を訊かれるだろう。

見送られている原因は経営面の安定、端的に言えば金だ。スポンサーは別として、ただ応援しているだけのサポーターが口を出す問題ではない。チームとしては、そう言い放ちたいだろう。

だが、そんなことを言える筈もない。そしてこの議題は、サポーターはチームにどこまで要求出来るのか、選手とスタッフはそれにどう応えるべきなのか、更にサポーターとは、選手とは、スタッフとは、チームとはなにか、そんな〝そもそも論〟的な話に展開する可能性がある。

イサクが懸念しているのは、そこだ。

「この議題を考えたのは、ノロくんだろうな」

武山ＦＣユースで将来を嘱望される長身ＣＢだったノロは、怪我でサッカー人生を終えた後、三年ほどサッカーから遠ざかった。遊びでボールを蹴ることも、スタジアムに応援に行くことも、テレビで欧州のビッグマッチや日本代表戦を観戦することすら、しなくなった。

サッカーがすべてだったノロにとっては、サッカーを趣味の一つと割り切って扱うことが難しかった。だから、すべて断ち切ったのだ。

だが三年余りが過ぎ、彼は武山ＦＣサポーターに加わった。

最初は先輩サポーターの見様見真似という感じだったが、断ち切っていた期間が却って「サッカーが好きだ」という再認識を強烈なものにしたのだろう。サポーターの活動にどんどんのめり込み、いまでは中心的な存在になっている。

「よくご存知なんですね」

江藤に代わって勇が訊ねると、イサクは「うん、まぁな」と照れたように白髪頭を掻いた。

「長年サポーターをやってると、町を定点観測してるようなもんだから。色んな若者が目の前を通り過ぎて行くよ」

「そこまでサッカーから遠退いていた人が、なんでサポーターに加わったんですか？」

「うん、その、なんだな、彼より少し遅れてサッカーで喰ってくことを諦めたサダくんやデンスケくんに強引に誘われたこととか、色々あったみたいだ」

はぐらかされているような印象を受けた勇は、更に突っ込んで質問しようとした。だがそれを感じ取ったのか、イサクが「ただノロくんの場合はなぁ」と言葉を継いだ。

「熱心なのはいいんだが、良くも悪くも熱過ぎるんだよ」

イサクと話している間に、一つ目の議題はかなり進んでいた。

「一人少ない状況での戦いは今季初めてだけど、シミュレーションは行なってる筈ですよね。今日は何故、あそこまで一方的な展開になったんですか」

「練習と本番は違う、としか言い様がない。全員が受け身になって、攻撃への連携が分断された。ベンチとしてはやれることをやったつもりだが、結果があれでは言い訳出来ない」

座間味はそこまで言うと立ち上がり、「申し訳ない」と頭を下げた。赤瀬ら、他の代表も椅子から立ち、少し遅れて傍聴席の勇達も立ち上がって頭を下げた。

すると、勇にマイクが回され退場の場面について説明を求められた。

江藤に「言い訳めいたことは言うなよ」と囁かれるまでもなく、素直に非を認めて謝るつもりだった。

「引っ張られたり肘を入れられたり、あと口の方の口撃がエゲツなくて、つい……」

「口撃って、なにを言われた？」

サポーター代表の一人、年輩の太った男が口を挟んだ。

「差別的な発言とかだったら、問題にした方がいい。場合によっちゃ、無効試合に出来るんじゃないか？」

ずけずけものを言う態度に文句を言いそうになったが、江藤にジャージの裾を引っ張られてなんとか堪えた。

「内容はともかく、俺の短気が大変な状況を招いたんです。つい熱くなってしまって……」

慎重に言葉を選びながらそこまで喋って、言い淀んだ。「他の選手に迷惑を掛けて」と「サポーターを失望させて」の二つの言葉、どちらを口にすべきか迷った。前者は強く思う。だが後者は、いまこの状況だから思い付いた言葉だ。はっきりしているのは、勇はサポーターを喜ばせたくて戦っているわけではないということだ。

心配そうにこちらを見ている中条と目が合った。

「頭が真っ白に、頭が真っ白になって……」

江藤が囁くと、勇には何故だか分からなかったが、サポーターの何人かがクスクス笑っていた。その囁きは採用せず、勇はシンプルに「すみませんでした」と頭を下げた。

糾弾する以前の問題だからか、一部のサポーターが銀髪の挑発を見ており無理もないと思われたのか、勇の退場についてはそれ以上触れられることはなかった。

「あんた達は、北との試合をどう捉えてるのかね」

それから話題は、さっきの不遜な態度のサポーターが中心となり、対ブルスクーロ青嶺戦の意味合いについてというものに変わった。

この話題では、チーム側は赤瀬が代表して発言した。

「特別な意味を持ってることは、知ってるつもりです」

「〝つもり〟じゃあ困るんだよ、監督」

赤瀬に対しても、男の態度は変わらなかった。

「誰ですか、あれ」

勇が訊ねると、イサクは「う〜ん」と困ったように唸った。

「もう会うことはないと思うから、気にせんでいい」

男は、小さな不動産会社の社長で室田《むろた》といった。古くからのスポンサーではあるが、その額は武山マートの十分の一ほどだ。スタジアムで応援している姿は誰も見たことがなく、この店にも普段は来ないので、恐らく武山FCの試合は何年も観ていないとのことだった。

「そんな人が、なんであんなに威張ってるんですか」

「まぁ、性格って言うのかな？　問題追及とか糾弾とか大好きなやつ、どこにでもいるだろ？」

室田は両チームの因縁を、滔々と語った。途中、サダやデンスケが割って入ろうとしたが、「お前らがおしめをしてる頃の話だ。聞いておけ」と、マイクを離さなかった。

「ご丁寧にありがとうございます」

一通り話が終わると、赤瀬が慇懃に言った。

「選手の中にもこの町で生まれ育って、キッズやジュニアの頃から武山FCのユニフォームを着ている者がいます。しかしその数名を除けば、ブルスクーロ青嶺との細かい事情は知識として知っているだけです」

「だろ？　だからそこんところを……」

また話し出そうとした室田の言葉を、赤瀬が「はっきり言いましょう」と遮った。

「すべて完璧に理解するなんて、無理だ」

「は？」

「この町で生まれ育っていない我々は、その代わりにあなた達が知らない、色々なチームの色々な事情を知っている」

室田がなにか言おうとしたが、言葉にならなかった。傍聴席が、ザワついた。

「だから、スタジアムの応援の熱さ、無償で働いてくれている人達のひたむきさ、我々はそういったものでサポーターの思いを推し量る。世界中どこだって、チームとサポーターとの関係はそうしたもんだってことを、我々は経験として知っている。申し訳ないが、これはいくら金を出してくれているかという問題とは、別次元の話だ」

ザワつきの中からパラパラと拍手が起こり、徐々に大きくなっていった。

「まずいな……」

イサクが、ぽつりと呟いた。勇が知っているイサクなら、盛大に拍手を送ってくれそうな場面だったが、彼は額に手を置いてなにか考えていた。

代表者のテーブルでは、演説好きの武山マートの社長がマイクを握り、「そういえば近鉄バファローズがなくなった時」という話を始めようとした。

「野球で例えるな、ハゲ!」

「誰がハゲだ、デブ!」

そんなやり取りに、方々で控え目な笑い声が起こったが、イサクはまだ考え込んでいた。

「どうしたんですか」

「いや、これは赤瀬さんの方から〝回りくどいことはいいから喧嘩しようぜ〟って言ってるんじゃないかと思って」

一つ目の議題から、いきなりイサクの懸念していた事態になりそうだということだ。

「監督が、なんだってそんなことを?」

「よく分からん。だが、赤瀬さんなら三つの議題のキナ臭さを感じ取っていても不思議じゃない」

時刻は、午後十時になろうとしていた。

「では、二つ目の議題に……」

進行役のデンスケを、ノロが止めた。

「監督」

マイクを受け取り、この日、初めてノロが口を開いた。

「あんたが考えてるチームとサポーターの関係は、よく分かった。ご立派な考え方だと思う。俺達も、応援する甲斐がある」

イサクが考えている通りだとしたら、ノロは赤瀬の喧嘩を買ったのかもしれない。他所行きの態度だったサダやデンスケと違う、ノロの「あんた」という言葉を聞いて、勇はふとそう思った。

「でも、どうにも腹に据えかねてることがある」

「なんだ」

「あんたじゃない。あんた以外の、誰かの発言のことだ」

遠目には、腕組みをして居眠りでもしているように見えていた大野が、ゆっくりと顔を上げた。

江藤が「おい」と勇の肩を揺すった。言われなくても、勇も嫌な予感がしていた。

「選手の誰かが、武山FCを〝ぬるい〟だの〝腰掛け〟だの、言ったそうじゃないか」

さっきよりも大きいザワめきが起こった。「なんだ、それ」「おいおいおい」と、明確に耳に届く言葉もあった。

「どこから漏れたんだ」

江藤が囁くのとほぼ同時に、一列前にいた伊勢が〝パン！〟と音がするくらい隣のココの後頭部を叩いた。

「お、おら、なにも言ってでね。あ、日本のトイレは腰掛けたままぬるいお湯で洗ってくれるって、地元の友達に電話してたのを盗み聞きされたに違いねぇだ」

「おめーはブラジルの友達と日本語で喋るのかよ、バーローー」

「う……分がんね。酔っ払っだおらは、おらでねぇ」

「わけ分かんねぇこと言ってんじゃねぇ。こういうことを部外者に喋るのは、お前か李に決まってんだろ」

傍聴席の一角で小さな騒動が起こっていることに気付いた李が、前のテーブルから『僕じゃないよ、ココだよ』と、器用なジェスチュアでアピールした。

「言っだ、かもしんね。すまねのす……」

観念してココがガックリ項垂れると、もう一発いい音がした。

「ほら見ろ！」

赤瀬に押し切られて大人しくなっていた室田が、息を吹き返した。

「腹の底でそういう考えだから、俺達が言ってることもピンと来てないんだよ、こいつらは！」

「ここは俺に任せて貰えるかな、室田さん」

傍聴席が静まるのを待ってから、ノロは静かな声で訊ねた。

「誰なんですか、武山ＦＣを〝腰掛け〟なんて言ったのは」

「桐山の件では君達も言ってたろう。一人を吊るし上げたところで、どうなるもんでもない。犯人探しはいいじゃないか」

「監督さん、学級会やってんじゃないんだよ。これだけは、ハッキリさせる」

赤瀬は「話の前後も聞かずにそこだけ切り取れば……」と言い掛けたが、そのマイクを横から大野が抑えた。

「経緯はどうでもいいですよ。言ったことは事実だし」

生声でも、大野の声は勇の耳に届いた。

「〝腰掛け〟って言ったのは、俺だよ」

マイクを通して大野が言うと、店内がまたまたザワついた。

大野は立ち上がり、傍聴席をゆっくりと見渡した。その視線は、店内を一周して、向かいのテーブルのノロで止まった。

「どういう意味なのか、説明して貰えませんか」

一時的に腰を据えるだけの場所って比喩だ。聞いたことあるだろ?」

一時的に静まっていた傍聴席から、「なにぃ!」「ふざけんな!」と声が上がった。

大野はマイクを下げ、言われるがままになっていた。気圧されているというふうではなく、たただ罵声が収まるのを冷静に待っているようだった。

「焦れってぇなぁ、ハッキリ言ってやりなよ、大野さん!」

聞き慣れた声が、一際大きく響いた。入口の扉にもたれるように、橘が立っていた。ミーティングの際、彼は傍聴するともしないとも言っていなかった。てっきり来ていないのかと思っていたが、勇達の後に入店したらしい。

「ちなみに〝ぬるい〟って言ったのは俺だ。もうちょっと付け加えるとだなぁ、そんな言葉の一つや二つで大騒ぎするより、JFLで満足してる奴がいるってことの方が、チームにとって大問題だと俺は思うね!」

大野の代役のつもりか、橘が応戦した。すると即座に「ちょっと待てコラァ!」と返って来た。

「そんな奴、いるわけねぇだろ!」

「話をすり替えるな!」

「あんたら、どんだけキャリアがあるか知らないけど、言っていいことと悪いことがあるぞ!」

ノロに目配せされたサダとデンスケが止めに入ったが、傍聴席からの不規則発言は五分余りも続いた。

「二人から見て、満足してるような選手がいるんですか」

話のすり替えとは思わなかったらしい。静まったのを見計らって、ノロが改めて訊ねた。

大野がマイクを上げ「あぁ、いるね」と答えた。

「いちいち個人名は出さないが、少なくはない」

ノロからの返答がないのを待ってから、橘が引き継いだ。

「優勝したいんだろ？　勝ちまくって、一つでも上のカテゴリーに行きたいんだよな？　だったら〝たいした実績もない俺がＪＦＬでプレー出来てるなんてスゲー〟って満足してるような選手と、〝こんなところで終わってたまるか〟って気概でやってる選手、どっちがチームにとって必要だよ」

ノロは「そういうことじゃ……」と言い掛けて言葉を飲み込んだ。彼が初めて見せたその僅かな戸惑いは、勇に多くのことを伝えた。

サポーターとしては、選手全員に、自分達と同等かそれに近いチームへの思い入れを持って貰いたい。だが赤瀬が言った通り、キッズやジュニアユースの頃から鳶色のユニフォームを着ている選手以外には、無理な注文だ。しかし、下部組織から叩き上げの選手だけでチーム編成することも不可能だ。ならば、大野や橘のような知名度も実績もあるベテラン、或いはＪ２辺りで出場機会に飢えている若手を安くレンタル移籍でもさせて、オール外様で戦った方がＪＦＬ優勝もＪリーグ入りも近道かもしれない。

だがそれでは駄目なのだと、ノロも他のサポーター達も、どこかで思っている。ただ強ければ良いということではない。チームへの思い入れが強いだけでも足りない。

矛盾している。ないものねだりだ。

数カ月前にも似たようなことを感じたと、勇は思い出していた。

チームは、美しい邂逅や相互理解だけで成り立っているわけではない。振り返らず、立ち止まらず、選手もスタッフも、そして多分サポーターも、様々な思惑や事情を抱えながら、幾つもの矛盾を内包したまま、どこか粛々と目の前の試合を戦って行くだけだ。

「〝腰掛け〟ってのは言葉の綾みたいなもんだったが、そこだけ聞いて不愉快な思いをしたなら謝る」

マイクを握ったまま何事か考え込んでいるノロに、大野がやや声のトーンを落として言った。

「そういうことじゃ……」

もう一度ノロが言った。仕切り直しの言葉は、二秒の間を置いただけで続けられた。

「そういうことじゃない。監督、あんたさっき言ったよな。応援の熱さ、無償で働く人達のひたむきさ、そんなものがサポーターの思いを選手やスタッフに伝えるって。逆もあるんだよ。選手がどういうつもりなのか、プレー以外で伝わって来る部分がある。こっちはそれによって熱くもなるし、ひたむきにもなるし、白けもするんだ」

傍聴席から、ノロの言葉に賛同するような拍手が起こった。ただ、先程の赤瀬の発言の時よりも、周囲に伝播しない。緊張感を持って話の成り行きを見守りたい者の方が、多数派のようだった。

「ちょっと、いいかな」

マイクを通さない生声が店内に響いた。橘ではない。イサクが立ち上がり、手を挙げていた。

「駄目だ、ノロくん。そこを言っちゃあ、駄目だ」

サポーター代表として誘われながらそれを固辞したイサクが、マイクが回って来るのも待ち切れず、訴えるように言った。

イサクの後ろにいた勇に彼の表情は見えなかったが、声がいつもの嗄れ声よりも若干湿気ているように聞こえた。

「駄目なんだよ。事実そうであっても、決して口にしてはならんところなんだよ、そこは」

マイクを受け取ると、イサクは微かに震える声で、また同じことを言った。

丁寧に繰り返して貰ったにもかかわらず、勇にはイサクが言わんとしていることがよく分からなかった。周りの選手もサポーター達も、似たような感想を持っているようだった。

そんな雰囲気を感じ取ったのか、イサクは鼻をひとつすすり上げてから「すまん」と詫びた。

「混乱させちまったかな。これは、選手やスタッフには関係のないことだ。ノロくん、君に言ってるんだ」

殆ど全員の視線が向けられた先で、ノロが唇を噛んでいた。

「現役の選手には……選手に限ったことじゃないか……監督やコーチにも、自分のキャリアってものがある。いまより少しでも上のカテゴリーでやりたいと思って当然だ。サポーターが、そこを否定してはいかん」

立ったまま両手をテーブルに置いていたノロが、なにか言おうとした。だがイサクは右手を上げてそれを制し、話を続けた。

「サポーターは……他のチームのことは知らんが、武山FCのサポーターは、少なくとも君達は、そこを否定してはいかん。若いサポーターとか、若くなくても細かい事情を知らないサポーターなら、別に構わない。だが、君達は別だ。儂が言ってること、分かるよな、ノロくん」

ノロはまだ、唇を噛み締めていた。

サダとデンスケも、神妙な顔でイサクを見ていた。武山マートの社長をはじめ、長らくスポンサーをやっているコンビニオーナー、リネン会社の社長、アイスクリームショップのオーナー達も、項垂れたり首を揉んだり眼鏡を拭いたり、様々なやり方でなにかに気付いたような動揺の色を示した。

それを見たイサクはもう一度、先程よりも大きく、鼻をすすり上げた。

「イサクさん、泣いては駄目よ。イサクさんは、笑う人」

ココが、イサクの顔を覗き込みながら言った。

9

パラフレンチ武山でチームとサポーターの話し合いが行われた翌日は、勇にとって週に一度の全休日だった。

中条から休むことも練習の一つだと諭され、堀田からは壊れた筋肉組織が再生するのに要する時間を滔々と説明され、涼との朝練も試合の当日と翌日は休みということにしている。

たっぷりと眠ったつもりだったが、起床時間はいつもより三十分遅いだけだった。

たまった洗濯物を抱えてコインランドリーへ行き、部屋の掃除をした後、午前中はゴロゴロしていた。しかし本を読んでもDVDを観ても、どこか落ち着かなかった。

午後になってから、いても立ってもいられなくなり、武山マートへ向かった。

到着してから、さて、どんな顔をしてどこにいればよいものか分からないことに気付いた。休日に来るのは、初めてのことだ。しょうがなく店舗裏の従業員通用口の辺りをうろうろしていると、倉庫や喫煙所へ行き来する者らが声を掛けて来た。

「どうした、未成年。忘れ物か？　遠慮しないで入れよ」

「よぉ、勤労サッカー青年。休憩室なら、社員証いらないぞ」

「昨日は一発レッドだったたって？　この暴れん坊め」

粋だとでも思っているのか、誰も勇のことを名前で呼ばない。あの無惨な試合結果を知っている者はいたが、幸い、話し合いを傍聴した者はいないようだった。

「誰かに用事なら呼んで来てやる」とも言われたが、勇は曖昧に返事をしただけで通用口近くで汗を拭っていた。

　勇が会いたい人は、喫煙所に行くことはない。余程のことがない限り、倉庫に行くこともないだろう。しかし、自分からロッカールームや休憩室に行ったとして、なにを言えばよいのか分からない。

　などと考えていたら「イヒヒ～」と、意地悪な笑い声が聞こえた。葛西だ。

「おいコラ、戦犯。なにしに来たんだよ～」

　火を点けていないくわえ煙草を激しく上下させながら、葛西は肘で小突いてきた。

「次が出場停止だからって、こんなとこでサボってんじゃないよ」

　カップ戦のイエローカードはリーグ戦に持ち越されないが、レッドの場合は持ち越される。よって、勇はリーグ戦の再開第一戦に出場できない。

「えぇ、まぁ……葛西さん、昨日はパラフレンチに来てませんでしたね」

「そうなんだよ～、抽選に外れちゃって……あ……」

「なんですか？」

　なにか重要なことを思い出したらしく、葛西は周りをキョロキョロして声を潜めた。

「大丈夫なの？　あんな約束しちゃって」

　葛西は傍聴席の抽選には外れたが、当選した複数のサポーターがＳＮＳに話し合いの様子を同時中継で書き込んでおり、だいたいの内容は知っているとのことだった。

「あんな約束」とは、話し合いの最後にサポーター側がチームに要求した今季の最終成績のことだ。要求は、ＪＦＬに所属するＪリーグ百年構想クラブの中で、２ステージトータルで一位になれ、というものだった。

無論、２ｎｄステージに優勝、チャンピオンシップも制し、総合優勝は目指さなければならない。つまり百年構想クラブ中一位は、サポーターが求める最低ラインの成績だ。

経営面の問題でＪリーグ入りは見送られているが、実力だけはあのブルスクーロ青嶺がいるステージにいつ上がってもおかしくはない。最低限、それだけは証明せよ、という意味でもある。

ＪＦＬ完全制覇に比べればハードルは低い。だが過去数年の武山ＦＣの成績を省みれば、限りなく不可能に近い。さほどサッカーに詳しくない葛西が心配するほどに。

ここ数年、ＪＦＬで優勝争いを繰り広げているのは浦安海運ＳＣとＤＸマキナ岡崎の二チームで、いずれも百年構想クラブではない。この二チームを除き、常に武山ＦＣより上位にいる百年構想クラブはツバメ配送ＳＣ、鳥羽ユナイテッド、那覇《なは》リゾートＦＣの三チーム。更に今季１ｓｔステージでは、ＳＣ三島にも上を行かれた。

達成出来なかった場合の交換条件は、監督以下スタッフを総入れ替えせよというものだ。

契約書を交わしたわけでも、地元紙で公表されたわけでもない。だが葛西がこの件を知っているように、この約束は数百人規模に拡散されているだろう。

「いまのところ勝ち点でツバメと並んでて、得失点差でギリ単独二位だっけ？　順位だけ見れば好調だけど、強いとこは浦安とツバメと三島しかやってないじゃない？　残りは全部、これから当たるんだよね？　那覇とか八戸《はちのへ》とか遠くのアウェイ戦もあるし、マジ大丈夫？」

葛西は『喫煙コーナー』と張り紙されたパーテーションの内側に片足だけ入れて、溜息と一緒に煙を吐き出した。中に招き入れないだけ、一応は煙草嫌いの勇に気を使ってくれているらしい。

「ＬＩＮＥで五、六人とやり取りしただけだけど、みんな〝無理じゃね？〟って心配してたよ」

随分と軽い心配の仕方だな、とでも言ってやろうかと思ったが止めておいた。

「あ、分かったぞ」

すると葛西はなにかを勘違いして、勝手に話を続けた。

「大変な約束をしちゃったもんだから不安で、一人でいると落ち着かなくて、けどチームの人に会うのも違《ちが》くて、そんで店まで来たんでしょ。よしよし、姉ちゃんの胸で甘えて良いぞ」

確かに約束の件は気になる。だがこればかりは、あれこれ思い悩んだところでどうしようもない。全力でプレーし、達成するしかない。

両手を広げる葛西から一歩離れ、勇は「話題に上ったのは、そこだけですか?」と訊ねた。

「他には、ココちゃんが伊勢さんにシバかれてたことでしょ、うちの社長が近鉄バファローズって言ったところで発言を止められたことと……あ、そうそう」

「なんですか?」

「デンスケの奴、マイク持つとき小指立っててキモかったって、写真付で……」

「あー、もういいっす」

イサクの話が、少なくとも葛西のLINE仲間の間で話題になっていないことは分かった。

「ところで、咲田さんはいますか?」

勇が訊ねると、葛西は「マジか」と呻き、広げていた両手をだらりと下げた。

「手が空いてるようだったら、呼んで欲しいんですけど」

「告るの?」

明日突然、FIFAの公式ルールが手を使っても良いことに変わったとしても、それだけはあり得ない。だが否定するのも馬鹿馬鹿しくて、勇は黙っていた。

「キリちゃん、熟女好きにもほどがあるよ。てか、マザコンか? 確かに咲ちゃんの胸は、顔を埋めたくなる衝動に駆られるけどさぁ、この暑さだよ?」

仕事中につまみ食いばかりして、酒好きで言葉が乱暴で、口と尻が軽く、子供の世話は実家に任せっ放しで休日は酒かパチンコ三昧という部分を除けば、悪い人間でないことは分かっているつもりだったが、この時ばかりは葛西に対して軽く殺意を覚えた勇だった。

「いるんですか、いないんですか」

「いるよいるよ、なんだよ、怒んなよ、冗談だよ」

葛西は煙草を灰皿で揉み消すと、「待ってろ馬鹿」と勇の尻に蹴りを一発見舞った。

生鮮食料品の搬入口の前には、搬入業者のために自動販売機とベンチが設けられている。そこに座っていると、ビニールカーテンの隙間から寒いほどの冷気が零れてくる。夏場は、従業員も涼を求めてここで休憩時間を過ごすことがあるが、この日は幸い誰もいなかった。

なにか飲もうかと自販機の前に立っていると、「どうしたのぉ」と咲田がやって来た。

「お休みの日に来るなんて、初めてでしょ。びっくりするじゃない」

咲田は小さな弁当箱とアイスキャンディーを持っていて、水色の袋の方を勇に差し出した。

「もう九月だっていうのに、相変わらず暑いわね。あ、こういうのは食べないんだっけ？」

「いえ、いただきます。ありがとうございます」

二人はベンチに並んで座り、咲田は弁当を、勇はアイスキャンディーを食べ始めた。

「それ、たまに食べると美味しいのよね」

「はぁ」

「あ〜、ここ涼しい。この季節、揚げ物の担当はホント嫌になるわ」

「そうですね」

たまたま下校が一緒になった中学生男女か、というくらい会話は弾まず、そのうち咲田の方が勇の顔を覗き込んだ。

「休憩、十五分しかないんだけど。なにか話があるんじゃなかったの？　仕事のこと？　辛いの？」

「いえ……あの、昨日の試合の後、チームとサポーターで話し合いがあったことは？」

「聞いてるわよ。なに、退場のことで酷いことでも言われたの？　あれは向こうが悪いのよね。あ、でも、サッカーの相談ならおばちゃん分かんないわよ」

「いえ、違うんです。実は、イサクさんが……」

　イサクが珍しく感情的になって訴えていたのは、選手やスタッフに対することではなく、武山ＦＣサポーター心得のようなものだった。

　気を抜いたプレー、私怨が絡んだ選手起用、そんなものが垣間見えれば容赦なく罵倒するなり更迭を要求するなりすればいい。だがいまの武山ＦＣにそういうところはない。ブルスクーロ青嶺に惨敗した試合は、少なくともイサクの目から観れば、現状の実力差が分かり易い結果として現われたに過ぎない。

　そんな話をする中で、イサクは一つの実例を持ち出した。「俺の知り合いに、こういう人がいる」という言葉で始まったその話の内容は、こんなものだった。

　その知り合いは、十数年前にひとり息子を亡くしている。生まれつき病弱で、十八歳で亡くなった。彼の短い人生の半分は、武山ＦＣを応援することに捧げられていた。高校卒業を前に、彼は母親に言った。用具係《ホペイロ》でも経理でも雑用でもいいから、武山ＦＣに関わる仕事に就きたいと。一人が複数の仕事を掛け持ちしているようなチーム状態で、新たな人材を雇う余裕などない筈だったが、チームは彼のために特別なポジションを用意した。しかしその夢は叶わず、彼は高校卒業を目前に亡くなった。そして母親は息子の遺志を継ぎ、いまもサポーター活動に精を出してくれている。

「サポーターの中には、そういう人もいるんだ」

短い話は、そんな言葉で終わった。

その場に居合わせたサポーターの中で、この話に反応を示したのはノロ・サダ・デンスケの三人と、武山マートの社長ら古株のスポンサー数名だけで、その他の者は知らない話のようだった。

「要するにだ」

殆どの者が話の主旨を摑み兼ねている中、武山マートの社長が補足するように言った。

「サポーターだって色々な思いを抱えて活動してるんだから、選手やスタッフの心の在り様にまでどうこう言う権利はない。そういうことだよな、イサクさん」

珍しくまともな執り成しだった。イサクも「あぁ」と答え、マイクをノロに返して座った。

選手とスタッフの中にも、この話の詳細を知っている者はいないように見えた。武山FCで五年以上プレーしている中条や、ジュニアユースから鳶色のユニフォームに袖を通している江藤も、知らないようだった。十数年前では、当時の選手は誰も残っていない。スタッフも、代表の近江くらいしか残っていないだろう。その近江は、あの場にいなかった。

だが一年目の勇には、ピンとくるものがあった。

「そう、イサクさん、そんな話を」

咲田はそう言って俯いた。口元は笑っていたが、半分ほど手を付けた弁当箱を見下ろす目はどこか寂し気だった。

「イサクさんが言った〝知り合い〟って……」

「うん、たぶん私のこと。名前は出さなかったんでしょ？　桐山くん、よく分かったわね」

勇はイサクの話を聞きながら、咲田が以前ホペイロという言葉を口にしたことを思い出した。

サッカーには詳しくないと自分で言っているおばちゃんが、何故そんな言葉を知っているのかと疑問に思った。また、何故プライベートな時間を使ってまで、無償で、しかも試合を観戦出来ないような場所で、観客の誘導やチケットのモギリやグッズの販売を手伝っているのかと質問をした時、咲田は口籠った。そして葛西が割って入り、勇の疑問はそのままになってしまった。たまたまホペイロという言葉を知っている人、試合の観戦もせず無償で働いてくれるサポーターは、他にもいるかもしれない。だが勇は、イサクの言う〝知り合い〟が咲田のことだと確信した。そして、当たっていた。

「ひょっとして、ノロさんがサポーター活動に加わるようになったのって」

「そうね、詳しいことは分からないけど、うちの子……光太郎《こうたろう》が亡くなったことがきっかけだったって、後から聞いたわ」

「友達だったんですか？」

咲田は少し考えてから、首を横に振った。

咲田の息子、光太郎はノロ達の二学年下だった。武山ＦＣのジュニアユースにもユースにも所属していたが、試合はおろか練習にも参加出来なかった。ただ奇麗なままのユニフォームを着て、直射日光の当たらない場所で試合や練習を見学し、出来る範囲で練習の準備や後片付けを手伝う程度だった。

「そんな二つ下の後輩なんて、ノロくん達にしてみたら邪魔な存在でしかないでしょ？　イジメってほどじゃないけど、邪険に扱ってたみたい」

「でも、身体が悪いなら練習に参加できないのはしょうがないじゃないですか」

「ううん。いまになれば、ノロくん達の気持ちは分かるような気がする。若くて血気盛んで、プロを目指してたような子達だものね。仲良しごっこをやってるわけじゃないものね」

咲田はそこまで言って少し間を置くと、「思い当たる節があるんじゃない？　桐山くん上手だから」と言って笑った。寂し気だった目の色は消え、その代わりに少し意地悪な色が浮かんでいた。

思い当たる節、ありまくりだった。光太郎ほど分かり易い〝特別扱い〟ではなかったが、小学生のときも中学生のときも、練習について来られない者が各学年に一人くらいはいた。彼らがいま、どこでなにをやっているかを勇は知らない。まともに会話をした記憶もない。だが、足の遅さをからかったり、「邪魔だ」などと言っていたことだけは、はっきり覚えている。

怪我で一度はサッカーを捨て、テレビで日本代表戦を観戦することすらしなくなっていたノロが、光太郎の死をきっかけにサポーターになった気持ちは、勇にもなんとなく分かった。

きっと、友達ではなかったからだ。親しくもなかったからだ。

サッカーで身を立てることを諦めた時、以前は思いが至らなかったことに気づくようになったのだろう。その中には、サッカーをやりたくても出来ない光太郎のような者の存在もあったのだろう。

勇には、ノロの気持ちは分からない。想像するしかない。完全に分かることなど不可能であることは百も承知で、それでも想像するしかないのだ。ノロが、光太郎の気持ちを想像したように。

「すみません……」

「なになに、謝るようなことじゃないでしょ」

「いや、でも、すみません」

咲田が無償で裏方として働いてくれることを、勇は職場の付き合いの延長だと思っていた。気が知れない、どうかしてるんじゃないか、とすら思っていた。そのことを正直に告げ、詫びた。

「変な子、心の中で思ってたことまで謝ることないのに」

「いや、勝手に失礼なことを思ってしまったんで、それはつまり光太郎くんにも失礼なことであって……」

一度でも頭を過ってしまったら打ち消すことは不可能で、それは取り返しのつかない重大な過失ではないが、それでもやはり謝るべきなのではないかと勇は思った。

それからもう一つ、勇はあの話し合いの場で、自分がサポーターを喜ばせるためにプレーしているわけではないという思いを強くした。その思いはいまも変わっていない。今後も変わらないと思う。だが自分のプレーが結果的に咲田を、光太郎を、喜ばせることに繋がるならば、素直に嬉しいと思う。

勇はそれらの思いを、「なんつーか」「的な」「逆に」等々、若者用語を多用しながら、必死に言葉にした。

「はいはい、分かりました」

その様子がよほど可笑しかったのだろう、咲田はそう言って笑った。

「真面目に言ってんだけど」

「分かってる、ゴメン。ふふ、でもね、葛西ちゃんと似てるなーって思って、逆に」

「え?」

「あの子、ずけずけものを言うじゃない? ここで働き始めた頃、私に〝旦那いるんすか?〟とか〝子供は?〟とか色々訊いてきたのね。それで、全部教えてあげたら泣きながら謝ってきて。謝るようなことじゃないのにね」

勇と咲田の話に割って入ったり、咲田が現われると急に話を止めたり、葛西の言動にはよく分からないところがあったが、これで分かった。確かに、惣菜を作りながら本人から聞くような話ではない。まったく気付かなかったが、いずれも葛西のファインセーブだったわけだ。

「似た者同士ってことかしらね」

全身全霊で否定したいところだったが、勇は「はは」と笑って誤魔化して、溶け落ちそうになっていたアイスキャンディーを丸ごと口に突っ込んだ。

「あのね、桐山くん」

こめかみの鈍痛に悶絶していたら、咲田は「嬉しいのよね、おばちゃん」と、勇にとって意外な話を始めた。

光太郎の三回忌まで、七回忌まで、と思いながらサポーターの活動をやってきて、昨年十三回忌法要を済ませた。その間、色々な人が自分の知らない光太郎のことを教えてくれた。その数は年々減っていくが、光太郎のことを話題にしてくれる人が確かにいる。夫と二人で思い出話をしている時や、一人で布団に入ってふと思い出した時などは、涙が溢れることもある。だが、ノロやイサクや近江達と光太郎のことを話していると、何故か笑顔になる。今日のこの場も、そうだ。それもこれも、武山FCというチームが存在してくれているからだ。

「嬉しい、ですか……」

「うん、嬉しいの。みんなの思い出の中で武山FCを応援してる光太郎は、いつも笑顔だし。それが、光太郎が確かに生きてた証のような気がしてね。それに……」

そこで咲田は、まだ半分ほど残っている弁当に気付いて「一つ食べない？」と握り飯を勇に差し出した。

小振りな三角形の握り飯だった。てっぺんの山に「へ」の字に、下から「コ」の字に味付け海苔が巻かれている。それを数秒見詰めて、勇は「腹は減ってないんで」と断わった。

「おばちゃんが握ったおにぎりなんか、食べらんないか」

「いえ、そういうわけじゃなくて、炭水化物は控えてるんで」

咄嗟に、そんな嘘を吐いた。一日に摂取する炭水化物を計算していることは事実だが、小さな握り飯一つ分くらい、今夜の食事でいくらでもコントロール出来る。

1stステージ第一節の後、江藤が心配した通り、試合前の軽食に握り飯しかないこともあった。そんな場合に備えて、勇は常に栄養補助食品をバッグに忍ばせるようになった。

十歳の秋から、勇は一つも握り飯を食べていない。中高生時代のサッカー部の合宿で、お母さん連中が大量の握り飯を差し入れてくれたこともあったが、その時も食べられなかった。

米も海苔も、具材になる鮭やおかかも、単体なら食べることが出来る。むしろ焼鮭などは好きな部類だ。だが、握り飯という形態になると、食べられなくなる。

「じゃあ、卵焼き食べて」

「はい、いただきます」

一口で頬張り、勇が「美味いっす」と言うと、咲田は「そう?」と丸い顔をほころばせた。

「あの、さっきの〝それに〟って」

話の続きを促すと、咲田は「あぁ、うん」と何度か頷いて、話を再開した。

「光太郎は心臓と肝臓、呼吸器系にも疾患があって、お医者さんには十歳まで生きられればいい方だって宣告された子なのね。だから、その歳を過ぎて亡くなるまでの八年間は、神様からの贈り物みたいな気もしてるの」

「贈り物……」

「そう。だからね、覚悟が出来てたと言うと変だけど、少しずつ心の準備は、ね?」

「はぁ……」

「そりゃ、事故や事件に巻き込まれて、ある日突然、大切な人が目の前からいなくなったらショックも大きいでしょうけど、光太郎の場合はそういうのじゃなかったから」

勇は頭の中で咲田の言葉を反芻しながら、俯いた。

「桐山くん、どうしたの? 卵焼き、しょっぱかった?」

勇の様子が微妙に変わったことに気付き、咲田が訊ねた。

「いえ、なんでも。もう時間ですよね。すみません、貴重な休憩時間に」

十五分はとっくに過ぎていた。咲田もそれに気付き、ベンチから立ち上がった。

「おばちゃん、なにか変なこと言ったんじゃない？」

「いえ、ちょっと、咲田さんには関係のないことを思い出しちゃって」

「そう？　だったらいいけど。じゃあね」

咲田はそう言って、店内に戻って行った。

勇はアイスキャンディーのバーを捨てようとゴミ箱に向かったが、捨てる直前に「あ」と声が出た。

バーに、『アタリ』と刻印があった。


ＪＦＬ２ｎｄステージ再開から、二週間余りが経った。

武山ＦＣは第八節から十節を二敗一分で終え、順位を六位まで下げた。

格上との直接対決で二試合連続の完封負け、続く格下相手にも一点先行しながら後半終了間際に追い付かれるという、後に響く引き分けを喫した。

サポーター達は以前と変わらず観戦に来てくれていたが、申し合わせをしているらしく、フラッグも横断幕も鳴り物もなかった。ノロ・サダ・デンスケらコアなサポーター達は飛行機でアウェイの那覇戦にまで来ながら、無言で腕組みをして、ピッチを睨み付けているだけだった。

変わったのは、サポーターだけではない。県知事杯決勝戦での惨敗とサポーター達との話し合いを境に、チーム内の不協和音が、はっきりとしたものになっていた。

２ｎｄステージの消耗が激しい戦い方について、結果が出ている以上は文句を言えないと思っていた者達にとっては、この三試合は絶好の機会のようだった。

　そして、第十節から二日後の全体練習前、分かり易いかたちで新加入三人とほかの選手達が対立した。

　練習メニューを簡単に説明する座間味に、まず伊勢が意見した。

「次節までの五日間、守備の連携の確認を徹底的にやった方がいいんじゃないですか？」

　カップ戦を入れて、ここ四試合の無惨な結果を受けての提案で、殆どの選手がそれに賛同した。

　だがすぐに、橘が「関係ねぇよ」と反論した。

「通常通り次節の相手……え〜と、神辺だっけ？　そっちに照準を合わせた練習でいいよ」

　途端に、伊勢以外の選手達も「結果が出てないときの基本だろうが」「守備の見直しは急務ですよ」と橘を非難した。

　橘は応戦しようとしたが、赤瀬がそれを止めた。

「ごちゃごちゃ言い争いをするな。お前らサッカー選手だろ。サッカーでケリ付けろ。勝った方の意見を採用してやる」

　通常ならポジション別に行なわれる予定だった練習メニューは中止となり、六人×五チームによる総当たりのミニゲームを行なうこととなった。

　大野と橘と勇は赤瀬の指示により同じチームで組まされ、そこにサブのＭＦとＤＦが加わった。残りの四チームは、比嘉、中条、堀田、江藤がキャプテンとなり、各々四人の選手を順番に選択、ＧＫだけは伊勢とサブを合わせて三人しかいないので、チームに属さず持ち回りで務めることとなった。

　ルールは、ハーフコートを使った六対六。一試合十五分とするが、どちらかが先に三点を取ればそこで終了。ＧＫはハーフウェーラインを超えるロングボールを蹴ってはならない。ＦＫはすべて間接FKとする。CKを三度与えたらPKとする。

実際の試合で例えれば、常にゴール前での混戦を行なっている感じだ。広い視野やスペース取り、囮となる逆サイドへの動きなどは殆ど必要ない。狭い範囲での速いパス回し、一瞬で攻守が切り替わる展開への対応、シンプルな前への意識と、単純な足下の技術、理屈抜きの速度がものをいうルールだ。

「桐山！　六―四―三！」

橘が叫ぶと同時に、勇は後方を確認することなくヒールでボールを流した。橘はボールが出る前に、勇の死角に向かって既に動き出していた。彼をマークしていた堀田は、一歩だけ出遅れた。橘はツータッチでゴール前まで到達し、並走して来た大野にラストパス。大野はDFとボールの間に身体を入れながら難しいハーフバウンドに上手く合わせ、低く抑えたダイレクトシュートを打つ。ボールは伊勢の股間を抜けて、ミニゴールのネットを揺らした。

「よっしゃあ、三連勝！　ヘイヘイどうした、これじゃ練習にならねぇよ！」

三試合を終え、勇達のチームはすべて十分以内に三―〇として、三連勝した。しかも、助っ人で入ったサブのMFとDFにはなにもさせず、ほぼ三人で戦っていた。

もちろん、大野と橘の足下の技術レベルが高かったことも大きい。狭いスペースでのボール回しなら二人だけで、緩急など使わずとも相手の五人を翻弄してしまいそうだった。勇はそのスピードに着いて行き、主にポストプレーやフィニッシャーを務めるだけでよかった。

だが最も大きな勝因は、大野と橘がこの手のミニゲームのコツを熟知していたことだ。

「次は頭でいくぞ」

江藤組と比嘉組のゲームを観戦していた勇に、橘が囁いた。

さきほど橘が叫んだ「六―四―三」とは、パスを出す方向の指示だった。但し、三つのうち本物は最後の「三」だけで、残りの二つは敵を欺くために適当に言った数字だ。それを次は、一番目に本物の数字を入れるという通達だった。

数字は、相手のゴール側を十二時とした方角を示している。

通常、死角にいる味方にパスを出すには声がする方向を頼りにするしかないが、この指示を出す者は数秒後に自分が到達するであろう位置を見越して数字を叫ぶ。アメフトのフォーメーションのような数字の羅列に、相手はその組み合わせに意味があるものと思い込み混乱する。そして、苦し紛れのようなノールックのパスがことごとく通る。相手は、ますます混乱する。

素晴らしいアイデアだと勇は思った。だが勇の「使えますね」という言葉に、大野は「本番じゃ使えない」と即答し、発案者の橘も「そりゃそうだ」と笑った。

これは、指示を出すのが大野と橘の二人だけ、どこにいても声が届き、距離感もあまり考慮しなくていいハーフコートという環境だからこそ可能な作戦とのことだった。

「ちょっと、汚いような気がしないでもないですね」

素直な感想を言うと、大野が「こんな小細工に混乱する方がダセェんだ」と、切り捨てた。

「続けてれば、これにはこれで意味があることに気付く筈だ。お前が馬鹿でなければ」

「大野さんも知ってたんですか？　この作戦」

「あぁ、まったく同じじゃないけどな。フットサルとかバスケなら試合でも使えるだろう。お前は初めてにしては飲み込みが早いし、転向するか？　二十歳前なら、まだ間に合うぞ」

無表情なので本気か冗談か分かり難い。勇は「はぁ」としか言えなかった。

「次は中条の組か」

橘があご髭を触りながら何事か思案し、大野と短く言葉を交わした。そして勇の肩に手を回し、耳元で囁いた。サブのＭＦとＤＦはスパイとでも思っているのか、完全に蚊帳の外だった。

「あのセコい野郎のことだから、ＣＫ三本でＰＫってルールを狙って来るぞ。ゴールライン際、気を付けろよ」

勇は小さく頷くと、立ち上がって軽く走り始めた。

芝生の上で、中条組が車座になっていた。勇達との試合に備え、作戦会議を行なっているようだった。彼らも、勇達と同じく三連勝している。

勇達に敗れた三チームにしてみれば、どんな手を使ってでも中条組に一矢報いて欲しいと願っているに違いない。

だが残念ながら、その願いは叶わないだろう。大野と橘は武山ＦＣの中で完全に別格の実力者だ。このミニゲームは、そんな分かり切っていることを再認識させるだけのものだ。

勇はそんなことを考えながら、アップを続けた。

「よし、最後は全勝対決だな。入れ」

赤瀬に命じられ、勇達はピッチに入った。中条組には、李と御蔵屋がいる。更に、ＧＫは伊勢が務めた。六人中、レギュラークラスが四人。勇達よりも多い。

それでも勇は、負ける気がしなかった。

予想通り、ボールを支配したのは勇達だった。大野も橘も、二人掛かりくらいでは簡単には奪われない。勇も強引なスライディングがないことが分かっていれば、二人までなら翻弄することが出来た。

驚かされたことがなかったわけではない。

まず、李のジャンプの上手さ。彼は、指先を軽く勇の肩に当てるだけで、信じられないほどの跳躍を見せた。しかも勇は、ほんの少し体重を掛けられただけで通常の半分も跳び上がることが出来なくなる。サッカーと言うよりも、古武道とか合気道のようなプレーだ。

次に、御蔵屋のパスコースを消す上手さ。彼は一対一になると、ボールではなく相手の目を見る。そして、次の動きを読み切って体重移動を繰り返す。小さな動きだけで、こちらに『そっちには蹴らせへんで』とサインを送って来るのだ。まるで、相手の目を利用して自分の背後の状況まで読み取っているかのようだった。

初めて敵として対峙してみて、勇は二人の特異な能力に驚かされた。これもまた、江藤の体幹、大野のトラップ、橘のスタミナと同様に、いつか自分のものにしたいと思ったほどだ。

だがそれでも、この試合に勝てるという確信は揺るがなかった。

李にしても御蔵屋にしても、一対一の局面での強さでしかない。

「八─三─二！」

大野の言葉に、勇は八時の方向へパスを流す。誰もいないスペースへこぼれたように見えたボールに、コンマ数秒前に動き出していた大野が追い付く。

サブのDFを一人かわしてゴールへ向かう大野に、橘が「七─九─六！」と叫ぶ。伊勢は完全に大野のシュートに備えていたが、それを嘲笑うかのように、七時の方向に飛び込んだ橘がガラ空きのゴール左隅にシュートを決めた。

「まずは一点！　おいおい、こいつらも楽勝だぜ！」

再開後、中条達はシュートを打てないと見るや、ゴールライン際でCKを得ようとして来た。橘が予測していた通りの策だったため、勇も慌てずに対応することが出来た。

勇達は二つのCKを与えたが、三度目を与えるまでに二点目を奪った。

そして、圧倒的にボールを支配したまま、赤瀬のホイッスルが鳴った。勇達は初めて十五分フルに戦ったが、結果は二─〇。全試合完封で全勝優勝を決めた。

「よし、ほんじゃあ明日からは次節に向けたメニューで行く。文句ないな」

大野と橘に歯が立たないことを、これ以上ないほど明確な形で認めさせられた選手達は、赤瀬の言葉に碌に返事もしなかった。

その傍らで、橘が中条に文句を言っていた。

紅白戦ですらないミニゲームなので、誰も脛当てを入れていない。削るようなプレーは控えるのが暗黙の了解だ。だがさきほどの試合中、橘は何度か中条から容赦ないスライディングを受けていた。それに対するクレームのようだった。

「すみませんね。あんたのドリブルは、生半《なまなか》なことじゃ止められないもんで、つい」

「嫌いじゃないよ、ああいうプレー。けどなぁ、本チャンであの殺気を見せて欲しいもんだ」

こういうやり取りでも橘の方が数枚上手らしく、中条は敵意むき出しだった目を伏せ、「くそが」と呟きつつも笑っていた。

五チーム総当たり、計十ゲームを行ない、秋の陽はすっかり暮れていた。電気代節約のために可動式の投光器はすぐに片付けられ、サブグラウンドの照明も一基を残してすべて消灯していた。

薄暗い中でミニゴールや得点掲示板を片付けていると、赤瀬が勇に声を掛けて来た。

「得るものはあったかい」

質問の意味が分からず黙っていると、「上手く機能してたじゃないか」と肩をポンと叩かれた。

まるで、このミニゲームが、勇になにかを摑ませるために行なわれたかのような言葉だった。

「大野さんと橘さんのおかげです。俺は別に、特別なことは……」

「あの数字のトリックは、聞いたんだろ？」

「はい。でも、実戦じゃ使えないって聞きました」

「それは分かってる。そのプレーで、なにかを摑んだかって訊いてるんだ」

勇が何も言えずにいると、赤瀬は、説明を始めた。

相手ゴールの位置を常に正確に把握しておくことは、簡単なようで難しい。ボールを持って敵に囲まれ、周囲を見回したり動き続けている状況では、尚更だ。そんな中、自分の視界に入っていない方向へ、三十度以内の誤差でボールを蹴り出すのは、至難の業と言っていい。

「方向感覚。これぱっかりは鍛えるのに時間が掛かるんだ。無意識で出来てるなら、ご両親に感謝だな。こいつを3Dにして更に磨けば、いわゆる空間把握能力ってやつになる」

確かに、プレー中は無意識だった。それほど難しい事をやっているつもりもなかった。つまり、自分の努力によって手に入れたものでない部分で〝出来てしまっていた〟のだ。

「三試合目と四試合目は、明らかにパスを出すタイミングが早くなったよな。あれは、コツを摑んだってことかと思って観ていたんだが」

言われてみて、勇も初めて気が付いた。その通りだ。数字を言われて頭の中で方向を確認し、パスを出す。最初のうちはそうしていたのだが、繰り返すうちに頭の中で考える工程が省かれるようになっていった。

「なんだよ、無意識に出来てたって顔だな。お前って、嫌な性格してるなぁ」

「だからって、なんなんですか？　試合じゃ使えないんでしょ」

勇が言うと、赤瀬は「かー」と自分の額を叩き、わざとらしく驚いた。

「そんなこと言ってるから駄目なんだよ、ボーヤ」

「子供扱いはやめてください」

一緒に後片付けをしていた者達は、みなクラブハウスへ行ってしまった。芝生のあちらこちらで、秋の虫が鳴き声を上げ始めた。

「監督ぅ、消しますよぉ」

管理員室からそんな声が聞こえ、赤瀬が右手を上げるとほぼ同時に、一つだけ灯っていた照明が〝バツン〟という音とともに落ちた。待ってましたとばかりに、虫の声がボリュームを上げた。

二人が立っている場所には、クラブハウスの明かりがなんとか届いていた。

「じゃあ、失礼します」

勇はそう言ってクラブハウスへ向かおうとしたが、赤瀬が「そうだ」と呼び止めた。

「次の神辺戦だがな」

次の第十一節は、神辺建設ＳＣとのアウェイ戦だった。ここ数年来、ホームでもアウェイでも負けていない、完全な格下だ。だがそれだけに、いまの武山ＦＣにとっては絶対に落とせないというプレッシャーが掛かる試合でもある。

「なんでしょう」

先発から外すとでも言われるのかと思い、勇は身構えた。

「そう堅くなるなよ。神辺戦への先発は確約してやる。だが、前日練習は免除だ。いや、免除じゃなく、出席を禁ずる」

「え……？」

「その代わり、土曜のうちに実家へ帰れ」

神辺建設ＳＣのホームスタジアムは、勇の実家がある峰山市の隣、神辺市の市営陸上競技場だ。確かに、当日の朝からバス移動するよりも、前乗りした方が肉体的な負担は小さい。だが、それだけの理由で大切な前日練習から外す理由が分からない。

勇が返事に窮していると、

「ボーヤじゃないんだろ？　察しろよ」

赤瀬はそう言って、クラブハウスへ向かった。

その背中を見詰めながら、勇は堀田が言っていた言葉を思い出した。赤瀬は、チームが強くなること以外に興味がない。それは逆を言えば、チームが強くなるためであれば、選手の家庭環境や生い立ちにまで踏み込む、ということでもある。

「どこまで調べてんだよ、あの人……」

試合が行なわれる十月十八日の前日、十七日は、勇の母の命日だった。

土曜日の午後一時過ぎ、武山マートを出た勇は、予め用意していた一泊分の荷物を抱えて社長のセダンに跳び乗った。

出勤時、いつもより荷物が多い理由を同僚に訊ねられ「母の墓参りです」と答えたら、瞬く間に従業員の間に広まり、社長が退社時間を一時間前倒ししてくれ、武山駅まで送ってくれることになったのだ。

実家のある峰山市までは、新幹線と在来線を乗り継いで四時間余りを要する。そこから更に、桐山家の代々墓がある霊園へはバスで十五分ほど掛かる。

十月も半ばになり日没は随分早くなった。勇は墓参りを翌朝にすることも考えていたのだが、社長が送ってくれたおかげで在来線も新幹線も予定より一本早い便を捕まえることが出来、閉門時間の三十分前には霊園に到着した。

手桶に水を汲み、その中に柄杓と買った花束を突っ込んで、勇はゆっくりと玉砂利を踏みしめながら墓に向かった。

「ただいま」

墓石の前に立ち、実家の玄関を開けた時のように言った。

墓前には、まんじゅうと蓋の開いたワンカップが供えられていた。箱詰めのまんじゅうは、その半分ほどが無くなっている。花入も新しい花でいっぱいで、これ以上は入りそうもない。

命日なので、明るい時間に父と美緒が来ていて当然だ。ひょっとしたら、親戚や母の古い知人も来てくれたのかもしれない。食べ物や酒は霊園の規定で持って帰らなければならない筈だが、誰かが知らずに供えたままにしたらしい。

「まだ見せられなくて、ごめんな」

勇は花束を解かずにまんじゅうの箱の上に置き、手を合わせた。

小学四年生の時、勇は初めてサッカーの公式戦というものに出場した。その試合で勇は、ゴールを二つ決めた。味方ばかりか相手のコーチ陣まで驚き、応援に来ていた母も大喜びしてくれた。

だが、勇には不満が残った。

「あと一点取れたら、ハットトリックだったのに」

家に帰ってそんなことを言っていると、

「みんなで三点目を取って勝てたじゃない。駄目なの？」

サッカーのことをまったく知らない母は、夕飯の支度をしながら訝し気な顔をした。

「駄目だよ。一人で三点取らないと、ハットトリックって言わないもん」

「一人で？　でもサッカーって、みんなでやるものでしょ？」

「分かってないなぁ。だから凄いんじゃないか」

「ふ〜ん。じゃ、いつか見せてね」

「うん、次の試合で見せてあげるよ」

だがその後、勇がハットトリックを達成することはなかった。

母の死後、紅白戦や練習試合では三点どころか五点以上を決めることもあったが、公式戦では未だに二点止まりだ。

「ずっと、あの時のことを考えてるわけじゃないんだけどね。未だに達成出来ないのは、意識し過ぎてるってことなのかもな」

墓石もその周辺も、隅から隅まで奇麗だった。せめて線香くらいは、と思い火を点けようとしたが、そこで重大なことに気付いた。火がない。

「マッチくらいサービスしろよ」

独りごち、管理室に向かうべきか、他家の墓で火が点いている線香かロウソクを探すべきかと逡巡していると、背後から「火か？」と声を掛けられた。

驚いて振り返ると、前を開けたチェックシャツにカーゴパンツというラフな格好をした父が、ライターを差し出していた。

息子は「ただいま」とは言わず、父親も「おかえり」と言わなかった。

まさかこんな時間に来て父と鉢合わせになるとは思っていなかった勇は、小声で「サンキュ」と言ってライターを受け取った。「おう」と答える父の息には、少しだけ酒の匂いがあった。

父は、花も線香も持っていない。いま、墓参りに来たわけではなさそうだ。

勇が手を合わせている間、父は背後で黙って立っていた。だが、一分も経たないうちに「もういいだろ」と言うと、勇を退かせて墓の前にあぐらをかき、ワンカップに手を伸ばした。

線香台には灰があったが、完全に燃え尽きていた。台を持った時に熱は感じなかったことから、父がかなり長い時間、墓前でまんじゅうをつまみに酒を呑んでいることが分かった。

「何時《いつ》から、ここにいるんだよ」

幾分、小さくなったように見える背中に向かって勇が言うと、父は振り返りもせず「夕方の四時くらいかな」と答えた。

「姉ちゃんは？」

「一緒に来たんだが先に帰った。在学中になにか資格でも取ろうとしてるらしい。勉強で忙しいんだとよ」

一時間以上も、母とどんな話をしていたのか訊いてみたかった。だが、訊けなかった。たとえ息子でも立ち入ってはならないのでは、という遠慮もあった。碌に会話をしない親子関係だったので、ここまでの短い会話で酷くエネルギーを消耗したということも否めない。だがそれよりも、気になることがあった。

さきほどちらりと見えた、チェックシャツの内側のTシャツだ。

それは、美緒の誕生日プレゼントにと武山駅前のショッピングモールで買った、武山FCオフィシャルグッズの一つだった。

「他では手に入り難い物を」と提案してくれた堀田は、勇の母が鬼籍に入っていることを知らず、「ついでにご両親にも」と勧めてくれた。勇は即座に「いいっす」と断わったが、幾つかのグッズを買った中で、Tシャツだけ美緒には大きいLサイズを選んだ。

同封した手紙に『TシャツはLしかなかったからパジャマ代わりに』と嘘を書いたのだが、美緒は勇の思いを汲み取ってくれたらしい。そして父も……間違いなく嫌味の一つも言っただろうが……袖を通してくれている。それも、母の墓参りに来る日に。

外灯が点灯し始め、見回りの軽トラックが閉門時間を報せるアナウンスを繰り返していた。

新たに供えた線香が半分ほど灰になった頃、勇と父はどちらが言うともなく立ち上がり、母に「じゃあな」「また来るよ」と挨拶して正門へ向かった。

陽がとっぷりと暮れた霊園前にタクシーは無く、バスも二十分ほど待たなければならなかった。

流しのタクシーが通り掛ったら拾うことにして、二人は県道沿いをゆっくりと歩き始めた。

「どうなんだ、最近は」

沈黙の重苦しさに耐え兼ねたのは、父の方だった。

「仕事？　サッカー？」

「両方だ」

「仕事は楽しくやってる。周りがいい人ばっかりだし。サッカーの方は、ちょっと……」

「ちょっと、なんだ」

「いまはチームの状態があまり良くない。サポーターとも色々あったし」

「ここ数試合は勝ちに恵まれないようだが、確かまだ五位か六位くらいだろう。優勝の目がないわけじゃないのに、なんでチームの状態が悪くなるんだ」

「詳しいんだな。サッカー、嫌いじゃなかったっけ？」

父は「別に」と曖昧に答えながら、背後を振り返って手を挙げた。だが止めようとしたそれは『迎車』サインを点灯させたタクシーで、二人の脇を猛スピードで走り去って行った。

「別に嫌いじゃないが、かと言って詳しいわけでもない。美緒が毎週、晩飯の時に試合結果や順位を報告するからな」

「へぇ……」

実家まで歩けば、一時間くらい掛かってしまう。それはちょっとキツいな、と勇が思い始めた時、父が妙なことを訊ねた。

「それでお前、来季はどうする」

「来季？　分かんないな。今季、総合優勝出来たとしてもJ3には上がれないし、このままじゃないかな。プロ契約でもして貰えたら、もう少しサッカーに集中出来るんだけど……あ、スーパーの仕事が嫌ってわけじゃないよ。そっちも学ぶこと多いし、続けたいと思ってる」

後半は意外な言葉だったらしく、父は「ほぉ」と珍しく笑みを浮かべた。

それから更に回送や迎車を三台見送って、やっと空車を捕まえることが出来た。

後部座席に並んで座り、二人はまた黙り込んだ。

手を伸ばせば届くところに、足の間で組み合わされた父の両手があった。

その手で、勇は思い切り頬を張られたことが一度だけある。

葬儀が終わって一週間余り経った、激しい雨が降る夜のことだ。


美緒と勇の母は九年前の今日、亡くなった。

その二日前の十月十五日、勇は入って半年ほど経っていたサッカーチームの公式戦でFWとして先発を言い渡されていた。

当時、小学四年生だったにもかかわらず飛び級で五・六年生のカテゴリーに入り、六年生でエースだった江藤〝アキッチ〟亮兼に代わっての先発だった。

ハットトリックこそ達成していなかったが、勇が三・四年生のカテゴリーでは収まり切らない実力であることは明らかだった。とはいえ前例のない大抜擢だと聞き、勇は異常なくらい張り切っていた。

試合は、午後二時のキックオフだった。

午前十時に集合した選手達は軽い練習で身体を目覚めさせ、正午に弁当を食べ、試合開始まではアップするなりゲームでもするなり、各自でリラックスしていれば良いと言い渡されていた。

勇も十時の練習に間に合うよう、弁当を持って家を出る筈だった。

だが、母が用意してくれていた弁当の中身を見た勇は、そのメニューにクレームを付けた。

「炭水化物中心でって言ったじゃん」

「そうなの？　いつもご飯の量は普通で、ササミや野菜を中心にって言われてたもんだから」

「それは普段の練習の後で食べる弁当だよ。試合の直前は、パスタとかお握りとか、すぐにエネルギーになる物を摂らないといけないんだよ。こんなお弁当、五・六年生に馬鹿にされちゃうよ」

「ごめんごめん。それじゃあ、すぐに作り直すから。お母さん、お昼までには間に合うように、持って行ってあげる。河川敷のサッカー場よね？」

「ホントにもう、頼むよ」

「いってらっしゃい。気を付けてね」

振り返ると、母は困ったような顔で笑っていた。眉は下がっているが、口元は『まったくもう』という感じで口角が上がっていた。

「マジで、頼むよ」

「はいはい、頑張ってね」

それが、勇と母の最後の会話になった。

弁当は届かず、勇はコンビニでサンドウィッチを買って食べた。試合開始直前に母が弁当を持って来たら、どんなふうに怒ってやろうかと考えていると、コーチの一人が険しい顔で「すぐに大学病院に行くぞ」と言ってきた。

「だって、試合……」

「そんなことを言ってる場合じゃない！」

そう一喝され試合用ユニフォームのまま大学病院に着くと、廊下で長い間、待たされた。小学六年生の美緒が泣きじゃくっており、親戚の叔母さんがなだめていた。父は、白衣の人とずっと喋り続けていた。「事故」「お母さん」「手術」という言葉が断片的に耳に届いたが、勇の心はまだ河川敷の方に向いており、『気を付けないといけないのは母さんじゃん』などと考えていた。

廊下の端が騒々しくなったと思ったら、頭を包帯でぐるぐる巻きにされ、身体中からチューブが出ている人がストレッチャーに乗せられて目の前を横切った。

その時、勇は『うわぁ』と思っただけだった。それが母だとは、分からなかった。

母は原動機付自転車で河川敷に向かう途中、脇道から飛び出して来た子供を避けようとしてガードレールに接触、バランスを崩して転倒した。

後続車のトラック運転手が言うには、飛び出した子供はガタガタ震えながらゴムボールを抱えており、それを見た母は「良かったぁ……」と呟いてその場に倒れ込んだらしい。

手足に擦過傷はあったがヘルメットは無事で、頭部からの出血もなかった。だが、打ち所が悪かった。

入院から二日後、母は一度も意識を回復することなく逝った。外傷性の硬膜下出血で、見た目には殆ど怪我らしい怪我はないものの、脳幹に重大な損傷があったとのことだった。

通夜と葬儀は、滞り無く終わった。

親戚や知人は、美緒と勇を見て「これからが楽しみな子供達を残して」「さぞかし無念なことでしょう」などと父にお悔やみの言葉を掛けていた。

その間、父も美緒も勇も涙を見せなかった。

弔問客への対応、病院や葬儀会社、役場との事務的な手続きで、父は落ち着いてものを考えていられる状況ではなかった。美緒と勇も、いきなり非日常の中に放り込まれ、子供なりに心が忙《せわ》しなかった。家族にゆっくりと悲嘆に暮れている暇を与えないという意味で、看取った後にそういった状況になってしまうことは、邪魔なようであって実はとても重要なことなのかもしれない。

いま振り返れば、勇はそんなふうに思う。しかし、天寿を全うした老人ならそれで済むかもしれないが、桐山家の場合は状況が違ったとも思う。

初七日が過ぎて日常に戻ってしまうと、とてつもない喪失感に苛まれる。そこにあって当然のピースが、一つだけ足りない。縁側で猫を撫でているような老人ではない。桐山家の殆ど全てを司っていた、物凄く大きなピースが、ある日突然なくなったのだ。

父は何事も無かったように日常生活に戻り、美緒は張り切って母の代わりを担おうと家事に精を出し始めた。

勇も涙を見せてはならないと、歯を食いしばって頑張った。

だが、葬儀が終わって一週間ほど経ったある日、どうにも堪え切れなくなった。

原付の前籠に入っていた弁当箱は無傷だった。弁当箱は二段重ねで、両方にこれでもかと握り飯が詰め込まれていたらしい。

その話を、勇はなにかの手続きで家に来た制服警察官から聞かされた。激しい雨の降る日のことだった。

その時、実際には聞けなかった母特有の嫌味が、勇の耳の奥で聞こえたような気がした。

「これでよござんすか？　若君」

ずっと我慢していた涙が、抑えても抑えてもこみ上げて来た。

父にも美緒にも涙を見せてはならないと思い、勇は雨の中、サッカーボールを抱えて家を飛び出した。

一人でいると母のことを思い出して悲しくなってしまう勇も、サッカーボールを蹴っている時だけは、気を紛らわせることが出来た。涙が涸れるまで、河川敷でボールを蹴っていよう。そう思っての行動だったが、いつまで経っても涙は止まらなかった。それどころか、蹴れば蹴るほど溢れてくる。

門限である午後六時は、とっくに過ぎていた。碌に外灯も無い河川敷では、ボールも見辛くなって来た。それでも勇は、家に帰ろうとは思わなかった。泣きながら、いつまでも見え辛いボールを蹴っていた。

「勇！」

日がとっぷりと暮れて雨ばかりか風も激しくなった頃、土手の上で声がした。父だった。その隣に、胸元に手を当てた美緒もいた。

父は傘を投げ捨てて土手を駆け下りようとして、草に足を取られて二回、転んだ。頭にもシャツにも草をいっぱい付けた父は、勇の目の前に立つと「馬鹿野郎！」と叫んだ。

「こんな時間まで、しかもこんな雨の中、なにをやってるんだ。心配するじゃないか！」

十歳だった当時も、決して仲のいい父と息子ではなかった。本気で怒られた記憶もなかった。勇はただ父の剣幕に、涙を拭くのも忘れて固まっていた。

「どうした。泣いてるのか？」

勇は激しく首を横に振り、シャツの袖で涙を拭った。

それを見た父は、土手の美緒に向かって両腕で大きく〇を作って見せてから、「泣いてもいいんだぞ」と言った。

それまでも、それ以降も聞いたことのない、優しい声だった。

「僕が、母さんを死なせちゃった」

ボールを小脇に抱え、勇は蚊の鳴くような声でそう言った。

「え？」

「僕がお弁当に文句なんか言わなかったら、母さんは死んでない」

弁当の中身など、本当はなんでもよかった。ただ五・六年生は雑誌やテレビで得た情報から一流選手の食生活を真似しており、それを小耳に挟んだ勇も格好つけてみたかっただけだ。

実際、コーチ陣は極端な栄養管理を禁じ、「子供の頃はなんでも喰え」と言っていた。

「だから、僕がお弁当に文句なんか言わなきゃ……」

勇の言葉を遮り、父が「それは違うぞ、勇」と囁いた。

「そんなふうに考えるのは間違ってる。自分を責めちゃ駄目だ」

喉の奥から「なんで？」と声を絞り出すと、もう誤魔化し様がないほどに嗚咽混じりだった。

「そこからはなにも生まれないからだ。母さんも、そんなこと望んじゃいない。忘れろと言っても無理だろうが、お前はとにかく前を向かなければならないんだ」

父は濡れた勇の頭に優しく手を置き、「顔を上げろ」と言った。

勇はその手を払い除け、俯いたまま呟いた。

「僕が、母さんを殺し……」

その時、父の右手が勇の左頬を張った。

掌底気味のそのビンタは、小学四年生の顎を容赦なく跳ね上げた。チカチカしたものが目の前を浮遊し、口の中に鉄の味が広がる。膝まで力を失って、ガクンと腰が落ちた。

「なにもかも、自分一人で背負おうとするんじゃない。お前だけじゃない。美緒だって悲しんでる。父さんもだ」

父はその他にも諭すようなことを言っていたが、勇の耳の奥では〝キーン〟と甲高い音が鳴りっ放しで、よく聞こえなかった。

返事もせずに俯いていると、父に抱き寄せられた。耳元で囁かれ、今度ははっきりと聞こえた。

「サッカー、やめてもいいんだぞ」

今になってみれば、父が何故そんなことを言ったのか分かる。父は勘違いをしていたのだ。勇の涙の理由を、自分がサッカーをやっているせいで母を死なせてしまったという意味に。

勇が悔いていたのは、格好つけて弁当に文句を言ってしまったことであり、決してサッカーをやっていることではない。なによりも勇には、サッカーを続けなければならない理由があった。父にも美緒にも言っていない、母との約束がある。

「母さんの死は、俺とお前と美緒の三人で、しっかり受け止めるんだ。苦しいなら、サッカーなんかやめていいんだ」

父は改めてそう言うと、ずぶ濡れの勇を痛いほど抱きしめた。


九年前に勇の頰を張ったその右手が、いまはタクシーの後部座席で左手と組み合わされたり首筋を撫でたり、せわしなく動いていた。節くれ立った関節と大きなペンダコは昔のままだが、大きさも分厚さも当時の印象とはかなり違う。ただの、くたびれたおっさんの手だった。

「なんだ、気持ち悪いな」

勇の視線に気付いていたらしい。父は前を向いたまま言った。

昔の事を思い出していたとは言えず、勇は「そのTシャツ、着てんだなーと思って」と誤魔化した。

父は明らかに動揺して、「美緒の奴が」「いつの間にか簞笥に」と矢継ぎ早に捲し立てた。

「別に、母さんに見せようと思って着てるわけじゃない。たまたまだ。だいたい、美緒には大き過ぎるだろう」

「Lサイズしかなかったんだよ」

父と息子が互いに嘘を交換して数分後、タクシーは実家に到着した。

「お帰り。なんだ、お墓で一緒になったの？」

美緒が出迎えてくれた玄関先には、いい匂いが立ち籠めていた。

また、なにかのお祝いかというくらいのご馳走を用意しているのではないかと不安になりながら居間を覗いたが、そういうわけではなかった。

美緒は勇の視線の動きを見て、「分かってるわよ」と背中を叩いた。

「今日は練習してないから、エネルギーや疲労回復よりビタミン重視で。明日の朝は炭水化物を多めに用意するのよね？　パスタ、おうどん、お米、どれがいい？」

完全に「ただいま」を言うタイミングを逃し、八カ月振りに実家に帰った勇の第一声は「じゃあ、米で」になってしまった。

生の葉物野菜と温かい根菜、シジミの味噌汁、ひじき、おから、骨まで食べられる鰯の煮物、五分づきのごはん。

どれもこれも、懐かしい味だった。中でも、これぞ桐山家の味と言えるのが鶏肉を使った肉じゃがだ。醤油と砂糖は控え目で、梅干しとかつお節が入っている。

梅は潰れ、かつお節はジャガイモやニンジンにへばり付き、見た目は悪い。だが、外ではなかなか食べられない勇の好物だ。食べ過ぎないように注意しているつもりなのに、これだけは箸が止まらなかった。

「美味い」「懐かしい」などと言わなくても、そのモリモリ食べる様子は作り手にとってなにより嬉しかったらしい。美緒はやたらと上機嫌で、珍しく「私も呑んじゃおう」と父のぬる燗に手を伸ばした。

「ネットに試合の動画をアップするのって、厳密には駄目なの？」「大野さんと橘さんは、やっぱり動きが違うね」「江藤さんて、近所に住んでたアキッチでしょ？　仲良くやってる？」「勇もボランチやりながら六得点だっけ？　凄いじゃない」

軽く酔った美緒は益々ご機嫌になって、一人で喋り続けた。

勇は曖昧な返事しか返さなかった。すると美緒は、ニュースサイトのプリントアウトや、サッカー専門誌に僅かに掲載された記事を貼り付けたスクラップブックを持ち出し、「ここには勇のことを〝この先が楽しみなレジスタだ〟って書いてるけど、ボランチとは違う意味？」と、返事を迫った。

「行儀悪いぞ。飯喰ってる最中に」

「分かってるけど、いましか喋る時間ないでしょ」

そんなやり取りを聞きながら、父が薄く笑っていた。視線を向けると、その口元はすぐに猪口に隠されたが、確かに笑っていた。

父は、おかずを摘みにぬる燗を手酌でやっている。家に入ってからは、勇に一言も話し掛けていない。タクシーを拾うまでは、二人切りという特別なシチュエーションのせいで饒舌になったようだが、家に帰ってしまえばやはりいつも通りだ。

しかし、食事を終えた父の行動は以前と違っていた。

「ごちそうさん」と呟いて食器を台所に運ぶと、父は書斎兼寝室へは向かわず、居間に戻って来てテレビを付けた。何局かザッピングして動物系のドキュメンタリー番組で止めたものの、画面からは目を逸らして新聞を広げた。

どうやら、積極的に会話に加わろうとは思わないが長女と長男の会話を聞いていたい、そう考えているようだった。

勇はその様子を横目で観察しながら、「ねぇ」とせっつく美緒に答えた。大野と橘には多くのことを学ばせて貰っている、江藤とはそこそこ上手くやっている、ボランチとレジスタはそれぞれポルトガル語の「舵取り」とイタリア語の「演出家」で、両国のサッカー観から微妙な違いはあるのかもしれないが基本的には同じ意味だ……。

美緒は「やっぱり」「良かった」「へ～」と、いちいち大袈裟なリアクションを示した。

この頃になって、勇は違和感を覚え始めた。二人の雰囲気が、どこかおかしい。久々に勇が帰って来て、喜んでいるだけではない。それ以外の理由で、なんとなく浮ついているような気がする。

「なにか、変わったことでもあった?」

熱いお茶を淹れていた美緒に、そう訊ねてみた。

「別に、なにもないよ」

美緒は顔も上げずに答えたが、急須を持つ手が一瞬止まったのを勇は見逃さなかった。

黙っていると、勇の前に湯飲みを置いた美緒は「そうそう」と思い出したように言った。

「先月の中頃かな? サッカー部のマネージャーと元マネージャーが、うちに来たの」

「元って酒井? なんで?」

「あんた、試合用のユニフォーム、返すの忘れてたでしょ」

「あぁ……」

峰山南高校サッカー部では、ベンチ入りの三年生は引退式の時に試合用ユニフォームを返還する慣例になっている。だが勇達の代は暴力事件のごたごたがあり、引退式がなかった。サッカー部は半年間の対外試合禁止という処分を受けていたため、ユニフォームのことを殆どの者が忘れていた。処分が解け、秋の大会に向けて動き出した時に気付いたのだが、現役の部員もマネージャーも旧三年生の自宅まで押し掛けるのは遠慮がある。そこで、いまは美緒と同じ国立大学に通っている先代の女子マネージャー、酒井このはに同行を頼んだとのことだった。

「このはちゃん、あんたのこと気にしてたよ。こっちから電話しても返事はないし、メールやLINEも『リョーカイ』だの『夏休みなんかねーよ』だの、チョー愛想ないって」

「気にしてたって言うか、怒ってたんだろ」

「う～ん、まぁ、あの口調はそうかも。可愛い子よね」

「新マネージャー？　そんじゃ、俺の代にはいなかった子かな」

「違うわよ。現役の方は坊主でニキビの男子。私が言ってんのは、このはちゃん」

なるほど。美緒は勇と酒井このはの関係を、なにか勘違いしているらしい。勇が帰って来たらあれこれ訊いてやろうと待ち構えており、それでどこか浮ついた雰囲気になっていたのだ。

「近くで試合がある時、都合が付けば応援に行くって。明日、来てくれるんじゃない？」

「へぇ、そう」

別に勘違いをしているなら、させておけばいい。この手の話は、ムキになって否定すればするほど勘違いを深めてしまう。勇はそう割り切って、なにも答えずに熱い茶をすすった。

勇と酒井の間には、普通の選手とマネージャーの関係よりも深いものがあるのかもしれない。しかしそれは、恋愛に発展するような類いのものでは決して無い。

「ごちそうさん。美味かったよ」

これ以上、酒井に関する話を続けたくなかった勇は、手を合わせて台所へ立った。

昔からの習慣で自分の使った食器を洗っていると、美緒も追い掛けるようにやって来た。

「あんた、来年のシーズンはどうするつもり？」

まだ酒井の話の続きかと思い、勇は食器を洗う手を止めずに「はぁ？」とだけ答えた。

「もう一つ変わったことがあったんだよね」

「なんだよ」

「聞きたい？　よーし、それほど言うならしょうがない。教えてあげよっかな」

「それほど言ってねぇだろ」

その時、居間から父が「おい、美緒」と声を掛けた。このタイミングで耳かきや爪切りを要求しているとは思えない。姉弟の会話に割って入るのは、食後も居間に残ること以上に珍しい。タクシーに乗る前、父にも「来季はどうする」と訊かれたことを思い出した。

「いいでしょ、どうせ分かることなんだし」

酒の勢いか、頬を上気させた美緒は父に向かってそう言い放った。

「だいたい、これは勇の問題でしょ？　本人が知らないなんて変だよ」

「いや、しかし監督は……」

言い掛けて、父はしまったと思ったらしい。言葉を飲み込んだ。

監督という言葉を聞いて、勇は真っ先に、暴力事件の責任を取って顧問を辞めさせられた森山《もりやま》のことを思い出した。次に、森山の後を嫌々ながら継いだと聞いている体育教師のことが過った。

「監督って、森山……前監督？　それとも、いまの監督？」

父はなにも答えず、庭に面した窓を開けて煙草に火を点けた。

勇が視線を美緒に戻すと、彼女は微かに笑っていた。その笑みを見て、勇の頭にまったく想定していなかったことが思い浮かんだ。

「ひょっとして、赤瀬監督？　電話があったのか？」

誰にともなく訊ねると、美緒が「ううん」と答えた。

「ここに、直接」

「わざわざ？　なんの用で？」

美緒が居間に向かって「いいよね？」と声を掛けると、父は軽く手を挙げて横に振った。勝手にしろ、ということらしい。

「東葛《とうかつ》エスパーダって、知ってるよね？」

「あぁ、もちろん」

東葛エスパーダは、千葉のJ1所属チームだ。Jリーグ発足時から参入し、長らく「Jのお荷物」と揶揄されていたが、後に三度のリーグ制覇を果たしている。

「その東葛が、なんだって？」

「勇を欲しいって、赤瀬監督に言って来たんだって」

郡上経産大ダイノスの総監督が、かつて東葛エスパーダで指揮を執っていたことを思い出した。勇がサッカーを始めたばかりの頃、毎年のようにリーグで優勝争いをし、カップ戦、天皇杯、ACLでも優勝に絡んでいた記憶がある。欧州や南米の超強豪クラブとも戦ったことがある、掛け値なしで日本を代表する強豪クラブチームだ。

ここ数年は優勝から遠ざかっているが、そんな現在でも、日本代表のレギュラークラスがMFに二人、DFに一人、サブや当落線上の選手も四、五人いる筈だ。

エスペランサ加賀よりも遥かに格上と言えるそんなチームが、勇に興味を示している。

美緒が浮ついてしまうのも、父がいつもと違う態度になるのも、無理はない。

「赤瀬監督は、正式な身分照会ではないから本人にはまだ黙っててくれって言ったそうなんだけど……」

水道の水を止めるのも忘れて、勇は美緒の話に聞き入った。

食事を終えたら懐かしい河川敷を軽く走ってから風呂に入ろうと思っていたのだが、そんな時間はないであろうことを覚悟した。

10

翌日は、朝から雨だった。予報では試合中も止むことはなく、むしろ局地的に豪雨となる可能性もあるとのことだった。

勇は小中学生の頃、神辺建設ＳＣのホームスタジアムに何度か観戦に来たことがある。その時も、ピッチにあまり良い印象は持たなかったが、試合前練習で実際に立ってみると、そのコンディションはスタンドから見た以上に酷いものだった。

芝は荒れ放題で、両ゴール前は広い範囲で完全に禿げてしまっている。目で見て分かり難い凹凸も多い。

タッチラインの外は芝生が幅五十センチも無く、すぐにゴムチップ舗装の陸上競技用トラックになっている。ライン際での激しいプレーは、大怪我に繋がりかねない。

四隅のフラッグ後方には、コーナーキックの助走用に人工芝のシートが敷かれている。陸上競技場ならそのこと自体は珍しくないものの、シートの老朽化が著しく裏地の滑り止めも雨で殆ど機能していない。コーナーキックを任されることの多い中条と比嘉は、「去年より酷くなってら」と苦笑していた。

「分かってると思うが、かなりスリッピーになってる。長いパスを出す時は頭に入れとけよ。攻撃は、少々遠目からでもグラウンダーで打っていい。ゴール前の荒れ具合も利用してやれ」

薄暗いロッカールームで、赤瀬は最終確認を行なった。

その話を聞きながら、先発十一人はスパイクの選択をギリギリまで悩んでいた。ターンと切り返しを多用する勇は、滑るより引っ掛かる方がマシだと判断し、ポイントの長いタイプに履き替えた。

「守りはその逆、ディフェンディングサードに入られたら早めのプレッシャーを心掛けろ」

紐を結び終えた勇は、ロッカールームを忙しなく歩きながら喋る赤瀬を、じっと観察した。

以前、堀田は赤瀬のことを、チームが強くなること以外に興味が無い人と評した。それは選手個々のプライベートなことに興味を示さないということではなく、むしろチームのためになるならプライベートな部分をどこまでも調べるということだ。

だが父と美緒から聞いた話で、勇が抱いていた赤瀬という人間の印象は少し変わった。

赤瀬から「明日、そちらにお邪魔していいでしょうか」と、桐山家へ電話があったのは、九月下旬の日曜日のことだった。日付と時間を聞いて、勇はそれが那覇でアウェイ戦を終え、武山に戻った直後のことだと気付いた。翌日の月曜は、チームの全休日だった。

赤瀬は昼過ぎに一人で車を運転して桐山家へやって来た。美緒は大学に行っており、対応したのは父だけだった。

「お久し振りです」

赤瀬が桐山家を訪れたのは、この時が二度目だった。

一度目は、勇のエスペランサ加賀加入の話が流れた後、武山ＦＣが勇に正式なオファーを出す直前のことだ。これは、同席していなかった勇も後で聞いている。

勇は、未成年を獲得する際の形式的な挨拶だと思い、話の内容までは訊ねることもなかった。だが昨夜、赤瀬の一度目の来訪の理由が、勇の育った環境を知るためだったと父から聞かされた。

何故、地元にＪＦＬの下部チームもあるのに行かせなかったのか。高校も、峰山南より強いサッカー部はいくつもあった筈だ。そしてなにより、なぜ勇のプレースタイルがあれほどまでにガツガツしているのか……。

赤瀬の質問に、父は「答えになるかどうか分かりませんが」と前置きして、母の死のことと、あの雨の降る河川敷での出来事を話した。

「サッカーに限らず、スポーツは基本的に楽しむものでしょう。ある程度のレベルに行けば血のにじむような努力が必要で、楽しんでいるような余裕はなくなるのかもしれない。それでも根本には、好きだ、楽しい、面白い、そんな感情がある筈だ。しかしあいつは、小学四年生の十月以降、なにかの苦行のようにサッカーをやっている。私にはそれが、受け入れるしかない現実を振り払おうと無駄なあがきをしているとしか思えない。だから、ガツガツしているように見えるのかもしれません。私の方は、あいつがサッカーを捨てる時が母親の死から本当に立ち直る時だと思っているんですがね」

その話を聞いた赤瀬は、「なるほど」と頷いた。それがただの相槌だとは思えなかったと、父は言った。

そして、二度目の来訪。赤瀬は仏前に手土産を供えて手を合わせてから、東葛エスパーダが勇に興味を示しているという話を切り出した。

サッカーに疎い父でも、東葛の名前くらいは知っていた。まだ実績と呼べるようなものを残していないＪＦＬの新人選手が、Ｊ３もＪ２も跳び越えて、誰でも知っているＪ１のチームに誘われる。それが如何に凄いことなのか、分からないわけではない。

だが父は、暫く考えた後で「武山ＦＣに桐山勇は必要ないということですか？」と訊ねた。そこが、最も引っ掛かるところだった。

赤瀬は、大きく首を横に振った。

「最低でも三年は留まって欲しい。監督としてはそう言いたいのですが、いちサッカー人としては、より上のカテゴリーでプレーする彼の姿も見てみたい。そんなところでしょうか」

「立場上の思惑と個人的な欲求に、齟齬があると？」

「お父さんも、彼をそんなふうに見て来られたのでは？　父親や家長としての立場と、一人の男としての興味と、見る角度によって桐山勇に掛けるべき言葉が違ってしまう、そんなふうに感じられたことは一度や二度ではないでしょう」

そう訊かれ、父は言葉が出て来なかった。

それから赤瀬は、この件はまだ勇には伏せておいて欲しいこと、現在のチーム状況と勇の立ち位置のこと、サポーターとの間でちょっとしたトラブルがあったことなどを、簡単に説明したと言う。

「なにしろ、監督がお前に伝えてないってことは、なにか考えがあってのことだ。変に意識するんじゃないぞ」

父は、勇にそう釘を刺した。

言われなくても分かっていた。だが、意識するなというのは難しい。

それ以上に意識しないようにするのが難しいのは、チームが強くなること以外に興味がなかった筈の赤瀬の、「いちサッカー人としては」という言葉だった。


雑念を振り払うように自分の頬を両手で強く叩き、勇は強い雨が降りしきるピッチへ向かった。

芝生のバックスタンドに、客の姿は見えない。振り返ると、メインスタンド側も寂しいものだった。収容人員の、二十分の一くらいしか入っていない。

弱く、予算も無く、地元での人気もイマイチのチームとは聞いていたが、悪天候を差し引いても、勇が観戦に来ていた頃よりも更に悪くなっている。

試合前のセレモニー、勇達から見てメインスタンドの右側にはノロ・サダ・デンスケ達の姿が見えた。神辺建設ＳＣのサポーターよりも数は多いが、過去三試合と同じくフラッグも横断幕も鳴り物もない。声援を送ることも無く、ただ腕組みをして雨に打たれている。

その異様な雰囲気のサポーターに混じって、半透明のレインコートの下にサポーターの象徴である背番号『12』のレプリカユニフォームを着た美緒がいた。首には、一緒にプレゼントしたタオルマフラーを掛けている。隣には、父もいた。チェックシャツはストライプに変わっているが、下のTシャツは昨日と同じ鳶色だった。

勇が「着替えろよ」と心の中で突っ込みながら数列後方の席へ目をやると、今度は酒井このの姿が目に入った。周りには同級生数名と、サッカー部前監督の森山もいる。

セレモニーが終わりポジションに散る前、勇が軽く手を上げると、美緒と同級生が手を振り返していた。全員、武山FCサポーターの様子に少々戸惑っているようだった。

「この雨だし、細かいパスワークは難しいっすよね。俺が持ったら自分で上がるんで、後ろのフォローお願いします」

キックオフ直前、勇は中条に頼んだ。中条は冷たく「反対したってやるんだろ。好きにしろ」と答えた。ここ三試合、同じ反応なので、勇もそれほど気にはしなかった。

チーム状況はずっと悪いままで、特に第八節以降は言葉による簡単な確認や、プレーオン中の声出しとアイコンタクトが、まったく出来ていない。

今更チーム状態をどうこう言ったところで、劇的に改善されるとは思わない。幸い、相手は完全な格下。しかもこの悪条件。これより酷い条件で試合をした経験が、勇には何度もあった。酷いピッチでの経験値は、ユース出身の江藤達よりも豊富な筈だ。

勇は自分自身に「出来る。これをむしろチャンスと捉えろ」と言い聞かせながら、ホイッスルを待った。

試合開始直後から、両チームともパスミス、スリップ、転倒のオンパレードだった。

簡単なワンツーが通らず、水たまりでボールが止まり、フィールドプレーヤー全員が加速も減速も通常より遥かに遅い。足場がまんべんなく緩いのなら、それを想定した動きも出来るが、場所によっては堅いところもある。ボールの弾み方も滑り方も、まったく一定していない。

前半十五分を過ぎると、両チームともGK以外は泥だらけだった。

「おいおい、なんだこの試合」「サッカーやれよ」「どろんこプロレス観に来たんじゃねぇぞ」

神辺側のサポーターからは、そんな失笑気味の声が聞こえた。

「グラウンダーじゃ難しいっすね。中盤ではもっと浮き球を使いましょう」

プレーが途切れ、タッチライン際で水を補給している時、勇が提案した。即座に比嘉が「高さじゃ負けるだろ、馬鹿」と却下したが、大野が「いや」と口を挟んだ。

「ロブやロングフィードじゃない。一人ならドリブルで上がる、パスを出す時は浮き球で出すってことだ」

大野のその言葉に、今度は中盤の左サイドで先発していた御蔵屋が「いやいや」と反応した。

「えらい簡単に言ってくれはりますねぇ。足下の技術に自信がある人らは、それでやらはったら？」

確かに、状態の良い時の武山FCは早いパスワークで相手を幻惑しており、そのための練習にかなり時間を割いていた。勇と大野の提案は、それを捨てろと言っているに等しい。

結論が出ないまま、審判に試合再開を促された。

勇はボトルを放り投げ、ピッチに戻ろうとした。その時、

「なにやってんだイサ！　てめぇで持ったらてめぇで上がって、てめぇで決めろよ！」

懐かしい「イサ」という呼び名に振り返ると、酒井の隣に座っていた男が立ち上がって叫んでいた。峰山南高校サッカー部、前主将のトラだった。

「もっと酷い状態でも、ゴール決めてただろうが！」

「そうだ！　決めろ、イサ！」

トラにつられるように、他の二人の同級生も叫んだ。

「イッポン！」

森山も立ち上がり、胸を叩いて人差し指を突き上げた。トラ達も続いて叫び、指を立てた。酒井だけは座ったままで、深く冠ったフードの向こうから勇のことをじっと見ていた。

前半十五分以降、勇と大野は中盤で激しく動き回り、荒れた試合展開をなんとか落ち着かせた。ただ、そこから前へ展開させるのに浮き球を使うというアイデアは、左ＳＢから上がって来る橘しか対応してくれなかった。

技術的に出来ないということではなく、勇や大野の言う通りにはしたくないということのようだった。前線の江藤や右ＳＢの堀田までが、勇達の意図を汲み取ってくれない。

そして前半二十三分、勇はそんな状況に我慢が出来なくなってしまった。

左サイドでボールをキープしたまま二人に囲まれ、前へ出ようとせずパスも出さないでいる御蔵屋の元へ駆け寄り、荒っぽいスライディングで彼からボールを奪ったのだ。

「うぁ！」

味方に削られるなど想像もしていなかった御蔵屋は、脛を押さえてその場を転げ回った。彼を囲んでいた相手ＭＦも、なにが起こったのか分からないようだった。審判も一旦はホイッスルを口元に持って行ったが、数瞬考えてからプレーを流した。

だが結局そのプレーも、そのままドリブルで上がった勇が相手ＤＦにファールを与えてしまい、得点には繋がらなかった。

「なにやってんだよ、こらぁ！」

ペナルティーエリアの中まで到達していた勇に、比嘉が突っ掛かった。

「それはこっちの台詞ですよ。勝つ気、あるんすか」

「なんだと、このガキが……」

比嘉が勇の襟首を摑んだその時、神辺は早いリスタートで一気にハーフウェーラインまでボールを蹴り込むと、そこから浮き球を多用しながらあっと言う間に前線まで上がった。

「あ……」

こっちがやりたかったことを、完全に盗まれた。

盗まれたと言うよりも、最初からこのカウンターを狙っていたのかもしれない。敵は、この荒れたピッチに慣れている。ここでは、グラウンダーのパスだけでは戦えないということを熟知しているのだろう。

武山FCのDFラインは、完全に乱れていた。神辺のMFは無人の右サイドを駆け上がり、攻撃陣は既に三人がニアと真ん中とファーサイドに絶妙な距離を取って飛び込んでいた。

ココと李は首を振って近くにいる一人ずつに身体を寄せ、堀田も慌ててファーサイドのFWの元へ向かった。

右サイドを駆け上がったMFは、斜めに切り込んでクロスを上げると見せ掛け、ペナルティーエリアの右外側から低く抑えたシュートを放った。

ゴール前の窪みであらぬ方向へ跳ね上がったボールに、伊勢は素晴らしい反応で右手を伸ばし、ゴールマウスからかき出した。だがその浮いたボールに、今度はニアに控えていた長身のFWが頭で合わせた。ジャンプが得意な李も、この足場では天然の長身には歯が立たなかった。

前半二十五分、ボールは尻餅をついていた伊勢の頭上を越え、ゴールに吸い込まれた。

「うぉ〜」

ゴールを決めたFWはメインスタンド近くまで駆けて行き、水飛沫を上げながら頭からスライディングをした。

派手なパフォーマンスに反して、スタンドは静かだった。半数以上を占める武山FCサポーターが声を失っているのは当然ながら、ホームである神辺サポーターからもパラパラと拍手が聞こえる程度だった。

「あ〜あ」

怒りが収まったのか、呆れたのか、自分にも非があると思ったのか、比嘉はそう言ってから、勇の後頭部をパーンと叩いた。

勇はハーフウェーラインに戻り、真っ先に御蔵屋に「すみません」と詫びに行った。思い切り殴られてもしょうがないと覚悟していたのだが、御蔵屋は「もうええ」としか言わなかった。

雨足は、その頃から一層激しくなった。風も出て来た。

その天候に呼応するように、武山FCの選手間の連携は完全に壊れてしまった。

ボールを奪われても追おうとせず、プレーが途切れた時にやるべき最前の動きの再確認もせず、ボールを持った味方の死角の状況を声で伝えることもせず、ただ、サッカーらしきことを行なう十一人になっていた。

そして前半四十二分、武山FCは二点目を失う。

今度は正面から二人に攻め上がられ、左に展開したFWを完全にフリーにして豪快に決められるというパターンだった。

相変わらずボールを持てば一人でも仕掛けるというプレーを続けていた勇も、この二失点目からあまり前線へ上がらなくなった。得点を諦めたわけではない。しかし、守備陣がここまでボロボロになった以上、守備的な動きに集中するしかないと判断した。

試合中に、こんなに冷めた気分になるのは初めてのことだった。

強い雨と風、荒れたピッチ、得点してもあまり盛り上がらないという奇妙なスタンド、準地元と言える特別な環境……。

それらのせいに出来れば楽だった。だが、そうではない。自分が所属するチームが、勝利を目指していないからだ。信じたくないことだが、そうとしか考えられなかった。

勇は、これまで感じたことのない最悪の気分で、前半終了のホイッスルを聞いた。

数少ない神辺サポーターは、ホイッスルと同時にメインスタンドの大屋根の下へ逃げ込み、遠くから拍手を送っていた。

一方の武山サポーターは、激しい雨に打たれながらロッカールームに引き揚げる勇達を見詰めていた。励ましの拍手も罵声すらもない。ただ黙って、肩を落とし通路へ消えて行く選手達を見下ろしているだけだ。

さきほどまで威勢の良かった峰山南高校サッカー部OB達も、勇に声を掛けることはなかった。

薄暗い通路に入ると、勇は急激に重苦しさを感じた。

低い天井の圧迫感、雨を吸ったユニフォーム、芝と泥が絡みついたスパイクのせいだけではない。敵ばかりか、味方までも動きが読めない。その絶望的な感覚が、歩く速度を落とした。

ほかの選手達も、押し黙ったままだった。

先発十一人にタオルが配られるとすぐに、座間味が「着替えながら聞いてくれ」と、前半の総括を始めた。それと同時に、クラブハウスの管理員も兼ねているホペイロが先発数人にスパイクを交換するよう進言し、近江はアウェイ戦に帯同出来ないチームドクターに代わって、「左足首やっちまった」と訴える比嘉にテーピングを施した。

十五分の間に、やるべきこと、伝えるべきことは山のようにある。選手達も、本来ならピッチ上でしか分からない部分を確認し合う貴重な時間だ。

だが、選手達は上半身裸で項垂れ、サポーター一丁で壁に頭を打ち据え、或いはタオルをすっぽり冠って床に座り込み、黙りこくっていた。

その理由は様々だろうが、誰もが勇と同様に重苦しさを感じているようだった。

座間味が話を終え、赤瀬が後半の頭から交代させる選手と、戦術の変更点について発表しようとした。

その時、扉がノックされ、ＪＦＬ運営サイドの係員がロッカールームに入って来た。誰もが、後半開始まで残り五分の報告だと思った。だが、

「天候の回復を待つために、ハーフタイムを十五分延長します」

雨足が更に強くなり、客席はおろかピッチ上でも視界が保てないのだと、係員は説明した。

「雲の動きを気象庁の映像で観測していますので、十分か十五分後にまた報告します」

係員と一緒にロッカールームを出た近江がすぐに戻って来て、「ここのシャワーより勢いがある」と、ピッチの状態を報告した。

時間があることが分かった為か、選手達が顔を上げて言い争いを始めた。

細かい動きの再確認、分かり難いミスの指摘などはいつものことだが、この日は再確認や指摘といった穏当な表現からは程遠かった。

「一点目のマークのズレは、伊勢さんの指示ミスですね」

「はぁ？　そう言う堀田はなんなんだよ。ボーっと見てただけじゃねぇか」

「左サイド、がら空きになる場面が多かった。御蔵屋、もっと早い段階で摘め」

「おいおい、橘のおっさんが上がったら、中条さんが左サイドフォローするんちゃうんか」

そんなやり取りのほか、これまで勇は聞いたことのないココと李の諍い、伊勢と中条の罵り合い、江藤対比嘉の一悶着もあった。

赤瀬も座間味も近江も、口論が収まるのを黙って待っていた。だが、一つ収まればまた新たな

口論が勃発するといった具合で、なかなか静まらない。座間味が腕時計を見て甲高い指笛を吹き、一同はやっと静まった。

「さすがに、ここまでバラバラな試合は初めてだな」

赤瀬が、呆れたように言った。座間味と近江が同時に「監督」「それは試合後に」と止めようとしたが、赤瀬は「悪循環、極まれりってやつだ」と続けた。その言葉には、どこか楽しんでいるようなニュアンスがあった。

「なんなんすか、他人事みたいに」

敵意むき出しで比嘉が言った。伊勢、中条、御蔵屋らがそれに続いた。

「グラウンダーのパスが殆ど使えないってのに、前半は具体的な指示がなかったですよねぇ」

「こんな戦い方じゃ身体がもたないって、２ｎｄステージ開幕直後から言ってるじゃないすか」

「そもそもあんたは、なにがやりたいんだ？　このチームを、どうしたいんだ？」

やがて話は、今日の試合のことだけでなく、今季の戦い方全般に関することにまで及ぶ。それにはココや李、江藤までも加わった。

座間味と近江は止めようとしたが、当の赤瀬は微動だにしなかった。

「やってらんねぇよ！」

赤瀬の眼前まで迫っていた比嘉が叫び、左腕のキャプテンマークを外そうとした。

ずっと黙っていた赤瀬がそれには反応し、比嘉の右手首を摑んだ。

「なにを言っても構わんが、それだけはやめろ」

ロッカー前の長椅子に座り、騒動を客観視していた勇も思わず立ち上がった。我関せずという感じで、隅の方でなにやら話し込んでいた大野と橘も、赤瀬のこの言葉には顔を上げた。

赤瀬の握力が思いのほか強かったせいか、それとも眼力に気圧されたのか、比嘉は「すみません」と小声で詫びてキャプテンマークを付け直した。

「さっき誰か、俺がこのチームをどうしたいのかと訊ねた奴がいたが、やっとだな。いつ訊かれるのかと思ってたところだ」

そう言えばそうだ、と勇は気付いた。赤瀬のやり方に異を唱える者は、クラブハウスでもパラフレンチ武山でも伊勢のコーポのリビングでも大勢いたが、直接文句を言うのは、勇が知る限り初めてのことだ。

「待ってた、みたいな言い方っすね」

静まり返った選手達の中、中条が訊ねた。

「あぁ、この四年半、ずっと待ってた。俺が目指すのは敵を凌駕するパスサッカーだ。圧倒的スピード、アクセントとしての溜め、サイドをかき回す上がり、それらバラエティーに富んだ攻撃パターンを駆使し……」

「そんなことは分かってますよ。俺達が訊きたいのは、結果は出ない、サポーターには無理な注文を押し付けられる、そんな状況になっても同じことしか言わない……いや、言えない理由なんですよ」

「まぁ待て、中条。話はすぐにそこへ戻って……」

いよいよ本題に入ろうとした時、また扉がノックされた。

係員が入って来て、後半は行なわれないと宣言した。

誰も彼も即座には言われたことの意味が理解出来ず、代表して近江が訊ねた。

「えっと……中止ってことですか？」

「いえ、順延です。雨と風だけなら決行する予定でしたが、雷が鳴り始めました。選手と観客の安全を考えて、今日のところは続行すべきでないという判断です」

ロッカールームに張り詰めていた緊張感が、一気に弛緩する。

スポーツに限らず、近頃の屋外イベントでは雷で中止になることが増えている。そのこと自体には勇もほかの選手達も驚いていなかったが、順延とはどの段階からのリスタートを指すのか、今節の結果がどう順位に反映されるのかが気になった。

「まだ、確かなことは言えませんが……」

Jリーグを含め、過去の事例を見ると九十分の再試合もある。だがスコアが動いていれば、そのままの状態から同じ会場、同じ残り時間で続きが行なわれる場合が殆どだ。この試合も恐らく、全日程が終了した後、チャンピオンシップの第一レグが行なわれる前に、後半のみ四十五分がここで行なわれるのではないか。今節後の順位の扱いについては、どうなるのか分からない……。

係員自身も初めての経験で、混乱しているらしい。何度も「正式には近日中に連絡が」と繰り返しながら、現時点で分かっていることを説明した。

「ちょっと待ってくれよ。後半だけを行なうにしてもだ、カードの累積はどうなる。いま、この状況が再現されるのか？　それとも、最終節が終わった時点での状況によるのか？」

座間味の質問に「それも近日中には」と言い置いて、係員は逃げるようにロッカールームを後にした。

堅く閉じられた扉を見詰め、選手もスタッフも黙り込んでしまった。

「どうしよっか……」

数秒の沈黙の後、誰にともなく近江が呟いた。試合が行なわれない以上、帰り支度をするしかないのだが、ついさっきまで張り詰めていた雰囲気の落とし所が分からないようだった。

「なんか、水を差されちまった。俺の話も、順延だな」

赤瀬が笑ってそう言うと、選手達も納得したようで各々帰り支度を始めた。

「あの、監督」

いち早く着替えを済ませた勇は、一人でトイレに向かう赤瀬の後を追った。

「なんだ、話の続きなら帰ってクラブハウスでしてやる」

「いや、そうじゃないんです」

試合前から、勇は何度も赤瀬に東葛エスパーダの件について訊ねようと思っていた。興味を示しているというのがどれくらい具体的なことなのか、それはFWとしてなのかボランチとしてなのか、そして「いちサッカー人として」勇が上のカテゴリーでプレーするのを見てみたいと、本気で思っているのか。

「なんだ、気持ち悪いな。話があるなら早く言え」

並んで小便をしながら、赤瀬が催促した。

たいして出ないのにいつまでも小便器を見下ろし、勇はなかなか切り出せなかった。

勇本人はまだ知らないことになっているからではない。シーズン中にわざわざ実家を訪ね、昨夜はその実家に泊まるよう仕向けた赤瀬は、勇の耳に入ることを想定済みだろう。

「えっと……今日みたいなピッチ状態の場合、俺はもっと守備的に動いた方がいいでしょうか」

東葛云々ではなく、いま来季の話などすべきではない。ふと、そんな考えが頭を掠めて、咄嗟に誤魔化した。

「こりゃ珍しい。お前にしては、殊勝なことを言うじゃないか」

やはり赤瀬は、勇がなにを訊こうとしていたのか分かっている。更には言い淀んだ理由までも。

ニヤリとする赤瀬を横目で見て、勇はそう感じた。

「ど素人が守備に加わったところで、たいした戦力にゃならんよ。お前は、自分の持ち味を活かすことだけ考えてろ」

先に済ませた赤瀬は、そう言って勇の後頭部を小突いた。

帰り支度を終え関係者通用口を出ると、横付けされたバスの向こうにサポーター達が待ち構えていた。誰も彼も、サインをねだるでもチャントを叫ぶでもなく、ただ黙ってバスに乗り込む選手とスタッフを睨み付けている。ここ数試合、お馴染みとなった光景だった。

「イサ！」

だがこの日は、勇を呼ぶ声があった。

ノロ・サダ・デンスケ達から少し離れたところで、トラが手招きしていた。傍らにはほかの同級生二人と酒井、森山もいた。

選手達の列を離れ、勇はトラ達に近付いた。

森山に頭を下げてから「サインか？」と冗談のつもりで訊ねると、「いらねぇよ、馬鹿」「下手クソになったもんだな」「なんだよ、あのプレーは」と一斉に返って来た。

「ちょっと話があるんだ。時間、あるか？」

トラの言葉に勇は「無理だ」と即答した。

「帰ってミーティングがあるし。用があるなら電話してくれ」

「出ねぇじゃん、電話」

「まぁ、そうだけど。次は出るよ」

「電話じゃ、ちょっとアレな話なんだわ」

そんなやり取りを聞いていた赤瀬が「構わんぞ」と口を挟んだ。

森山が黙礼すると、赤瀬も向き直って丁寧に頭を下げた。

「ロッカールームの話の続きは、後で誰かに聞けばいい。いまのお前には、細かいプレーの話よ
ヘダップ！

り気分転換の方が必要だ」

練習も武山マートの仕事も、涼との朝練も、明日は丸一日休みだ。

美緒にはきっと「出ました、突然の予定変更」とでも嫌味を言われるだろうが、勇は峰山にもう一泊することにした。

この日、観戦に訪れていた峰山南高校サッカー部OB、トラとテツとペニーは、三人とも勇の中学時代からの同級生だ。

各々、大河《たいが》、哲平《てっぺい》、清輝《せいき》という立派な名前があるのだが、試合中に叫ぶのに短く発音し易いものをということで、中二の夏くらいからそう呼び合うようになった。勇をイサと呼ぶようになったのも、その流れからだ。

すぐにタイガ、テッペー、セーキ、イサムでも、それほど困らないことに気付いたのだが、なんとなく呼び名だけは定着してしまった。

トラは現在、地元の私立大学に通い三部リーグのサッカー部でプレーを続けている。テツは専門学校生だが市の一部リーグ所属のアマチュアチームに入り、フリーターのペニーは新しい友人達とチームを立ち上げ県リーグへの参入を目指している。

三者三様、レベルも様々だが、みんなサッカーを続けている。

「コーノは職場のフットサルチームだろ？　けっこう強いんじゃなかったっけ？」

「ハヤトは教育学部行って、いまは中学生のコーチ見習いやってるらしいぞ」

「ミヤジはスポーツカメラマンを目指すとかで、いつかリーガ・エスパニョーラに行くんだとさ」

三人がこの場にいない同級生達の近況を教えてくれ、勇は「あのミヤジがスペインねぇ」などと言って笑った。

いまでも勇は、職場での雑談や涼との朝練で、笑うことはけっこうある。だがやはり、昔なじみの友人との会話は別物だった。

『こういうの、気が置けるって言うんだっけ？　置けないだっけ？』

森山が運転するライトバン、高校時代から定位置だった三列目の右側の席に座り、勇は久々に心地良い揺れを感じながらそんなことを考えていた。

森山も「みんな、なんらかの形でサッカーに関わってるわけだ」と嬉しそうだった。

ただ助手席の酒井だけは無言で、ずっとスマートホンをいじっていた。彼女は美緒と同じ国立大学に進み、いまはサッカーとは無縁の生活を送っていると言う。

「この酒井だって、大学のサッカー部があまりにいい加減だから入部しなかったそうだが……」

「ちょっと、やめてよ監督」

初めて酒井が意思表示をしたが、森山は構わず続けた。

酒井は大学でサッカー部のマネージャーにはならなかったが、いずれもっと大きな舞台でサッカーに携わりたいと思っている。その為に、運動生理学やスポーツ栄養学を学んでいるという。

「へぇ、あのフレディがねぇ」

二列後ろの席で呟いた勇の声は、幸い助手席には届かなかった。だが隣のトラにはしっかり聞こえ、「やめろ馬鹿」と窘められた。

かつて酒井にも「フレディ」という渾名があった。本来は「このは」という名前にちなんでテツが付けたものだったが、後輩達が彼女の言動からホラー映画のキャラクターの方だと思い込み、フレディ呼ばわりは一年も経たないうちに御法度となった。

「そう言えば、アレどうなった？」

テツが酒井に好意を寄せており、卒業数週間前に告白したことを思い出した。勇は卒業式前に峰山を離れたので、その結果を知らない。

　トラは二列目に聞こえないよう更に声を潜め、「駄目駄目」と手を横に振った。

「卒業式の直後と夏休みに集まった時、みんなの前で〝ないね〟って、半笑いで」

「半笑いかよ、恐《こ》ぇ〜……え？　二回もコクったのか？」

　トラはゆっくり首を振り、指を四本立てた。

「か〜、よくアナフィラキシーショックを起こさないもんだな」

「テツのハートは鋼だ。最近は、夢にまで出てくるらしい」

「マジでか。フレディが夢に出るようになると、あいつももう長くないな」

　二人で笑いを噛み殺しているうちに、窓の外に懐かしい風景が見え始めた。

「近況報告が終わったところで、ちょうど到着だ」

　森山がそう言ってライトバンを止めたのは、峰山南高校の近くにある『さいれんと』という名の喫茶店だった。

　勇達の何代も前からサッカー部御用達の店で、トラ達は練習後に食べるここのオムライスやカツカレーが大好きだった。いつもみんなの馬鹿話に付き合いながら水しか飲まない勇に、店主はメニューにない野菜ジュースを出してくれたものだ。

「あらぁ、久し振りじゃない！　みんな元気だったぁ？」

　店主の奥さんは、ちっともさいれんとじゃない大声で歓待してくれた。

「相変わらずサイレンだな、おばちゃんは」

「そう言うイサくんも相変わらず口が悪いわね。このはちゃん、半年で大人っぽくなっちゃって。あらま、監督さんまで。これはお珍しい。ビール呑む？」

「いや、もう監督じゃないんです。あと、ビールも結構です」

森山が「奢ってやる」と言うので、トラ達は遠慮なくオムライスとカツカレーとナポリタンを注文した。酒井はミルクティー、森山はコーヒー、勇は「出来ます？」と店主に確認してから野菜ジュースを頼んだ。

暫《しば》し、奥さんによる中央突破の波状攻撃的マシンガントークを耐え抜き、ドリンクが届いたところで、話は勇の近況に移った。

何故、ボランチをやらされているのか。リーグのレベルはどの程度のものか。Ｊ３とは立場的にどういう関係なのか。大半が仕事を持っていては、練習時間を合わせるのも大変なのではないか。今日の試合は、どうしてあんなに酷かったのか……。

それらの質問に分かる範囲で答えたのち、勇は「そろそろいいかな」と、本題に入るよう促した。近況報告をし合ったり色恋沙汰の話を聞くのも面白いが、そんな話をするために誘われたわけでないことは、勇も分かっていた。暴力事件のその後のことかとも思ったが、森山がいることから察するに、それはない。あれは部員達の間だけで結論を出したことで、森山に伏せていることも少なくない。

トラ・テツ・ペニーは顔を見合わせ、助けを求めるように酒井を見た。酒井は頭を振って、顎でトラを指した。

観念したトラはナポリタン色になっていた口元を拭い、「実はな」と話し始めた。

まず、サッカー部の現状。半年の対外試合禁止期間があったせいか、今年は一年生が三名しかいない。新監督の体育教師にはサッカー経験がない。秋の地域リーグ戦は一勝三敗一分という無惨な結果だった。県大会はおろか市大会にも出場出来ないのは二十数年振りで、大学付属の進学高校や不良が集まる工業高校と同レベルということになる……。

ネットの情報で知っていることも多かったが、勇は早く本題に入れという意味も含めて「へぇ

〜」と初耳の振りをした。

その態度が気に入らなかったらしい。トラは「真面目に聞け」と、懐かしい口調で怒った。テツが「まぁまぁ」となだめ、ペニーはおろおろしながら二人を交互に見る。この辺りは、中学生の頃から変わらない関係性だ。

「弱くなったから、オフにコーチに来てくれってか？　それとも寄付金の話か？　あ、監督就任のオファーなら断わるぞ」

トラはいくらか大人になったらしい。勇の挑発するような口調に乗って来なかった。

「あの騒動が収まった後、地元の新聞社は来ていない。ＰＴＡやＯＢ会にも動きはない」

「だったら良かったじゃ……」

反射的にそう答えかけて、勇は慌てて口を噤んだ。

横目で見ると、前監督は落ち着いた表情でコーヒーを飲んでいた。何かを知っているという態度だ、と勇は直感した。

「おいトラ、ひょっとして話って……」

「そう、あのことだよ」

昨年の秋、サッカー部を退部した一年生が母親に「部内でシゴキやイジメが横行している」と訴えた。ややヒステリックなところがあるその母親は、学校も教育委員会も跳び越えて、全国高等学校体育連盟と日本サッカー協会に訴え出た。

慌てた学校側は、森山に事実関係を調査して報告するよう命じた。

既に引退していた三年生部員が呼び集められ、キャプテンだったトラは「まったく心当たりがない」と言い通したが、副キャプテンだった勇は、自分がやったことだと認めた。

勇が一年生に詫びを入れ、学校が間に入り両家の保護者が話し合い、裁判沙汰は免れた。連盟と協会からは厳重注意があっただけだが、学校側はサッカー部に半年間の対外試合禁止を命じた。

それで火消しとなる筈だったが、もう一つ大きな問題があった。一年生の母親は、知り合いの伝手を頼って地元の新聞社にも情報を漏らしていた。たいしたニュースのない地元のスポーツ担当としては、公立高校運動部の体罰はちょうどいいネタだったらしく、事の経緯と学校が下したサッカー部への処分を掲載した。

それをきっかけに、ネット上の掲示板にもあることないことを書き込まれた。中には桐山勇の名を挙げるものも少なくなかった。それらが既に下されたサッカー部へのペナルティーに影響を与えることはなかったが、明らかに真相を知っている者による『大人ってバカね』『スケープゴートだよ』等の書き込みがあったことは、勇達を戸惑わせた。

「俺も迂闊だったよ。無責任な空想と思ってた書き込みの方に、真実が混ざっていたとはな。たいした監督じゃなかったことは認めるが、人間関係だけは把握してるつもりだった。しかし俺も、馬鹿な大人の一員だったわけだ」

黙ってコーヒーを飲んでいた森山が、久々に口を開いた。

「そんなことないですよ。解任は、想定外のことだったたし」

テツがすかさず否定し、

「そうっすよ。監督にだけは全部説明しようって言ったんだけど、イサが……」

ペニーも久々に喋ったが、途中で森山に止められた。

「解任云々はどうでもいい。ただ、長年に亘って部内の事情を把握出来ていなかったことと、お前達の関係を見誤ってたことが、悔やんでも悔やみ切れないと言ってるんだ」

実は、峰山南高校サッカー部には、いつからか分からないくらい遥か昔から、下級生を奴隷のように扱うことや、特訓と称したシゴキやイジメが、継承されていた。

勇達も、使い走りや無意味な長距離ランニング、度胸試しと呼ばれる町中での声出しなどを、さんざんやらされた。ボールへの恐怖心を克服するという名目で、野球部から借りたキャッチャーの防具を装着させ、至近距離からシュートをぶつけるというものもあった。ＧＫやＦＫの壁ならある程度意味のある練習だが、上級生にとっては一種のゲームだったらしく、腹は一点、顔面は五点、股間は十点という具合になっていた。

スポーツ強豪校では昨今、部内での暴力行為が厳しく監視されている。しかし強豪ではない普通の公立高校であるが故に、いかにも昭和的なこれらの行為が脈々と伝承されていたようだった。

自分達の代になれば、こういうことはなくなる。勇もトラ達も、そう思っていた。だが残念ながら、彼らの知らないところで受け継がれていたのだ。

問題の発端となった一年生は、退部の理由を母親に詰問され、つい口にしてしまったようだった。想像以上に母親が猛り狂い騒ぎが大きくなると、こっそりトラに連絡をして来た。だから勇達は、森山に事情を聞かれた時にはその一年生を含め、既に口裏を合わせていた。

それは、すべてを勇一人がやったことにするということだった。

イジメやシゴキが何代も続いていることが露見すれば、最悪の場合は廃部、軽くても数年は活動停止になるのではないか。後輩達がプレー出来ない状況だけは避けたいという部分は、トラもテツもペニーも同意した。

幸か不幸か、当時サッカー部を取り巻いていた大人達は、自分達の代を極端に勇のワンマンチームだと思い込んでいる節があった。

サッカーは飛び抜けて上手いが、人望がなく、後輩にも慕われず、自分のことしか考えていない孤高の天才気取り。部内での発言はサッカー以外のことでも絶対で、キャプテンのトラも止めることは出来ない。それが、大人達が抱く桐山勇のイメージだった。

練習でも試合でも、勇がいかに自由にプレー出来るかがチームのテーマであったことは事実だ。しかし実際は、サッカーを離れてしまえばふざけ合いもするし、ちょっとした悪さもする、どこにでもいる高校生の関係だった。

しかし勇もトラ達も、大人達が抱く間違ったイメージをわざわざ否定するのも馬鹿らしくて、勘違いさせたままにしていた。

その勘違いを、勇は利用した。

たった一人の、わがままなお山の大将がやったことなら、個人対個人の問題だ。サッカー部全体の、ましてや過去何代にも遡っての問題としては扱われない。

自分一人が泥を被ることが、最も信憑性があり、最も被害が少ない解決方法だと勇は主張。トラ達は反対したが、部に下る処分を最小限にするための代替案は思い浮かばなかった。

勇は、下級生を殴っていない。ただ、すべてが落ち着いてから、卒業した一つ上の先輩にニヤニヤしながら「悪かったな」と言われ、そいつの顎には一発見舞った。

「お前達のことは、プライベートな部分も見ていた。サッカーを離れた個々の人間性みたいなものも、分かってるつもりだった」

森山がこれらの真相を知ったのは、三カ月ほど前のことだった。

「だが、桐山勇という人間を完全に見誤っていた」

そんなことはない。よく見てくれていた。キャプテンに自分ではなくトラを指名したのも、素晴らしい判断だと思う。あの騒動の時も最後まで庇ってくれたし、エスペランサの件が流れた後も、必死に大学や社会人チームを探してくれたではないか。

それらの思いを伝えたかったが、勇は力なく首を横に振ることしか出来なかった。

「こんな馬鹿だとは、思っていなかった」

森山はそう言うと、コーヒーカップをやや乱暴にテーブルに置いた。勇は思わず、「は?」と聞き直した。

「意外そうな顔をするんじゃない。お前の判断は、間違っている」

「正しいとは思ってないけど……廃部とか数年の活動停止に比べれば、半年の対外試合禁止なんか、軽いもんでしょう」

「別に伝統校じゃないんだ。サッカーやりたきゃ、クラブチームに入るなり転校するなり、いくらでも方法はある。そんな誤魔化しで部を存続させることより、ずっと重要なことがある」

考える時間を与えるかのように、森山は煙草に火を点けた。

勇はサッカー部の存続、特に一つ下の世代が公式戦に出られることを最優先に考え、それ以外のことはそれほど重要だとは思わなかった。その思いは、いまも変わっていない。

「どうも分かってないみたいだな」

「はい、分かりません」

「ケリが付いて半年以上経ってから、なんで俺が真相を知ったと思う」

「だからそれは、トラ達から聞いて……」

言い掛けて、勇は気付いた。

森山は「そうだよ」と静かに言った。

「こいつらが、嘘を吐いたまま一生を過ごすことに、耐えられなくなったんだ」

トラは、皿の上でフォークをくるくる回していた。ちっとも口に運ぼうとしないので、とんでもない量のナポリタンが絡みついている。カツカレーとオムライスも「懐かしい」「最高」と言われていたわりに、半分ほど残ったままだ。

店名に相応しい静寂が訪れ、勇は初めて抑えた音量でジャズが流れていることに気付いた。

「それで、俺にどうしろって言うんですか。今更すべてが明らかになったところで、なにか変わるんですか？」

森山に訊いたつもりだったが、ずっと黙っていた酒井が「ふん」と鼻で笑った。

「校長と同じこと言ってら」

よほど可笑しかったらしい、彼女は顔を伏せて背中を波打たせた。

「校長ってことは、森山監督だけじゃなく学校にも言ったってことかよ」

トラ達は卒業直後から頻繁に連絡を取り合い、真実を公表すべきではないかと相談した。そして、なにか理由を付けて酒井と連絡を取りたくてたまらないテツが、なにも知らない彼女に事の仔細を説明した。激怒した酒井は何度も勇に連絡したが、電話もメールもＬＩＮＥも返信はなかった。

そこで酒井は森山に事情を説明のうえ校長にアポを取って貰い、トラ達を従えて学校に乗り込んだ。二カ月ほど前のことだ。

校長の他、教頭、現在のサッカー部監督を前に、酒井は真相をぶちまけた。そして、体育連盟とサッカー協会に報告書を再提出することと、地元の新聞社に訂正記事を掲載させることを要求した。新聞社には既に報告済みで、学校側の出方次第では記事を書いてもいいという返事を貰っていた。

問題を大きくしたくない学校側は、さきほどの勇と同じ台詞で答えた。

「イサ、あんたが誰よりも引き摺ってるんでしょ。私達からの連絡に碌に返事も返さないってのは、そういうことでしょ」

今日の試合中も、ライトバンの助手席でも、ずっと溜め込んでいた言葉が一気に吹き出している感じだった。

「自分一人が悪者になって、さぞかしヒーロー気分でしょうね。でもねぇ、あんたがやったことは、問題を大きくしたくないからって事実を揉み消す、汚い大人と同じなんだよ」

森山の「まぁまぁ」で、酒井はやっと静まった。一息に喋って喉が渇いたようで、水を一息に飲み干して「おばちゃん、お代わり!」と店の奥に怒鳴った。

「とにかくだ……」

自分の水を飲まれてしまったことには触れず、森山は静かな口調で言った。

「周りからお山の大将だと思われていた桐山勇が、実は誰よりもサッカー部のことを考えてくれていたことは分かった。しかしな、桐山、薄々事情を知っているいまの三年生は、どんな顔をしてサッカーを続ければいい? 考えてみろ。想像しろ」

サッカーを取り上げられる気持ちを想像したからこそ、勇はあの行動を選んだ。しかし、それによって人の気持ちがどう揺れ動くかまでは思いが至らなかった。

その一方で、実は無意識に考え続け、トラ達の心変わりを恐れていたのかもしれない、という思いも頭を過った。トラ達からの連絡を殆ど無視していたのは、そういうことなのかもしれない。

「誰よりも引き摺ってる」と罵られても、しょうがない。

「今更、取り返しは付くのかな……」

力なく言った勇の前にB4サイズの紙が二枚、置かれた。

学校側からは、肝心の勇がいなければ真実だとはとても信じられないと言われた。しかし、シーズン真っ只中の勇を学校に呼ぶことは難しい。

そこで森山は、トラ達から細かい事情を聞き取り、事実関係を整理した文書を作成した。勇はその内容に間違いがないことを確認の上、サインをするだけで良いとのことだった。

「処分はお前個人ではなく、サッカー部に下されたものだ。だから、もう部員でないお前に新たな処分が下されることはない。あと、過去の例を調べてみたが、新事実が分かったとしても一度下された処分が覆ることは、死者や障害を負うような被害者が出た場合を除けば殆どない。要するに、これをやったところで、恐らくなにも変わらないということになるが……」

　書類を見下ろす勇に、森山が諭すように言った。

「監督、この前も言ったように、これは俺達の気持ちの問題だから」

「そうそう。やっておかないと、落ち着かないってだけで」

テツとペニーが、半分ほど残したままの料理を見下ろしながら呟いた。

その神妙な態度を見て、森山は口元を緩めて「羨ましいな」と呟いた。

「なにも変わらなくても、理屈抜き、損得抜きで、やらなければならないことがあるわけだ。若さの特権ってやつかな」

　それが若さのせいなのかどうか、勇には分からない。しかし、トラ達の心の片隅が燻っていることは間違いない。本当なら、やっておかなければならなかったことをやらず、居心地の悪さを抱えたまま一年弱を過ごしたせいだ。

　誰だって、過去に縛られるのは嫌だ。戦っているのだ。皆、違う形で。

そんなことを考えていると、勇の口からつい「すまん」という言葉が溢れ出た。

「謝るな、馬鹿。お前が差し出したものの方がデカい」

トラがそんなことを言い、森山も「そうだな」と同意した。エスペランサ加賀のことを言っていることは分かったが、勇は書類にサインをしながら「なにも差し出してねぇ」と答えた。

「だって、Ｊ１だぞ。待遇もなにもかも、ＪＦＬと雲泥の差だろ」

「そうだよ。スーパーで仕事なんかしなくていいし」

「活躍次第じゃ、オリンピック代表とか呼ばれてたかもしれないじゃん」

テツとペニーも加わった。酒井も「格好つけるんじゃないよ」とでも言うかと思われたが、彼女は黙って勇の返答を待っていた。

「いまの環境に文句はないし、スーパーの仕事だってやって良かったと思ってるよ、俺は」

強がりを言っているつもりはなかったのだが、自分の言葉にどこかで驚いているのも事実だった。偽らざる心情だが、加入直後からは考えられないことだ。

二枚綴りの書類は、一枚が勇の控えだった。だが勇は、二枚ともバッグのポケットに仕舞いながら「それからな」と付け足した。

「謝ったのは、そういう意味じゃない。サインはするが、これをお前らに預けることは断わる」

「は?」

「明日、自分の手で学校に持って行く。月曜だし、お前らは来なくていい」

トラ達も、森山も、酒井までも、驚いた表情で勇を見ていた。

酒井が小さく「駄目だよ、あんたが行くとまた……」と言い掛けたが、勇はそれを無視して森山に訊ねた。

「いいですよね、監督」

あの時、トラ達は自分の考えに従ってくれた。普通の高校生と何ら変わりない関係だと思っていたが、大人達が持つ印象の通り、サッカーを離れたところでも勇の発言は絶対だったのかもしれない。

しかもその判断が、間違っていた。

ならば勇も、サインだけして「後はよろしく」とは言えなかった。

「それでどうなった」

「やっぱり、なにも変わらないんじゃないですかね」

「じゃあ、なんだってわざわざ自分で学校に乗り込んだんだ？」

「ハッタリをかますためですよ。事件に例えれば、俺は嘘の自白をしたことになる。連盟や協会は検察とか裁判所で、学校サイドは警察でしょ。真相が分かると、俺の自白を鵜呑みにした警察の責任が問われる。それを恐れて学校が報告書を提出せず、地元の新聞社を丸め込むって可能性もある。だから〝俺はそう遠くない将来、メディアに囲まれる存在になる。もし、この件を揉み消すようなことがあれば、地方新聞どころじゃないところで……〟ってね」

実際にそんなことをすれば、現役サッカー部員にも多大な迷惑を掛けてしまう。だから勇は、本気で実行するつもりはなかった。ただ、森山や酒井達の圧力だけでは弱いような気がして、教員生活を無事に終えることにばかり腐心している校長達に釘を刺したつもりだった。

江藤は「随分と太い釘だな。お前らしいや」と膝を叩いて笑った。

赤瀬が勇の獲得を考え始めた時、出身地が同じである江藤はエリア内の少年サッカー事情や、高校のレベルなどを訊ねられた。江藤は勇と直接の面識があり、レギュラーの座を奪われた相手であり、勇の母親が事故死した時のことも覚えていると伝えた。

それを江藤から聞いていた勇は、彼にだけは暴力事件の真相を伝えてもいいと思った。

「加賀の件が流れた理由は監督からざっくり聞いてたけど、裏にそんな込み入った事情が……お、なるほど、偶数部屋と奇数部屋はシンメトリーなんだな」

「ちょっとアキッチさん、勝手にあちこち開けないで下さいよ」

かつて武山マートで働き、勇と同じコーポの別室に住んでいたことのある江藤は、勇の部屋のあちこちを「懐かしい」と言いながら観察して回っていた。

「俺の話なんかどうでもいいでしょ。それより、なにがあったのか聞かせて下さいよ」

峰山から武山に戻り、二日が経っていた。

全体練習に二回参加して、勇はチーム内の変化を感じていた。

ギスギスしていた雰囲気が良くなったわけではない。むしろギスギス度は、増している。

最も分かり易い変化は、練習中に掛け合う言葉だ。ブルスクーロ青嶺戦以降は「クリア！」「上がれ！」程度で、クラブハウスでも殆ど会話らしい会話はなかった。

それが、この二日間はやたらと声が出ている。但しその殆どが、誰かが誰かを罵倒する言葉だ。

青嶺戦以前は、例えばDFラインの裏にパスを出す練習でボールが流れてしまった場合、受け手は「悪い、俺の動き出しが遅かった」と謝り、出し手は「いや、俺が早過ぎた」と謝り、二人で「意図は分かってる」と親指を立てたりしていた。

それがこの二日間は、同じような場面で「早ぇよ！　ライン読めよ！」「お前ぇが遅いんだろうが！　人のせいにすんな！」といった具合だ。

「早い！」「遅い！」「楽すんな！」「三十パーの成功率でダブルタッチなんか使うな！」「キープ出来ないなら切れ！」「全員のスプリントを頭に入れ直せ！」

簡単なパス回しでもシャトルランでもミニゲームでも、シンプルな罵声から具体的な指摘まで、その内容は多岐に渡った。ゲーム形式の練習では、ウェアを引っ張ったり脛を削ることも珍しくなくなった。

勇はもちろん、大野でも橘でも、容赦なく罵声は浴びせられるし削られることもある。ココと李、伊勢と中条など、プライベートで仲が良かった者同士でも、汚い言葉で罵り合っていた。

練習が中断される時間が増え、各人が動きの意図の説明を求められ、イメージしていたプレーとそれが出来なかった理由、誰のどこが悪かったかなどを話し合い、時には一つのメニューの半分が言葉のやり取りで潰れることもあった。

変化の極めつきは今日、練習後のクラブハウスで起こった。

「お前、左右どっちゃでもエラシコやらヒールリフトやら、やってるわな」

着替えていると、勇はいきなり御蔵屋に話し掛けられた。彼からの言葉は苦情かクレームしか記憶にない勇は、「ええ格好すな」とでも言われるのかと身構えた。だが、

「左足で出来るようになるまで、どんくらい掛かった」

人にものを訊ねる態度でないと指摘してもよかったのだが、勇は意表を突かれてしまい「試合で使えるレベルになるまで、二カ月くらいだったと思います」と答えた。

「たった二カ月？　か〜、どこまでも嫌なやっちゃなぁ……まぁええ、どないな練習した」

「回数をこなすしかないですね。あ、参考になるかどうか分かんないですけど、俺の場合は日常生活、例えば箸とか歯磨きなんかも全部、左を使うようにしました」

「手を？　意味あんのか？」

「分かんないですよ。ただ、俺はそうしたってだけで」

御蔵屋はそれだけ聞くと、「変態や変態」と言い捨てて自分のロッカーに戻って行った。

その他にも勇は、シャワールームだろうがロッカールームだろうが、誰かが誰かを捕まえて質問攻めにしている場面をいくつも見た。口論になるような場合もあれば、いつまでも熱く話し合う場合もあった。大野と橘の周りには、この二日ともちょっとした人だかりが出来ていた。

そして帰り支度が終わると、誰も一緒に食事に誘ったり誘われたりせず、帰って行く。

良い傾向なのかもしれないが、それにしても急過ぎる。

そう感じた勇は、唯一まともに会話をしてくれる江藤に、なにがあったのか訊ねようと食事に誘った。そして江藤は「お前んチを見たい」と言って、コーポまで押し掛けて来たのだった。

「きっかけは、まぁ、あの日のミーティングだろうな」

部屋とキッチンとユニットバスを行ったり来たりしながら、江藤はそう言った。

「俺が出なかった、日曜のミーティングですか？」

勇が喫茶さいれんとを出て実家に帰った頃、武山に帰った勇以外の選手達は、クラブハウスでミーティングを行なった。

尤も前半のみで中断され、後半はいつ行なわれるか分からない状態なので、試合自体に関することは簡単に終わった。

その代わりに赤瀬は、誰かが言った「そもそもあんたは、なにがやりたいんだ？」という質問に対して、長い時間を割いて答えた。

「端的に言えば、赤瀬監督は超攻撃型サッカーをしようとしてる」

江藤はそう言って、クラブハウスで赤瀬が喋ったことを覚えている範囲で再現した。

前掛かりの陣形、相手を攪乱する速いパス回し、左右への拡散と最短距離を経るシンプルな攻撃が同等のバランスを持った展開、攻守の切り替えの素早さ、どんな体勢でもゴールにねじ込む決定力を持ったフィニッシャー、コースさえ見付ければ遠目からでも強引にミドルを打つＦＷ以外のゴールへの意識の高さ……。

赤瀬が監督に就任した四年前、武山ＦＣにはそれらが欠けていた。

守りはそこそこ堅いが、攻撃はサイドからのワンパターン。たまに誰かが中央からシンプルに仕掛けると、ＤＦ陣はカウンターに備えて予め退いてしまう。セットプレー以外の得点は、ロングボールがたまたま通った場合か、相手のパスミスに乗じたものばかりだ。

そこでまず、攻撃の核となるフィジカルの強いＦＷを育てようと考えた。そして、二年計画で江藤を育てた。

続いて赤瀬は、当時Ｊ２にいた大野と橘に声を掛け、三年掛かりで口説き落とした。最初は無下に断わられたが、大野は出場機会に恵まれないシーズンを過ごし、橘はＪ１に昇格したチームを解雇されたことで、三度目の誘いに乗ってくれた。

大野は運動量に陰りがあるものの、中盤でボールを落ち着かせ攻撃に緩急を付けるのが抜群に上手い。橘は左サイドをゴール供給源にし、それに伴って右サイドの可能性をも広げる。二人が入ることで、攻撃パターンは格段に増える。

「ほな、桐山は？」

そう訊ねたのは、御蔵屋だったという。勇がいなければ堀田の復帰まではボランチの座に就いていたであろう選手だ。無理もない質問だと勇も思った。

「〝あいつの場合は大野や橘とは違う。獲得もボランチ起用も言ってみりゃ博打だ〟だってさ……うわぁ、水と牛乳しかねぇよ。茶くらい出してくれよ」

冷蔵庫を覗き込みながら江藤が言い、勇は「博打？」と首を傾げながら湯を沸かした。

「俺を獲ったのはギャンブルっすか？」

「まぁ聞け」

就任直後から、赤瀬にはプレー以外の部分で気になることがあった。

チームのまとまりの良さだ。

選手間に嫉妬も卑下も差別もなく、俺が決めるという傲慢なプレーヤーもいない。上下関係も殆どなく、在籍年数の長い比嘉や中条を中心に、プライベートでもみんな仲が良い。

始めの頃は、それをとても良いことだと思っていた。だからその部分は尊重しつつ、チーム作りを進めて行こうと思った。

だが、四シーズンを戦ってみて、美点だと思っていたその仲の良さこそが、このチームの限界を作っているように感じた。

嫉妬、卑下、傲慢、軋轢、自惚れ、我がまま、これらマイナスの要素をもエネルギーに転換して、チームはシーズンを戦って行かなければならない。その頃の武山FCには、これらがまったくと言っていいほどなかった。実際にはあったのだろう。だがそれらを、強引に押しとどめているように見えた。

その結果、チームの戦い方から外れず、個々がやれることをやったなら、結果を伴わなくとも「しょうがない」「やれるだけのことはやった」で終わっていた。

だからと言って、監督が「人を妬め」「ミスしたら罵倒しろ」などと言えるわけもない。これらは、自然に導かれることが肝心だ。

大野や橘が相手では、どれだけ気に入らないことがあっても文句は言い難いだろう。二人には実績というものがある。しかし高校を出たばかりで目立ったキャリアのない未成年なら、いくらでも罵倒出来る。

紅茶を用意していた勇が「ちょっと……」と言おうとするのを、江藤は「聞けって」と抑えた。

勇の技術には、誰もが驚かされた。特に動き出しの加速スピード、ドリブル、一対一の駆け引き、足下の小技は、どれも一級品だ。実績こそないが、勇も大野や橘と同等の衝撃をチームメイトに与えた。尤も、それがなければ罵倒される資格もない。

「おぉ、やっと褒められた」

ティーバッグを入れたままのカップと牛乳をテーブルに置き、勇は力なく笑った。続く言葉が、なんとなく予測出来たからだ。

江藤は予測通り「しかし、だ」と続けた。

それよりもチームメイトが驚いたのは、勇がFW以外のことを殆どなにも知らないことだった。簡単なパスワークやオフ・ザ・ボールの動き、特にディフェンシヴな場面での動きは、急に小学生レベルになる。誰もが「なんなんだこいつ」と思ったらしい。

「上げたり下げたり、忙しいっすね」

以前なら激怒していただろうが、この九カ月で嫌になるくらいの自覚症状があった。

勇をボランチに起用したことは、堀田の術後の経過が芳しくないこともあったが「こいつをここにハメたらどうなるんだろう」という、赤瀬の個人的な興味からでもあった。だから、勇の獲得と起用を博打と言ったのだ。

そのミーティングに勇がいなかったことには様々な要因があるが、赤瀬が故意にそう仕向けたような気がした。

勇はそんなことを思いながら、自分のカップを口元に運んだ。

「要するに、もっとぶつかり合えってことですか。よくみんな、黙って従ったものですね」

牛乳をたっぷり注ぎながら、江藤は「いやいや」と答えた。

「考えてもみろ。監督まで、このチームを〝ぬるい〟と感じてたってことだぞ」

「じゃあ、みんなの気持ちが一つになったわけじゃないんですか」

「あぁ。昨日と今日の練習を見れば分かるだろ、むしろ逆だ。誰もがなりふり構わず、自分のプレーのことだけを考えるようになったように俺には見える。感情をぶつけ合うという意味では、結果的に赤瀬監督の思惑通りになったとも言えるが、大変なのはこれからさ」

これからは、勝つか負けるかだ。負けが込むようなら、今の雰囲気は簡単に監督批判の方向へ向いてしまう。しかも、神辺との後半を入れて残り四試合と半分、強豪との対戦が目白押しだ。

「あ、それからな」

紅茶を飲みながら二分ほど黙り込んだ後、江藤が補足するように言った。

「お前を獲った理由について、〝仲良しごっこじゃ限界があるってことを、あいつ自身がよく分かってるから〟だってさ。誰もピンと来てなかったけど、これって高校時代のことだよな」

「まぁ、そうかもしれませんね……」

時刻は、九時を回ろうとしていた。つけっ放しのテレビでは録りためていたサッカー情報番組が流れており、二人は黙って小さな画面を見詰めた。

一回分の放送が終わると、江藤は「帰るわ」と立ち上がった。

明るい通りまで見送ると言った勇に、江藤は「俺はお前の彼女か」と笑った。勇も笑おうとしたが、口元を歪めるのが精一杯だった。

赤瀬に勇の獲得を勧めたのは、江藤ではないか。

県道に繋がる暗い夜道を歩きながら、1stステージが終了した頃からなんとなく思っていたことをストレートに訊いてみた。

江藤はあっさりと、「そうだよ」と認めた。

近江の言葉の通り、チームはU-18の候補者合宿で勇に目を付けており、エスペランサ加賀との契約が流れたことで声を掛けた。だが近江の話はかなり省略されており、そこに至るまでにはスタッフ間で「問題の多い選手だ」「FWを獲ってどうする」といった反対意見もあった。

最終的に決め手になったのは、江藤の「面白いと思いますよ」という言葉だったという。

「言いたかないがな」

そう前置きして、江藤はその時の心情を説明した。

彼にとって勇は、幼い頃とはいえ生まれて初めて〝天才〟を感じた人間だ。あれ以降、優秀な選手は何人も見てきたが、衝撃度は未だにナンバーワンだ。その二歳年下の天才が、これまで目立った成績も残せず、世代のトップにも最終的には残れなかった。更には不運もあって、J1との契約も流れた。実力とは無縁のことではあるが、結果的に一年を棒に振り、そのまま消えてしまう可能性すら考えられた。それが江藤には許せなかった。それはつまり、自分と国内トップレベルとの差を相対的に見せ付けられるようなものでもある。だから勇には、出来得る限り高いレベルでプレーさせたいという思いに繋がった。

加えてもう一つ、勇が母親のことをどのように気持ちの上で整理を付けたのか、ずっと気になっていた。

「整理なんか付かないですよ。そのことは、いいじゃないですか」

勇のその言葉に、江藤は「本当に？」と確認するように訊ねた。

「高校の件と同じだよ。辛いだろうけど、お母さんのこともいつか整理しないと、前へは進めないんじゃないか？」

その言葉で、勇にも分かった。江藤は、赤瀬が実家を訪ねた時の話を細かい部分まで知っているらしい。

県道に出ても、勇は江藤と並んで歩き続けた。江藤もなにも言わず、俯いている勇の隣をゆっくりと歩いた。

二十分ほど歩き、江藤は「この辺でいいよ。タクシー拾うから」と立ち止まった。

顔を上げない勇に、江藤は「桐山勇！」と叫ぶように言った。

「俺達は変わるんだ。それには、一人一人が変わるしかない。お前の個人的な諸々も、俺達が変わることと無関係じゃない」

原動機付自転車を改造した地方都市ならではのダサい暴走族が、ゴッドファーザーのテーマを流しながら二人の横を走り抜けて行った。

目眩がしそうなドップラー効果の中で、勇はやっと顔を上げて訊ねた。

「俺が変わることが、チームが強くなることに繋がるんですか？」

「そうだ。サポーターだって変わったんだ。俺達なら出来る」

根拠はない。あるのは根拠のない自信と言うよりも、そうするしかないという強迫観念だ。このチーム、あの監督、スタッフ、サポーターなら出来ると、信じるしかない。

「お前以外は、既に変わり始めてる。強くなる方向に向いているのかどうか、今のところ分からないがな」

江藤は、そう言って勇の肩に手を置いた。

勇は少しだけ、赤瀬が作ろうとしている理想のチーム像が分かったような気がした。

赤瀬の思惑には、まだ言っていないことがある。

それは「互いにぶつかり合え」ということよりももっと、言ってしまっては、意識してしまっては、実現しない選手間の関係性であるような気がした。


神辺戦は、２ｎｄステージ全日程が終了した翌週、勤労感謝の日にあの荒れたピッチで後半のみを行なうと発表された。

出場メンバーは第十一節前半終了時を踏襲するが、カードの累積は最終節終了時点の状態とする。出場停止や怪我などでメンバーが変わる場合は、交代枠を使ったものとする。そういう条件だった。

この二チームの第十一節をノーカウントとするという変則的な形ではあるが、武山ＦＣは暫定十位に順位を下げた。残り四試合半を全勝し、現在一位の浦安海運ＳＣが全敗しても勝ち点で届かない。２ｎｄステージ優勝の可能性は消滅した。

二つのステージの総合成績で、Ｊリーグ百年構想加盟クラブ中の順位は六位。上位五チーム中、那覇リゾートＦＣとツバメ配送ＳＣとの直接対決はもうない。残る甲斐精機《かいせいき》ＳＣ、常陸ＦＣ、鳥羽ユナイテッドの三チームに全勝すれば、現在一位のツバメの燕尾を摑むことも不可能ではないものの、首の皮一枚で繫がっているようなものだ。

そんな状況の中、武山ＦＣは第十二節を迎える。

百年構想クラブ中三位に付ける、甲斐とのアウェイ戦だった。

神辺戦よりもギスギスした空気は、ピッチ上にも色濃く現われていた。簡単なパスが通らない、トラップミスが目立つ、ＦＷは呼吸が合わずオフサイドを取られ、ＤＦラインも崩される場面が目立った。

神辺戦以前から、数試合で見られた傾向だ。

だが、それらの試合とは明らかに違うことがあった。

通らないパスもトラップミスも、オフサイドもラインの崩れも、全員が原因を分かっている。気付いた者が一斉に、ミスを犯した者に怒声を浴びせる。

前半二十五分、右サイドでフリーになっていた比嘉が怒鳴った。大野がペナルティーエリア内で三人に囲まれた江藤にパスを出し、大きくクリアされたことに対するクレームだった。

「どこに目ぇ付けてんだよ！」

「見えてるよ！　上がりが二歩遅い！」

常に冷静な大野も珍しく怒鳴り返した。

甲斐サポーターの歓声のせいか、アドレナリンのせいか、誰も彼も声量が練習時を遥かに上回っている。

対戦相手ばかりか、味方同士でも戦っている感覚だった。偶然の産物なのか、赤瀬の計算通りなのか、戦う集団になりつつある。

そう感じた勇は、チーム状況は最悪にもかかわらず心の奥底で『面白ぇ《おもしれ》』と思っていた。これから先、どうなるのか、わくわくする気持ちを抑えられない。

スコアレスでボールがなかなか落ち着かない展開のまま、前半三十分を過ぎた。

この頃から、武山ＦＣがややボールを支配する時間帯を増やし始める。

きっかけは、パススピードだった。

受け易い優しいパスなどない。近距離でも、喧嘩を売るように速いパスを出し合う。そのせいで序盤はトラップミスが目立ったが、三十分が過ぎて全員がそのスピードに慣れ始めたらしい。

相手は若手中心で勢いはあるが、守備面は荒削りで穴も少なくない。

そして三十六分、その穴を勇が起点となるプレーがこじ開けた。

ミドルサード右寄りでココからの速いパスを足下に収めた勇は、そのままドリブルでアタッキングサード手前まで進む。相手ＭＦが眼前に立ち塞がったが、視線を故意に相手の背後に流し、僅かな躊躇を見逃さず抜き去った。一昨日、御蔵屋から教えて貰った一対一の心理戦だ。

更に加速しながらゴール前に切れ込もうとするが、相手ＤＦに外へと追いやられる。一瞬、副審に目をやる。これは比嘉から聞いた、首を振って状況を確認出来ない場合のオフサイドラインの確認法だ。伏線として、オフサイドでプレーが止まり近くに副審がいたら「いまのは微妙ですか、完全ですか」などと話し掛けることも教えられた。

視線のフェイクも副審との駆け引きも、些末なことだ。しかしその効果は、決して小さくない。

ペナルティーエリアから離され、コーナー付近で二人に囲まれた勇は、一人をターンで引き剥がした。そして、コーナーキックに逃げることを警戒するもう一人の裏をかき、タッチライン際を自陣方向へドリブルで進んだ。中盤の味方は、誰も受け取りに来てくれない。

再度クルリと反転すると、ゴールニアに比嘉、真ん中に江藤、ファーに橘が見えた。各々にマークは付いていている。ペナルティーエリア内にスペースはない。

『どうにかしてくれよ！』

そう思った次の瞬間、橘がゴールマウスから数歩遠退いて手を挙げた。彼に付いていたマークは、勇の方を向いていて橘が死角に消えたことに気付いていない。

不思議な感覚だった。何故か、橘が考えていることを感じ取ることが出来た。

ダイレクトプレーで左右に揺さぶり、相手を全員、ボールウォッチャーにする。

橘がボールを要求する意図は、それだ。その直感に導かれるように、勇は逆サイドの橘へロングフィードのボールを送った。ペナルティーエリア上空を越えたそのパスを、橘はトラップすることなくダイレクトで彼にとってのファーサイドへ折り返した。ペナルティーエリア内の相手DF陣は完全に足を止め、頭上を往復するボールを見ていた。

このボールに反応したのは、オフサイドラインのギリギリ内側にいた比嘉だった。彼もダイレクトヘッドで、このボールを更に折り返す。

そして、ゴールほぼ正面でバウンドしたボールの跳ね上がり端《ばな》に飛び込んだのは、いつの間にかフリーになっていた江藤だった。

GKは一歩も動けず、ボールはゴールのほぼど真ん中に突き刺さった。

『ゴォォォ〜ル！』

DJの声が轟き、無反応を貫いていたノロ・サダ・デンスケ率いる武山FCサポーター達も、微かに沸いた。

しかし当の選手達は、ガッツポーズをするでもベンチやスタンドに駆けて行くでもなく、実に淡々とハーフウェーラインに戻って行った。

「スゲーな、いまの。全部ダイレクトかよ」

言わずにはいられなかったのだろう。中条が目を丸くして勇に近付いて来た。だが彼もまたすぐに我に返り、ポジションに戻って行った。

試合は後半にも追加点を奪った武山ＦＣが、二―〇で勝利した。二点目は後半二十三分、ピッチをワイドに使う展開を警戒し過ぎた相手を嘲笑うかのような、中央から大野―江藤―比嘉のシンプルな攻撃だった。

試合後の挨拶に行った時、ノロ達は少しだけ拍手を送ってくれた。

消耗の激しい筈の先発メンバー達だったが、ロッカールームではやはり誰もが他の選手に細かい注文や注意をし、中には罵倒気味に「あの動きの意図はなんだ」「こっちの動き、まったく見えてなかったよな」などと言う者もいた。年齢もキャリアも在籍年数も関係なかった。

「ま、こういうことだな。まだ完璧じゃないが、少しは方向性が見えて来た」

赤瀬は、試合の総括をする時、そんなことを言った。

結果が出ていれば文句は言えないという、２ｎｄステージ序盤の状態に戻っただけのようにも見えるが、明らかに違うことがあった。

誰一人として、この勝ち試合の内容に満足していないことだ。

11

酒井から勇に電話があったのは、峰山で会ってから約一カ月後のことだった。夜十時を過ぎていたその電話に、既に寝ていた勇は出ることが出来なかった。翌朝、涼との朝練からの帰りに掛け直したが、これには酒井の方が出られなかった。

女子大生とスーパーの店員ではなかなかライフサイクルが合わず、二日後の午前十時にやっと繋がった。勇は仕事の休憩時間で、酒井は一コマ目と二コマ目の合間だった。

『調子いいみたいじゃない。どしたの？　急に』

「まぁ、怪我の功名っつーか、ひょうたんから駒っつーか、そんな感じ。チーム内の人間関係は最悪なんだけど、何故か結果が出てる」

『あぁ、似たようなこと、なにかで読んだことある。きっと、依存型の仲間意識が、内部競争型のライバル意識に変わったたってパターンじゃない？　団体競技では大切なんだよ、それ』

「偉そうに……」

『え、なに？』

「いや、なんでもないっす」

武山FCは、第十二節から十四節に掛けて三連勝を飾っていた。

2ndステージ中盤から失速していたツバメ配送SCは、この三節を一敗二分で終えている。両ステージ総合での勝ち点は七つ縮まり、その差四にまで迫った。

『結果が出続ければ、雰囲気の方もそのうち良くなっていくんじゃないかな』

勇は「そうかな」と曖昧に答えたが、彼女の言う通りだった。まだ微妙なものだが、チームの雰囲気は良くなりつつある。まず、なにもかもを罵倒するわけではなくなった。

例えば前節、ポストに弾かれた江藤のダイビングヘッドや、身体を張って相手のシュートを止めた李のプレーなどには、多くの選手が拍手を送ったり親指を立てたりした。

試合の前後や練習中に、サッカーと関係のない会話はないし、選手同士で食事に行くようなこともない。馴れ合いがなくなり、味方に認められるハードルが著しく上がった感じだ。

そしてもう一つ、勇自身にも変化が起きつつあった。

あの甲斐戦の一点目、橘の考えていることがすべて分かったような感覚。あれが、その後の試合でも何度かあった。対象は橘だけではない。江藤だったり比嘉だったり、守備的な状況で中条や伊勢の考えていることを察する場面もあった。すべてが得点や危機回避に繋がったわけではないが、いままで見えなかったものが微かに見えるようなその感覚は、勇をゾクゾクさせた。

「それより、なんの用だよ。一カ月じゃ、あの件はまだ動きがないだろう」

『うん、そうなんだけどね……』

学校側は体育連盟とサッカー協会に、昨年の暴力事件に関する報告書の改訂版を提出した。いまは向こうからの返事待ちで、地元の新聞社もその件に関する記事はまだ掲載していない。

酒井は定期的に森山と連絡を取り合っており、その途中経過を知ったという。

『それでね、監督から聞いたんだけど、イサにも伝えといた方がいいかなと思って』

森山は、あの日さいれんとで勇に言ったことを、悔やんでいた。監督と部員、教師と生徒という関係でもなくなった自分が、勇の人間性を否定するようなことまで言ってしまったと。

「そんなこと……」

そう言い掛けた勇を、酒井は『それだけじゃないよ』と止めた。

「赤瀬監督の方が、よっぽどあいつのことを分かってる」

森山は、酒井にそう言ったという。

赤瀬は三度、峰山南高校を訪れたことがあった。一度目は勇を獲得する前、残りの二度はJFL開幕直前のことだ。暴力事件の詳細を知りたい、しかし自分が来たことは勇には伏せておいて貰いたい、そう言って森山と面談したという。

『あんまり驚かないんだね』

「いや、驚いてるよ」

咄嗟に答えたが、勇はあまり驚いていなかった。神辺戦の後、森山と赤瀬が離れた距離で黙礼し合っているのを見て、面識があることには勘付いていた。複数回というのは少し意外だったが、それも恐らく実家を訪ねていたのと同じ理由、桐山勇という人間をより深く知るためだと思った。何度目かの訪問の時、周りが思っている桐山勇の人物像、我がままで自分本位でチーム全体のことなど考えていない奴、それについて「むしろ逆でしょう」と赤瀬は言った。

「私が見た限りでは、彼は周りを気にし過ぎているように思います。もっと大胆に、もっと我がままに、プレーさせるべきです」

赤瀬のその言葉は、偶然か必然か、森山がずっと抱いていた疑問に符合したという。

勇が入部した当初、森山は正直「なんでこんな奴が普通の公立高校のサッカー部に来るかね」と思った。物凄いストレートを投げるピッチャーとか、百メートルで十二秒を切るスプリンターなら、まだ扱い様もある。しかしサッカーは違う。個の力が複雑に絡み合う競技だ。突出した一つの個性が即チーム力の向上に繋がるとは限らない。学生時代にサッカー部だったというだけで顧問になっている教員監督では手に余る、そう思った。

中学から一緒だったトラ・テツ・ペニーの勇との接し方は、桐山勇の取扱説明書のようなものだった。それで森山も薄々、勇が周りの言うような人間ではないと気付いていた。

それでも、あの暴力事件の真相には気付いてやれなかった。

森山はそう言って、自分を責め続けている。

『だからね、私から聞いたことは伏せて、あんたの方からそれとなく森山監督に言ってくんないかな。〝俺は監督に感謝してる〟とかなんとか。ねぇ、聞いてる？』

「あぁ、聞いてる。そうだな、こっちから電話するとわざとらしいから、監督の方から俺に電話をするよう仕向けてくれないか。もっと詳しい途中経過を知りたがってるとかなんとか言って」

『うん、そうね。そうしてみる』

そんな会話をしながら、勇は赤瀬のことを考えていた。

獲得しようとする選手が未成年であれば、実家に挨拶に行くことはまだ分かる。しかし、高校まで直接足を運ぶだろうか。行くとしても、それは近江か強化部長の仕事ではないだろうか。

『あ、それからね、コーノ達のことなんだけど』

考え事をしている間も、酒井は話し続けていた。殆どは勇の耳に入って来なかったが、コーノの名前には「え？」と反応してしまった。

森山は、勇達の知らないところで下級生へのイジメやシゴキを行なっていたコーノ、ハヤト、ミヤジらに、退部した当時の一年生や他の下級生に詫びを入れさせようとしていた。

『いわゆる手打ちってヤツ？　一度で終わらせるために全員の都合が合う日を調整中で、私も方々に連絡取るの手伝わされてんのよね』

嘘を吐き通すことが苦しくなったトラ達の心情は理解した勇だったが、肝心の当事者のことには思いが至っていなかった。

彼らもまた、自分を誤魔化し続けている。コーノ達は、勇が身代わりになったことで「助かった」とは思っていないだろう。気持ちの悪いものを溜め込んでいるに違いない。大切なのは、むしろこちらだった。

「忙しいのに悪いな、酒井」

素直に謝ったのだが、それが意外だったらしい。酒井は『へぇ』と感心したように言った。

『丸くなったもんねぇ、桐山勇も』

からかうような口調だったが、勇は付き合う気分ではなかった。更になにか言おうとする酒井に、勇は「仕事の休憩中なんだ。もう戻らなきゃ」と言って電話を切った。

「もっと大胆に、もっと我がままに、プレーさせるべき」

赤瀬が森山に言ったというその言葉が、ボランチ起用の理由に繋がる気がした。逆説的だが、動く範囲を拡げる＝自由を与える、という捉え方も出来る。実際、ＦＷ時代よりもボールに触れる機会は増え、より広い視野でゲーム全体の動きを見ることが出来ている。甲斐精機ＳＣ戦で初めて得たあの感覚も、ＦＷのままだったら感じ取ることが出来なかっただろう。

喫煙コーナーから聞こえる馬鹿笑いで、我に返った。

十一月に入り、搬入口前のベンチで休憩する者はいなくなった。搬入口から漏れる冷気は、厚手の仕事着越しでも痛いほどだ。

「あぁ、いたいた」

仕事に戻ろうとベンチから腰を上げた時、咲田が現われた。

「俺、もう戻らないと……」

そう言い掛けた勇の前掛けの裾を引っ張り、咲田はポケットから缶を取り出した。

「どっちにする？」

お汁粉とコーヒーだった。

「火曜日の午前中だし、少しくらい平気平気。忙しくなれば、誰か呼びに来るわよ」

勇は無糖であることを確認してから、黒い缶の方を「ども」と受け取り座り直した。

「すっかり寒くなったわねぇ。サッカーって半ズボンじゃない？　寒くないの？　あ、スパッツみたいなの下に穿くんだっけ？」

勇の返事を待たずに、咲田は赤茶色の缶を開けて「あ〜、温まる」と白い息を吐いた。

「あの、なんか、話でもあるんすか？」

「うん、そうなんだけど……」

咲田はモジモジしていたかと思ったら突然立ち上がり、「ごめんなさい」と丸い身体を無理に前傾させた。

「なんすか？　やめて下さいよ」

「知らなかったとはいえ、おばちゃん、無神経なこと言っちゃった。本当に、ごめんなさい」

「いいからとにかく、頭上げて下さい。なんのことですか？」

勇が実家に帰った日、いつも出勤時に車に乗せてくれる同僚に荷物が多い理由を訊ねられ「母の墓参りです」と伝えていた。それは他の従業員にも伝わり、社長が武山駅まで車を出してくれた。勇はそれほど気にしていなかったのだが、多くの従業員はそのことで勇の母が亡くなっていることを初めて知った。

十九歳の青年に母親がいない、両親の離婚ではなく亡くなったらしいと分かれば、「早いね」「病気かな」という話になる。事情を知っているのは面接の時に直接伝えた数人だけで、その中の一人である社長は駅から戻って質問攻めに遭ったらしい。

社長は曖昧に答えて誤魔化し、殆どの従業員は訊いてはいけないことだと察したのか、突っ込んで訊ねようとしなかった。ただ咲田だけは、その後も事ある毎に社長を捕まえて訊ね続けた。

そして今日、初めて勇の母の事故死のことを知ったという。

亡くなった咲田の息子、光太郎の話をした時、

「事故や事件に巻き込まれて、ある日突然、大切な人が目の前からいなくなったらショックも大きいでしょうけど、光太郎の場合はそういうのじゃなかったから」

咲田はそんなことを言った。

確かにその時、勇は母のことを思い出した。しかし咲田の発言は、話の流れからしょうがないことだと思っている。祖父母の法事とか、親戚の葬式とでも誤魔化せば良かったと後悔した。

「怒ってるでしょ？　気分が悪かったでしょ？」

「とんでもない。俺だって光太郎くんのこと、ずけずけ訊いたし。だいたい咲田さんは母のこと

を知らなかったんですから、謝る必要なんかないでしょ」

「怒ってない？　じゃあ、ここ辞めたりしない？」

「ええ、辞める気なんてないです」

勇は咲田の手を取り、ベンチに座らせた。

涙か鼻水か分からないが、とにかくぐちゃぐちゃになっている咲田は、ハンカチで顔面を覆いながら座った。

「ごめんなさいね」

「いえ」

「無神経よね、ホントに」

「いやぁ……」

何度もそんな会話を繰り返しながら、勇は生まれて初めて感じる、五十過ぎのおばちゃんを抱きしめてやりたい衝動を抑えるのに懸命だった。

火曜日の昼前のスーパーは本当に暇らしく、勇は三十分以上も休憩しているのに、誰も呼びに来なかった。

「あの、咲田さん」

「なに？」

「お願いがあるんですけど」

ふと、思い浮かんだことだった。

「次節は今週末だから無理でしょうけど、最後の神辺との試合、来てくれないですか」

咲田は一瞬驚いた表情をし、ぐちゃぐちゃの顔で、「いいの？」と訊ねた。

「俺がお願いしてるんです。咲田さんに、観てて貰いたいんです」

勇のその言葉に、咲田は少女のように「うん！　絶対に行く！」と強く頷いた。

その週末、十一月十五日に行なわれた一応の最終節、鳥羽ユナイテッド戦、武山ＦＣは四―三と打ち合いに競り勝った。

決勝点は、連勝ストップかと思われた同点の後半四十三分、御蔵屋、江藤とつなぎ猛然と上がって来た堀田が豪快にミドルを決めるという珍しい攻撃パターンからだった。得点に絡むことの多い大野、比嘉、江藤、勇が複数に囲まれる展開の中、伏兵二人が見事に打開した。

静かに試合を見詰めていた武山サポーターも思わず歓声を上げる中、御蔵屋は「よっしゃあ」と堀田を指差し、堀田は御蔵屋に駆け寄って彼の頭を乱暴に撫で回した。サポーターが沸くのも選手同士で讃え合うのもここ四試合で初めてのことだったが、みんな自然にやってしまったという感じだった。

「気に入らねぇな、クソ」

「舐めやがって」

そんな劇的な勝利だったにもかかわらず、ロッカールームに戻ると御蔵屋も堀田も機嫌が悪かった。

「来季はギッタンギッタンにしてやる」

中条はそう言って、脛当てを床に叩き付けた。

二点差以上で勝たなければ〇―二で完敗した１ｓｔステージの分を取り返せない、という意味もあったが、それだけではない。

ＪＦＬ優勝の目がなくなった鳥羽ユナイテッドは、三重県代表として出場枠を勝ち取った天皇杯本戦に重心を置いていた。十一日に行なわれた四回戦でＪ１のチームに敗れたが、その時の主力メンバーは四日後のこの試合に出場していなかった。そのことに対する怒りだ。

「それでやっと辛勝。選手層の厚さの差が分かり易く出たな」

赤瀬は選手達を労ったり慰めたりせず、冷静にそう言った。

「それからな、中条。来季の話をするのはまだ早い」

その言葉に中条が「おう」と答えると、周りの数人も「おう」と低い声で言った。その声は徐々にロッカールームに広がり、数秒後には全員が「おう！」と答えていた。

「来たぞ」

スマホを見ていた座間味が立ち上がった。試合終了直後から、彼は同日同時刻に行なわれていた他会場の結果速報を見ていた。

「岡崎対ツバメ、二―一で岡崎！」

DXマキナ岡崎が2ndステージの優勝を決めた。1stステージの覇者、浦安海運SCとチャンピオンシップを戦うこととなる。

それと同時に、ツバメ配送SCと武山FCの2ステージ総合成績が、勝ち点と得失点差、総得点数で並んだ。直接対決が武山の一敗一分のため現時点での順位は下になるが、残る神辺建設SC戦を引き分け以上で終えれば、文句なしにJリーグ百年構想加盟クラブ中一位となる。

「よっしゃ、来たぁ！」

上半身裸の伊勢がペットボトルの水をぶち撒《ま》け、

「行くぞ行くぞ行くぞ！」

中条は誰彼構わず頭や背中を叩きまくり、

「ファラ・セリオ！　アグラデソ・ア・デウス！」

ココは全裸であることも忘れ、物凄いブツをブラブラさせながら神に感謝した。

ほかの選手達もタオルを振り回し、指笛を吹き鳴らし、或いは静かに「よし」と拳を握り、各々の方法で喜びを表現した。

久々にロッカールームの中が、前向きな方向で一丸となった。

二点ビハインドで、残り時間は四十五分。だが、いまの俺達の勢いなら同点に持ち込むことが出来る。誰もが、そう思っているようだった。

盛り上がる選手達を、赤瀬と座間味は少し離れたところから眺めていた。時折、互いの携帯電話を見せ合いながら、ボソボソと言葉を交わしたり首を捻ったりしている。

大事な話があるのだが、暫し待とう。近くに座っていた勇には、二人の態度がそんなふうに見えた。

「元の雰囲気に戻っちゃったかな。監督の思惑も、ここまでですね」

「いや、前とは違うよ。全然、違う」

二人が小声でやりとりするそんな言葉も、勇の耳には届いていた。

やがて、座間味が比嘉を上回る高音で指笛を吹き、選手達の騒ぎはやっと静まった。

「イサクさんからメールがあった」

シーズン中、イサクは武山FCの試合を観ることが殆どない。次節の対戦相手の試合が同じ日に行なわれ、会場が車で日帰り可能な場所である場合、彼はそちらに行って動画とレポートをチームに提供してくれる。

「次の神辺だがな、前半とはまったく違うチームと思っておいた方がいい」

つい先程終わった試合で、神辺建設SCは浦安海運SCを三―〇で破った。

「神辺が、あの浦安を?」

「しかも、三―〇?」

前節、2ndステージ優勝の可能性が消えて、浦安のモチベーションは低かったかもしれない。しかし、それほど分かり易い手抜きをするとは思えない。

「神辺の先発は、ウチとやった時と三人違ったそうだ」

その三人とも今季から加入した選手で、二人は守備的MF、一人はCBとのことだった。

「神辺は順位が確定してるだけに、来季に向けたテストのように戦って来るかもしれない。後半開始から交代枠を一気に三枚使って、その新戦力を投入して来る可能性が高い」

赤瀬に「桐山」と呼ばれ、勇は立ち上がった。

「CBは高卒一年目で久坂《くさか》って名だ。英峰《えいほう》って、お前の出身校の近くだろ。知ってるか？」

知っていた。英峰学園サッカー部は峰山南より三つくらいレベルが上だ。練習試合を含めて五回ほど戦って全て負けている。

「どんな選手だ」

「上手いです。ガツガツ削りに来るタイプじゃなくて、デカい割りに小器用ですし。ラインの統率も正確で、遠目から凄いミドルを打つ力もあります」

勇はそのすべての試合で、完全に封じ込められた。

県大会ベスト4の常連で、選手権大会本戦へも三年に一度くらいのペースで出場しているような高校なので、全敗は当然のこととも言える。

しかし、他のどんな強豪校相手でも、勇のプレーは得点に繋がらないとしてもDF陣を慌てさせることは出来ていた。それが、久坂を中心としたそのDF陣にはまったく通用しなかった。

「分かり易く言うと、ココさんのフィジカルに、御蔵屋さんのズル賢さと橘さんのスタミナが備わった感じでしょうか」

勇のたとえ話に、選手達は口々に「来季のレギュラー狙いならガチで来るな」「守備固めかぁ」

「汚い……とも言えないか」などとこぼした。

自分の言葉で、更に雰囲気が悪くなってしまった。なにか久坂に関して、こちらにとってプラスの要素はないかと思いを巡らしたが、なかなかコレというものが思い浮かばない。

久坂とは県選抜で同じチームになり、一週間ほど同じ釜の飯を喰ったことがある。だが、悪い印象はこれっぽっちもない。

それどころか、久坂が選ばれなかったU‐18代表候補合宿に勇が呼ばれた際も、ほかの県選抜の者達が『なんでお前なんだよ！』『恥かいて来い！』などとメールを送って来る中、彼からは『やったな！　俺達の分まで頑張れよ！』という、こちらがヒクくらい爽やかな激励が送られて来た。

さてどうしたものか、と考えていると、

「英峰ってかなり強豪だよな。そこでCB張ってた奴が、Jにも有名大学にも行かなかったのか」

江藤が不思議そうに訊ねた。

確か、Jの数チームから声は掛かったと勇も小耳に挟んでいた。しかし久坂は学校の成績も良く、隣県の国立大学法学部への進学が決まっており、すべて断わったらしい。その大学のサッカー部はレベルが低く、勉強に支障を来さない範囲で加入出来る最もレベルの高いチームを探し、神辺建設SCに落ち着いたと聞いている。

そんなことで鎮火気味の士気が再燃するとも思えなかったが、なにも言わないよりはマシだと思い、勇は「人伝《ひとづて》ですけど」と前置きしてそれらの経緯を説明した。

「学生のくせに生意気な野郎だな。桐山と違う意味で」

「サッカーを舐めてんのか？　桐山と違う意味で」

「神辺だって面白くないだろう。俺らと違う意味で」

いちいち俺を引き合いに出すなよ、と思いつつも、勇は手応えを感じた。みんな、単純な性格で助かった。もう一押し、と思い「実は……」と、重要なことを告白するように勇は勿体付けた。

「久坂はかなりのイケメンで、女性ファンが多いんです」

高校生の頃から、英峰学園の応援席に女子生徒が多かったことは事実だ。手作りのパネルや声援の量から、その殆どが久坂ファンだったことも間違いない。

「サッカー上手くて勉強出来てハンサム？ てことは、モテモテか？」

「はい、モテモテです」

数秒、沈黙が続いた後、「ぬぁにぃ！」と中条が叫んだ。

「許せん！ 叩き潰す！」

「リョーケン！ 遠慮するな。削れ！」

「はい！ ゴリゴリに削ったりますよ！」

勇は『あんたもかい』と驚かされ、大野と橘は輪の外で苦笑していたが、ほかの選手達は俄然盛り上がり「潰す！ 久坂！」「殺す！ 久坂！」と、即席のチャントまで出来上がった。

単純な上に馬鹿が多くて良かった。

ロッカールームの端では、深刻な表情の近江が赤瀬と座間味に相談を持ち掛けていた。二人は「なに？」「そりゃ大変だ」と反応し、慌ててみんなを静まらせた。

「違う次元の問題が発生した」

赤瀬に促され、ガックリ項垂れた近江が前に出た。明らかに、凹んでいる。

「来週の報告会と感謝祭、場所だけ押さえてるんだけど、どうしよう」

本来なら今日がシーズン最終節で、来週の日曜日は駅前のホテルでスポンサーとサポーターを招いた報告会が催され、その後、市営陸上競技場のピッチで感謝祭が行われる予定だった。

しかし、神辺戦の後半はその翌日だ。そんな大切な試合の前日に、報告会も感謝祭も出来るわけがない。

ホテルと競技場は、一年前から押さえてある。キャンセル出来るとしても、直前ではかなりのキャンセル料を取られる。試合の追加日程は一カ月前に分かっていた。目の前の試合に必死になっていたことを差し引いても、今まで忘れていたのだとしたら、これは完全に近江のチョンボだ。

「近江さ〜ん」

中条が言い、ほかの選手達も「近江さ〜ん」と繰り返した。

それには勇も参加した。


翌週の日曜日、武山市営陸上競技場のピッチ脇で、勇は何度もそんな言葉を叫んでいた。

「だー、自分で打てよ！　周り見なくていいって！　こら、ボールばっか見んな！　いまのは周り見てスペースに出すとこだろ！」

「おぉ、いいね。5番、キレてるぞ！」

試合と練習以外では物静かな大野も、珍しく勇の隣で声援を送っていた。

鳥羽戦から七日後の日曜日、ホテルはキャンセルして報告会も延期となったが、サポーターとのPK合戦や子供サッカー教室のために押さえていた競技場の方は、ジュニア・ジュニアユース・ユースの試合に貸し出すことになった。

武山FCの選手とスタッフは全員参加で、観客や審判として競技場に集められていた。大切な試合の前日なのに軽い練習しかやっていないことに不満を言う者もいたが、赤瀬の絶対命令により居残り練習も禁止された。

勇も緊張感を切りたくないと思っていたのだが、いざ子供達の試合が始まると、夢中になって声援を送っていた。

ふと我に返った時、大野と「お、いまのいいね」「あの小ちゃい子、凄いっすよ」などと、自然に笑顔で言葉を交わしていることに気付いた。ほかの選手達も同様に、笑顔で声援を送ったりお喋りしたりしている。

どうやら赤瀬は、張り詰めた気持ちを一旦ほぐし、ごく自然にコミュニケーションをとらせるために、強制参加を命じたらしい。

普段はなかなか立つ機会のない奇麗な芝生の上で、小学三年生以下の子供達が元気に走り回っていた。

「惜しい！　いまのはしょうがない。キーパーナイスセーブだ！」

「ちょっと桐山、気が散るから黙ってて！」

ポニーテールの女の子に、呼び捨てで怒られた。涼の妹である紗英《さえ》だった。

「どうも、すいやせ〜ん」

「まったく、どういう神経してんだか」

ピッチは三分の一程度、試合も十五分ハーフと短いが、紗英は後半十分までに既に三点を決めている。大きな子に吹っ飛ばされても、すぐに立ち上がってボールを奪いに行く。中には彼女のチャージを受けて泣いている男の子もいた。

「父親似だな」

大野が囁き、紗英の言いつけ通り口を噤んでいた勇も「ですね」と答えた。

芝生の上には二つのジュニア用ピッチが作られ、双方の周りにカメラやスマホを手にした親たちが鈴なりになっていた。みんな我が子の名前を叫び、子供達よりも興奮している。

しかしその中に、父親である橘の姿はなかった。彼はゴール裏の人工芝の上で、涼とウォームアップをしていた。ジュニアの試合が終わった後、ジュニアユースが三十五分ハーフの試合を行なうことになっている。

「ほら、ちゃんと握手しろ。いちばん大切なことだぞ！」

目の前で行なわれていた試合が終わり、紗英との握手を断わっている相手選手に大野が言った。

大野にも中学生の長男がいる。小学生までサッカーをやっていたものの、いまは学校の陸上部に入っているとのことだった。大野は「一所懸命になるものがあるなら、サッカーじゃなくていい」と言っていたが、やはりどこか寂し気ではある。

「いてて……」

拍手する手を止めて、大野が脇腹を押さえた。

大野の右の肋骨二本には、ヒビが入っている。ちゃんと診察を受けたのは鳥羽戦の直前だが、大野の記憶によると郡上戦でハイボールを競い合った時の接触プレーが原因とのことだった。三カ月も放ったらかしにしていたことになる。

「大丈夫ですか？」

大野は「お前のここよりマシだ」と自分の鼻を指差した。

ちっとも怪我などしていない勇は、二秒ほど考えて「あぁ」と笑った。お返しに「完全に折った方が、治りが早いらしいですよ」と脇を触ろうとすると、「触るな、馬鹿！」と本気で怒られた。

「すみません、冗談が過ぎました。マジで、大丈夫ですか？」

「あぁ、この時期どこも痛めてない奴なんかいない。これくらい、怪我のうちに入らんよ」

確かにそうだ。ココは2ｎｄステージ開幕早々に脳しんとうを起こして以来、体調が万全ではない。比嘉は左足首を痛めたまま、誤魔化しながらプレーを続けている。堀田も、橘に指摘されてから意識的に相手の危険なスライディングを避けなくなり、膝が爆発寸前だと聞いている。

勇自身も、骨や腱はなんともないものの、瞬間的な動き出しや後半に入ってからのロングスプリントでは、身体の重さを感じている。

「休みたくないと言うか、休めないんだよな。スタッフを騙してでもゲームに出たい。一分でも長く、サッカーをやりたい」

四つのミニゴールを外に出し、ジュニアユース用のピッチを準備する様子を眺めながら、大野は独り言のように呟いた。

「ほかにも、口にしないだけで、どこかを痛めてる人はいるんですかね？」

勇の問いに、大野は脇腹を押さえたままゴール裏を顎で示した。

「いちばん酷いのは、あいつだ」

そこでは橘がボールを手で投げ、涼がダイレクトで返すというアップが行なわれていた。

「青嶺戦の直前くらいかな、〝強い痛み止めを処方してくれる医者を知ってたら紹介してくれ〟って頼まれたことがある。強い痛み止めは癖になるって断わったけどな。人にそんなことを頼むってことは、あいつの膝はもう限界だ」

準備が整い、ジュニアユースの先発メンバーがピッチに入って来た。相手チームは、地元の中学のサッカー部だ。彼らも、中学サッカーよりやや広いピッチ、しかも奇麗な芝生の上で思う存分プレー出来ることに興奮気味だ。

「先週末が最終節の予定だったから、橘もそこまでのつもりで膝と相談してた筈だ。もう、悲鳴を上げてるのは間違いない」

「そんなこと、プレー中はまったく感じさせないですね」

「それがプロってもんだ」

涼のポジションは、父親と同じ左ＳＢだった。立ち上がり十分、橘ほど頻繁な上がりは見せないが、ボールを持つと前線へロングパスを出すシーンは何度かあった。いずれも味方ＦＷの反応が遅く、涼は「早いよ！」「よく見ろ！」と味方から怒られていた。

朝練の時、涼は「もう無理して周りに合わせるのはやめる」と勇に言った。それによって、チーム内で浮いた存在として扱われているらしい。

「お前、東葛入りの話があるんだって？」

何度目かの涼からの仕掛けがオフサイドとなり、相手チームのＦＫで試合が再開される直前、大野はいきなりそんなことを言った。

「赤瀬監督から聞いたんですか？」

「あぁ。ほかの選手には内緒ってことで、俺だけ呼ばれてな」

いまの東葛がどんなチームか、赤瀬は殆ど知らなかった。そこで、チーム内でいちばんＪ１の事情に詳しい大野に、勇が加入してプラスになるかどうかを訊ねたという。

「それは、東葛にとってですか？　俺にとってですか？」

「もちろん、桐山勇のキャリアにとってプラスか否かだよ」

相手のＦＫが、ヘディング二つで奇麗に前線に渡った。ＣＢが上手く弾き出し、決定機には繋がらなかった。

こぼれ球にいち早く反応した涼は、自分で左サイドを駆け上がった。前線には人数が足りていない。勇にはもっともな判断だと思われたが、ピッチ上の味方選手は「なにやってんだ！」「早く出せ！」「切れ！」と叫んでいた。涼は三人を華麗な足技でかわし、クロスを上げた。橘に似た、低く速く、無人のエリアを正確に捉えたクロスだった。

味方ＦＷが全速力で上がったが、わずかに届かなかった。

流れたボールは大きくクリアされ、「あ〜クソ！」「なにやってんだよ！」と、涼に対して味方から一斉に罵声が浴びせられた。

「それで、大野さんはなんて答えたんですか?」

プレーを注視していた勇が改めて訊ねると、

「あのチームは若手を育てるのが上手い。そのぶん厳しいから合わない選手もいる。しかし桐山なら、どのポジションをやらされるにしても、マイナスにはならないだろう。そう答えたよ」

「そうですか……」

「なんだ、あまり嬉しそうじゃないんだな」

東葛エスパーダの話を実家で聞かされて以来、勇はずっと悩んでいた。武山ＦＣに加入した直後からは考えられないことだが、東葛云々ではなく、このチームを離れるのはまだ早いような気がしてならない。

やり残したこと、学び損ねたこと、聞きそびれていることが山のようにある。甲斐戦で初めて経験したあの不思議な感覚も、まだ自分のものになっていない。そしてあれは、このチームだから得られたものかもしれない。

だから、あと一シーズンか二シーズンは、このチームでプレーしたい。リーグを制覇し、カップ戦で青嶺に勝利し、選手、スタッフ、サポーター達と喜びを分かち合いたい。

大野になら正直に言ってもいいような気がして、勇はそれらの思いを初めて口にした。

「間違ってますか?」

そう訊ねると、大野はピッチの方を見詰めたまま暫し考えた。

「間違ってるとは思わないが、ほかの選手の前では言うなよ」

「え？」

「喜ばれると思うか？」

「怒られるようなことでしょうか？」

大野は、若手三人の名を挙げた。堀田と御蔵屋、そして江藤だった。

「三人ともいい選手だし、Ｊに行ってもおかしくない。しかし、堀田には膝の怪我がある。御蔵屋は試合によってムラが多い。江藤もＦＷとしては高さがネックになるだろう。比嘉や中条くらいの歳になれば、ここに骨を埋める気持ちでプレーしてるかもしれないが、若手は違う。そんな奴等が〝Ｊ１に誘われたけど残ります〟なんて聞いたら、どう思うか想像してみろ」

大野はそこで言葉を切った。勇の返事を待っているようだった。

「東葛の件を知ってるのは、監督と大野さんと俺だけですよね？　誰にもなにも言わなければ、問題はないでしょう」

「あのな、桐山……」

今度の沈黙は、長かった。

涼は何度もロングボールを前線に送り、自ら左サイドを上がったり中央に切れ込んだりしていたが、いずれもゴールには繋がらなかった。そしてことごとく、味方から文句を言われていた。

勇の目から見て、涼のプレーは間違ってはいないのだが、周りとの呼吸がまったく合っていない。ほかの選手が、誰も涼の意図を汲み取ろうとしていない。

「俺と橘が、武山への加入を決めた時の話なんだがな……」

長い沈黙の後で、大野はそんな話を始めた。

当時の大野は、Ｊ１のチームが用意してくれていた引退後のポストを蹴って現役にこだわっていたが、拾われたＪ２のチームでスーパーサブ的な扱いを受けていた。橘も同じような理由で、出場機会に飢えていた。

そんな二人だから、是非ともＪＦＬでプレーしてみて欲しい。しかしあの監督は、俺の気持ちをズバリと言い当てた。恐らく、橘も一緒だ」

赤瀬は、そう口説いたという。

「レベルを下げて出場機会を得ることには、抵抗があった。しかしあの監督は、俺の気持ちをズバリと言い当てた。恐らく、橘も一緒だ」

赤瀬が言い当てたのは、大野が考えている現役としての残り時間だった。

「〝腰掛け〟だの〝ぬるい〟だの言っておいて格好悪い話だが、大きな怪我がないとしても、俺は長くて二シーズン。橘は少し若いが、そう変わらないだろう」

赤瀬がそんな二人を誘ったのは、もちろん武山ＦＣに欠けている部分を補うためでもあるが、選手としての引き際に「こんな終わり方もある」と提案したかったからでもあった。

「若い頃に短期間でも武山ＦＣでプレー経験がある選手は、何故かＪ１で、欧州トップリーグで、日本代表で、面白い存在になっている。武山ＦＣを、そんなチームにしたい。その礎を作る為に、残りの現役生活を俺に預けてくれないか」

赤瀬が抱く理想のチーム像に、大野は強く魅力を感じた。そして、首を縦に振ったという。

後半に入り更に激しく走り回る涼のプレーを見詰めながら、勇は脱線したように思われた話題が、自分に戻って来るのを予感した。

「お前は俺や橘と逆で、武山ＦＣを経て上に行くんだ。赤瀬監督が送り出そうとしてる選手の、第一号になるんだ」

勇はなにも言い返さず、ピッチを見詰め続けた。

涼は相変わらず、何度もロングボールを前線に送っていた。ハーフタイムを挟んでもやり方を変えないということは、コーチ陣はこれで良いと思っている筈だ。前半とは違い、味方の上がりを待つ溜めを作ろうとしているのも分かった。

何度裏切られても、涼はチームメイトを信じているようだった。十回やって駄目なら二十回、それでも駄目なら五十回でも百回でも、信じて繰り返す。

後半十七分、やっと涼からのボールに味方FWが追い付いた。決定的な場面だったが、ツータッチ後のシュートはジャストミートせず、力なくポストの外側を抜けた。FWは、ロングスプリントで足が重そうだった。涼は、これも頭に入れた上で信じ続けるしかない。

相変わらず厳しい声が涼に向けられる中、ただ一人FWが拍手を送った。彼にだけは、涼の考えが少しは伝わったらしい。

「サッカーって……」

思わず、口を衝いて出た言葉だった。

久々の勇の発言に、大野は東葛の件と思ったのか「分かってくれたか?」と訊ねた。

勇は「いや」と首を横に振った。

「サッカーって、楽しいなぁと思って」

その言葉に、大野は不思議そうに勇の横顔を見た。

「なんだそれ、知らなかったのか?」

「ええ。ひょっとしたら、知らなかったのかもしれません」

大野は「分かってたつもりだけど、お前ってホント変わった奴だな」と笑った。


その翌日、武山FCは神辺市営陸上競技場へ乗り込んだ。

天候は晴れ、風も殆どなく、一カ月前とはまったく違う雰囲気だった。

入場前の溜まりで、勇は久坂から「ボランチに転向したんだって?」と声を掛けられた。やはり赤瀬が言っていた通り、神辺は交代枠を一気に三枚使って新戦力を投入するようだった。

「お手柔らかにな」

久坂はそう言って右手を差し出したが、勇は「終わってからだ」と断わった。

そんなやり取りの傍らで、ココ、李、江藤の三人が「確かにイケメンだ」「背も高い」「ガルル」と、目を三角にして久坂を睨み付けていた。

入場してすぐに、雰囲気の違いが天候のせいだけでないことが分かった。

武山ＦＣサポーターが、フラッグや横断幕を使った応援を復活させていた。

選手もスタッフもサポーターとの接触を断っていたため、チーム側に詳しい事情を知っている者はおらず、試合前の選手達はやや驚いていた。

そんな中で勇だけは、葛西から少し事情を聞いていた。前節終了直後、パラフレンチ武山に出向き「いま応援しなくて、いつするんだ」とノロ達を説得したのは、イサクだった。

チームは、格上相手にこれ以上ないほどの結果を出し続けている。不可能だと思われた百年構想クラブ中一位という目標も、手が届くところまで来た。ツバメ配送ＳＣの失速があってのことだが、それも含めて奇跡に近いことだ。それでも意地になって無言の観戦を続けるなら、もはやサポーターではない。結果がどうなったとしても、来季から応援する資格はない。

イサクはそう言って、自分の酒屋にある最高級シャンパン一ダースを「打ち上げで開けろ」とカウンターに置いて帰って行った。

たまたまその場に居合わせたという葛西は「男前だったなぁ、ジジィ」と、興奮気味に語った。

そのイサクもメインスタンドにいた。もう、次節はない。

鳶色のチームフラッグと、白地に『闘　武山』と真っ赤に描かれた大旗が、ゴール裏で何度も振り上げられる。腹に響く足踏みと「ブザーンＦＣ！」のチャント。バックスタンド最前列の手摺には、勇を鼓舞する『BITE! #13』の横断幕も久々にあった。

前半と同様、トラ・テツ・ペニーの三人、森山と酒井、美緒と父の姿もあった。彼らは、一カ月前とあまりにも違う武山サポーターの様子に、面喰らっているようだった。

「なんかこう、久々に興奮するな」

試合前、中条は自らの頬を何度も叩きながら、誰にともなくそう言っていた。

勇はなにも答えなかったが、背中一面に鳥肌が立っているのを感じていた。

応援はいいものだ。確実に選手達の後押しになる。

アップの時に見たピッチ状態は、前半と変わらず酷いものだった。しかし雨が降っていないだけ、かなりマシだ。

チーム状態が最悪だった前半から、およそ一カ月。武山FCは格上相手が続いた四試合を全勝した。その変化が本物か一時的なことか、二点のビハインドから始まるこの四十五分で分かる。

「色々あったシーズンも、これで最後だ」

試合開始直前、センターサークル近くで円陣を組んだ先発メンバーに比嘉が言った。青嶺戦以降は形だけだったが、この日は「行くぞ」「おう」だけではなさそうだった。

「みんなまだ、腹ん中にあれこれ溜め込んでるんだろ。俺だってそうだ。それもこれも……」

「なげーよ、キャプテン」

伊勢が茶化し、何人かが肩を組んだままクスクス笑った。

「うるせぇ。みんな、サッカー好きか」

「は？」

「答えろ」

中条が「あぁ、好きだよ」と答え、ほかの者達も「あぁ」「決まってんだろ」と答えた。

「勝ちたいか」

「だから、そんなの訊くまでもねぇことだよ」

「よし。俺達の共通点はそれだけだ。だが、それで充分だ。思いっ切り暴れるぞ!」

「おう!」

各自ポジションに散り、主審が時計を見ながらホイッスルを口に持って行った。センタースポットで、神辺のMF二人がボソボソと言葉を交わす。

それらの動きが、勇にはスローモーションのように見えた。

神辺のキックオフで、後半が始まった。

相手の新戦力三人は、開始早々からほかの選手とは別格の動きを見せた。

守備的MF二人は、執拗に大野をマークする。大野はボールを収めても、二人掛かりでは前を向くことすら出来ない。周りのMFやDFへの指示も的確で、ことごとくパスコースが消される。

そして久坂はDFラインをコントロールし、開始十分で江藤から二つのオフサイドを取った。

DFラインの底からピッチをワイドに見て、パサーと江藤の飛び出しの呼吸を読んでいる。

勇も高校時代、これに何度も引っ掛かった。スピードで上回ろうが足技に長けていようが、ボールに触れることすら出来ない。

そして開始から十二分、自由にさせて貰えない大野は二人に囲まれゴールに背を向けた体勢から、「リターン!」と叫びながら中条にバックパス。その場でターンして前線へ上がろうとしたところに足が掛かり、ファールを貰った。勇も思わず「上手い」と口にした。

ゴールまでは二十五メートル以上あるが、現時点では最も得点に繋がり易い方法だと思われた。

高さのあるココと李が、ペナルティーエリア内に入った。

レフティー比嘉のフリーキックは正確だった。左のゴールポストへ向かったボールが鋭くフックして、相手ＤＦが二人しかおらず、ＧＫが飛び出し難い箇所へ急降下して行った。

江藤がやや早いタイミングでジャンプし、ＤＦを誘う。一人は釣られて、ボールが落ちて来る直前に跳び上がりながら江藤に身体を当てて来た。

そこへ、やや後方にいた李が飛び込み、もう一人のＤＦに身体を寄せてジャンプ。指をほんの少し相手の肩に掛けた例のジャンプは、混戦の中で頭一つ抜け出た。

タイミング、角度、文句なし。センターサークル近くで相手のカウンターに備えていた勇は、「決まった」と思った。

だが、久坂が李よりも更に高く跳び、頭でボールをペナルティーエリアから大きくかき出した。

「高《た》っけ……」

そのパンチング並みの高さに、中条が唸っているのが勇の耳に届いた。

その後も武山ＦＣは繰り返しチャンスを迎えたが、得点には繋がらなかった。

「スピード上げていきましょう！」

開始十分余りで、既に肩で息をしている者も少なくなかった。しかし勇のその声に、中盤も前線も、後ろの橘らも「よっしゃあ」「了解ぃ」と応じた。

ＭＦ二人の指示が間に合わないくらいにパススピードを上げ、中盤のボール支配率は上がった。当然、トラップミスやボールが流れるシーンも増えた。荒れたピッチでボールが予想外の方向に跳ねることも多かったが、これは相手にとっても同じ条件。武山ＦＣはお構いなしで攻め続けた。敵陣でプレーする時間が続いた。残るは最終ライン。江藤、比嘉、更に両サイドから橘と堀田も機会を窺うが、どうしても抜け出せない。

十九分、大野から勇にボールが出た。ペナルティーエリアまで五メートル余り、ゴール正面からやや左寄りの位置だった。

比嘉がいい場所にいたが、久坂の指示で動いたＤＦがすぐにコースを消した。

連携で崩せないなら、強引に行くしかない。決まらないまでも、相手に迷いを生じさせることになるかもしれない。ゴール方向を見ると、狭いがシュートコースが見えた。ＧＫはＤＦと重なって見えない。ということは、ＧＫも勇の動きが見えていないということだ。

「打つぞ！　詰めろ！」

久坂が叫び、近くにいたＭＦがコースを消しに来た。

『詰め将棋みたいなサッカー、やってんじゃねぇ！』

相手のスライディングよりも一瞬早く、勇は右足を思い切り振り抜いた。右アウトサイドに掛けたシュートは、ＤＦの隙間を抜けた後で、急激にスライス。見えない位置からのシュートに、ＧＫの反応は一瞬遅れた。

必死に伸ばしたＧＫの左手が僅かに触れたが、勢いを失わないボールはその指先を弾き飛ばし、そのままゴールに突き刺さった。

「よっしゃあ！」「まずは一点！」「行ける行ける！」

フラッグが大きく振り上げられ、ノロ・サダ・デンスケが、ほかのサポーター達が、これまで我慢していた分を吐き出すかのように大騒ぎした。トラ達も森山も、酒井までもが立ち上がり、「イッポン！」と胸を叩き指を突き上げていた。

選手達は冷静で、誰も勇のもとに駆け寄ったりせず、ゴール近くにいた比嘉はボールを抱えて猛ダッシュでセンタースポットに向かった。

勇も特に喜びは表さなかったが、自陣に戻りながらメインスタンドの咲田に向かって親指を立てて見せた。

『あなたと、光太郎くんへ』

ヘダップ！

咲田は胸の前で手を組み「うんうん」と大きく頷いてくれていた。

一点差となり、残り時間は二十五分。神辺はカウンターを狙って前線に残す選手を、一人から二人に増やした。守りが一枚手薄になることと、武山ＦＣがカウンターを恐れることを天秤に掛け、後者の方が効果的と判断したらしい。これも守備的な考えだ、恐れることはない。勇のその思いは、武山ＦＣの選手全員に共通したものだった。

パススピードは益々上がり、一人少なくなった敵陣でのボール支配率は更に上がった。伊勢を除く十人、全員がオフ・ザ・ボールの状態で動き回る距離が増えていた。

もっと速く、もっと、もっとだ……。皆がそう考えていることが、勇にも伝わる。それに伴って、不規則なバウンドまでもが、すべて武山ＦＣにとって有利な方向に来るように思われた。

しかし、圧倒的に攻め込みながら二点目が遠い。

勇のシュートによって、神辺は明らかにミドルへの警戒を強めていた。特に勇と大野に対しては、早い段階から人数を掛けて囲い込む。二人はそれを逆手に取ってスペースを使おうとするが、久坂がコントロールするＤＦラインの裏まではボールを運べない。

そんな時間帯が十分を過ぎた頃、殆ど警戒していなかったカウンターを狙われた。

江藤の四度目となるオフサイドの後、早いリスタートで蹴り込んだＧＫのロングボールが、前線で張っていた相手ＦＷの一人に渡ってしまったのだ。

自陣に残っていたのはココと李の二人。二対二だった。勇も全速力でボールを追ったが、内心では相手のミスを願うしかなかった。

橘が驚異的なスピードでペナルティーエリアまで戻った時には、ココを引き剝がしたＦＷが既にシュート体勢に入っていた。

「んなろっ！」

そんな橘の声が勇の耳まで届き、FWが倒れながらシュートを放った。ボールはクロスバーの上を越え、武山サポーターから大きな歓声が上がった。

その直後、ホイッスルが鳴らされた。橘は「どこがだよ！」と両手を広げたが、後ろから手を掛けたとしてイエローカードが出された。そして、神辺のPKが宣せられた。

後半三十四分のことだった。

中条と御蔵屋が頭を抱えた。比嘉ははっきりと「駄目だこりゃ」と言った。

「うわぁ」「やっべ」

今季、武山FCが相手に与えたPKは五つあった。二度は枠を外れたミスキックに助けられたが、その二つも含めて伊勢は、残念ながらと言うか期待通りにと言うか、百パーセントの確率でボールが蹴り込まれた正反対に跳んでいた。

キッカーは、ファールを貰ったFW本人だった。時間を稼ごうとする意図もあってか、彼は何度もボールをセットし直した。武山サポーターが伊勢に送る声援に、ブーイングが混ざる。

この時、勇は伊勢の様子がいつもと違うことに気付いた。目は泳ぎ、構えた両足は落ち着きなく体重移動を繰り返し、大きく広げられる筈の両腕も頼り無さげにだらりと下げられている。グローブに唾を付け、芝をむしり取って風を確認するというルーティンも、行なっていない。

明らかに怯え、迷っている。だが、怯えず迷わないいつもの伊勢は今季百パーセント正反対に跳んでいるわけで、これはこれで吉兆なのかもしれない。

審判に促されたFWがやっとボールに向き直った。

長い助走から、FWはフェイントを入れることもなくボールを蹴り込んだ。伊勢が必ず左右どちらかに跳ぶことは学習済みらしく、ゴールど真ん中への低く強いボールだった。

伊勢は、FWが軸足を踏み込んだ瞬間、左足を踏ん張って右へ跳んだ。正確には、跳ぼうとした。極度の緊張からか足下の確認を怠っていたらしく、伊勢は荒れた芝生でズルリと滑った。結果、跳んだつもりがその場で横になっただけだった。

だが、これが幸いした。

手足を伸ばして無様に転びながら、伊勢は足で強烈なシュートを止めた。正確には、ボールの方から当たりに来てくれた。

「くそっ」

大きく跳ね上がったボールを神辺の選手達が押し込もうとしたが、伊勢が慌てて立ち上がり、一瞬速くジャンプして摑んだ。

「うぉぉぉぉ〜！」

ゴール裏に陣取っていたノロ・サダ・デンスケが大声を張り上げ、伊勢へチャントを送った。

「あははは、偶然でもなんでもいいや。やりやがった！」

「この場面で、年一が出るかね？」

中条は爆笑し、比嘉は呆れていた。伊勢は、さも当然のことのように声援にもチャントにも応えず「上がれ！」と叫んだ。

伊勢からのロングボールは久坂に跳ね返されたが、中盤でやはり武山ＦＣがボールを収めた。

残り時間、十分を切った。神辺側は、再度二点差にすることがほぼ確実だったのに叶わなかった。メンタル面での緩みがある筈だ。

勇の考えは、ここでもほかの武山選手達と同じだった。

「ワンツー！」「リターン！」「スルー！」

それらの言葉にフェイクを混ぜ始めると、神辺は更に混乱した。

しかし最後のＤＦラインの間を、どうしてもパスが通らない。ラインをコントロールする久坂だけは、恐ろしく冷静だ。

後半三十八分、また勇にボールが収まった。

先程のミドルが頭を過ったが、無理だった。勇がボールを持つと二人掛かりで奪いに来ると同時に、シュートコースも消される。

『打つか……』

自分でDFラインの裏まで持って行く。それしかない。但し……。

勇は貼り付いていた二人を振り払い、強引にドリブルで上がって行った。それと同時に、橘が左サイドを駆け上がった。比嘉が右へ開き、江藤は久坂を背負う位置でパスを待った。

橘と比嘉はDFの隙間を誘発するおとりで、本当の標的は江藤だ。久坂はそう判断したようだった。久坂は何度も身体を入れ替えながら、江藤の前に出ようとする。江藤は、更に前に出てオフサイドを免れようとする。

ドリブルで上がりながら、勇の頭は妙に冷静になっていた。

PKを与えてしまっても、武山の選手は誰も「終わった」と言わなかった。同点に追い付くことを疑っていない。直後、わざわざ相談しなくても言葉によるフェイクが上手くいった。

甲斐戦で感じたあの感覚が、より強くなっていた。

いまドリブルしながらも、死角にいる大野や中条の気配を感じられる。

『もう少しだ、来い！』

ペナルティーエリア手前まで上がると、眼前にDF二人、横と背後からも敵の気配があった。

「ワンツー！」

そう叫びながら、勇は後ろを確認もせずヒールでボールを流した。

そこには大野ではなく、中条がいる筈だった。大野は相手MFを引き連れて、右サイドへ走り込んでいるに違いない。フリーで受けた中条は、久坂と江藤が張り合っている位置のやや左寄りにパスを出す。振り返らなくても、勇はそう確信した。

そして、その通りのボールが来た。

「くそっ!」

久坂が叫んだ。江藤の動きにより、通常より彼とGKの距離が空いていた。そのスペースに走り込んだ勇は、フリーでボールを収めた。GKと一対一だ。

橘と比嘉に付いていたDFがオフサイドをアピールしたが、旗は上がらなかった。

GKがファール覚悟で勇の足下に飛び付いた。勇はボールを浮かせ、更に自らもジャンプしてそれをかわした。

ボールは、右のアウトサイドで無人のゴールへ転がり込んだ。

「いよっしゃー!」「来たー!」「よしよしよーし!」「来たコレー!」

ノロ・サダ・デンスケ、それにトラ達も美緒も父も叫んでいた。

イサム・キリーヤーマ! ドンドンドドドン!

鳴り物禁止の住宅街にあるスタジアムに、サポーターたちの足踏みが強く響いた。

今度のゴールは味方が手荒に祝福してくれたが、勇はボールを抱えて「まだです」と答えた。

その一言で、興奮していた江藤や比嘉達も気付いたようだった。

ベンチを見ると、サブの選手達も、抱き合っていた座間味と近江も、落ち着きを取り戻していた。赤瀬は腕組みをして、静かに頷いた。『GO』だ。

武山サポーターからは「よし守れ!」「あと五分だ!」という声が上がっていたが、ベンチもピッチも守ることは考えていない。

このまま試合が終われば、2ステージ総合順位でJリーグ百年構想加盟クラブ中一位が確定する。だが、もう一点取って勝ち点一ではなく三を上乗せすれば、２ｎｄステージ二位の浦安海運ＳＣと勝ち点で並ぶ。

そのことで、なにかが大きく変わるわけではない。

最多五チームでトーナメントが行なわれるＪ１と違い、ＪＦＬのチャンピオンシップは両ステージの一位同士でホーム＆アウェイの二試合が行なわれるだけだ。つまり武山ＦＣが２ｎｄステージ二位になることに、殆ど意味はない。そもそも、勝ち点で並んでも得失点差で順位は三位のままだ。

だが、もう一点を獲りに行かなければならない。順位ではない。ただ目の前の試合に、ドローではなく勝たなければならない。

アディショナルタイムを入れても、残り時間は六分か七分くらいだろう。

焦りがないわけではなかった。味方の誰もが、通常の九十分を戦い切ったかのようにくたびれ果てていた。大野は脇腹を抱え、橋は何度も膝を押さえて踞った。

勇自身も、動き出しが鈍くなっていることを自覚していた。

だがしかし、楽しくてしょうがなかった。

何度もアタックを試みるが、ことごとく跳ね返される。その繰り返しの中で、徐々に味方ばかりか、敵の配置や考えまで手に取るように分かりつつある。

『なんだこれ、なんだこれ、なんだ……』

自問自答を繰り返しながら、夢中でプレーを続けた。

神辺はもう、リードを奪おうと前掛かりになることもなく、開始直後のようにガチガチに守りに徹するでもなかった。多くの選手が、時計ばかり気にしている。浦安相手に三―〇で勝った時とはまったくの別物、いつも通りかそれ以下の弱小チームに成り果てていた。

そんな中、久坂はいつもの爽やかな仮面を取り、がむしゃらに身体を張ったディフェンスを続けていた。それもまた、勇を喜ばせた。

四十五分を過ぎ、アディショナルタイム三分と表示された。

ミドルサードとアタッキングサードを、ボールが激しく行き来する。相手の中盤は人数を掛けているが、殆ど足が動いていない。荒れたピッチに滑る者、転倒する者も、慣れている筈の神辺側が多かった。その中の一人が足首を押さえて、武山にボールを出すようアピールする。恥も外聞もなくなっている証拠だ。

武山FCが関わるボールには、ことごとく意思が宿っている。勇は確かに、それを感じることが出来る。

互いを分かり合うということは、なにも仲良くやっていれば良いというものではない。むしろ、啀《いが》み合っているからこそ分かり合えることがある。互いに嫌悪し合っていなければ、分かり合えないことがある。啀み合い、嫌悪し合いながらも、その間にゴールという共通の目的さえあれば、互いの思いを理解出来る。

あいつが嫌いだ、気に入らない、癪に障る。それがどうした。なんの因果か時間と空間を共有してしまった以上、ただひたすらにゴールを目指せ。それより重要なことなど、なに一つない。

それが、チームという共同体だ。

四十六分、勇が前を向いた状態で中条からのパスを受けた。すぐに二人に囲まれる。勇の身体は重いが、相手のプレスも先程より厳しくはない。

「出せ！」

橘が左サイドから中央に切り込みながら叫んだ。もう明らかに、足を引き摺っていた。

江藤が久坂を誘うように前に出る。比嘉は右へ開く。

勇は誰にもパスを出さず、自らドリブルで仕掛けた。

視界に入っている三人以外の味方、更に敵の位置と動きまでも、勇には分かっていた。

「リターン！」

ペナルティーエリア手前、ファール覚悟で削りに来た相手DFをかわし、勇は江藤へ視線を向けながら見えない右後方へアウトサイドで戻した。

「え？」

ゴール正面で江藤と激しく競り合っていた久坂が一瞬、動きを止めた。

大野がMFを振りほどき、このボールへ反応。ダイレクトで勇へ戻した。

勇は反転してこれをトラップする体勢に入ったが、ボールは足下を抜けて行った。

ミスだ。そのままゴールラインを割る。神辺選手の多くがそう判断した時、無人のスペースを転がるボールに、橘が追い付いていた。ダイレクトで、ゴール前を通過するような、低く速いクロスを折り返す。そこには、更に反転した勇が上がっていた。

「狙いはこれか！」

久坂が勇の足下へ身体を投げ出した。その向こうには、GKが構えていた。下も上もコースがない。

だが、勇はこれもスルーした。

ゴール前を通過しようとするそのクロスに飛び込んだのは、ゴール右側でフリーになっていた江藤だった。

左のダイレクトボレーが、ゴールに突き刺さった。

「うぉぉぉ！」

武山サポーターが、二点目よりも更に激しく盛り上がった。

「やりやがった！」「やると思ってた！」「誰だ、ドローでいいなんて言ったのは！」

各々が好き放題に叫び、息を合わせたチャントが出るまでかなり時間が掛かった。

江藤がハイタッチを求めて来た。今度は、勇もそれに応じた。二人で大の字になっていた橘を助け起こし、肩を貸して自陣へ戻った。

リスタート直後にホイッスルが鳴らされ、試合は終わった。

武山ＦＣも、神辺建設ＳＣも、ボロボロだった。

「やられた」

メインスタンドに向かって挨拶した後、久坂がそう声を掛けて来た。

「特に三点目。お前のことだからハットトリックを狙ってるもんだと思い込んでしまった」

「ハット？　あぁ、そうだな。忘れてた」

「ホントかよ……ペナルティーエリアに入ってから、お前はまったくボールに触れていない。パスコースに身体を移動させただけだ。それなのに、俺達はＧＫを含めて五人が動かされた。究極だよ、マジで」

「そりゃどうも」

そう言って二人は笑い合い、握手を交わした。

その間、近江が神辺側のベンチへ向かい、武山の選手にスタジアムを一周させて貰えないかと交渉していた。通常、アウェイのチームはバックスタンドへ一礼するだけだが、今季最終戦の大逆転劇ということで神辺側は了承してくれた。

勇達はスタンドに手を挙げ、ゆっくりとスタジアムを一周した。

トラ達が立ち上がり、胸を叩いて指を立てた。森山と酒井も、拍手を送ってくれた。美緒はタオルマフラーを振り回し、隣にいる父の白髪頭をボサボサにしていた。

その父は不機嫌そうに頭髪を直していたが、勇と目が合うと小さく頷いた。そして、空を指差して静かに微笑んだ。

勇も天を指差し、頷いた。

伊勢は「今日は呑むぞー！」とサポーターに向かって叫んだ。御蔵屋は泣いているのが恥ずかしいのか、ずっと顔を伏せていた。江藤も泣いていたが、彼はゴール裏のサポーターのもとへ駆け寄り、乱暴なハイタッチを繰り返した。

ノロ・サダ・デンスケが肩を組み、チャントを叫んでいた。イサクまで上半身裸になり、その仲間に入った。

咲田は、涙と鼻水でぐずぐずになった顔で、勇に手を振った。口が繰り返し「ありがとう、おめでとう」と動いていた。

やはり、ここでプレーを続けたい。いつまでも、この時を過ごしていたい。

改めて、勇は強く思った。

「監督、ちょっといいですか」

挨拶を終えてベンチに戻ると、勇は赤瀬に声を掛けた。ピッチを黙って見詰めていた赤瀬は、少し驚いて振り返った。彼もまた涙ぐんでいるようだった。

ロッカールームでもよかったのだが、勇はいまの気持ちをすぐに伝えたかった。

「俺、来季もこのチームでプレーしたいです」

まだ、東葛エスパーダの件は知らないことになっている。昨日の大野と同じようなことを言われれば、返す言葉がない。だが、そんなことはどうでもよかった。

いまの正直な気持ちを伝える。それが、最も重要なことだった。

赤瀬は再び無人のピッチを見詰め、何事か考えていた。

バックスタンドの観客は、殆どいなくなっていた。メインスタンドとゴール裏も、少しずつ寂しくなっていく。

「なぁ、桐山」

ほかの選手とスタッフがベンチを後にするのを待っていたかのように、赤瀬は荒れたピッチを見詰めたままそう呟いた。

「俺には、兄貴がいるんだが……」

赤瀬には、三つ年上の兄がいる。赤瀬と同様に、子供の頃からサッカーばかりやっていた兄だ。J1の経験はないが、J2とJFLと地域リーグでプレーし、二十八歳でスパイクを脱いだ。いまは健康運動指導士としてリハビリセンターなどで働きながら、休日には二人の息子が所属するチームでコーチをやり、ちょっとした趣味程度にサッカーを楽しんでいる。

勇にはなんの話か分からなかったが、なにか重要なことに繋がることだけは分かった。

その兄に、赤瀬は「未練はないのか」と訊ねたことがあった。赤瀬自身が引退した直後のことだ。自分ではすべて出し尽くしたつもりだったのに、その頃の赤瀬は焦燥感で眠れぬ夜を過ごしていた。

「未練がないなんてこと、ねぇよ」

兄は、笑ってそう言ったそうだ。

「サッカー脳とでも言うのかな？　こいつは厄介なことに、一生涯、成長をやめないからな」

あの時、ああしていれば……もっと別の方法を試していれば……いまの知識の数パーセントでも五年前、いやせめて二年前に持っていれば……。そんなふうに、思わない日はない。

「いまのお前に言っても、まだ分からないかもしれないがな」

赤瀬は初めて勇に目を向け、そう話を締め括った。

赤瀬は最後にそう言って、また無人のピッチに目を向けた。

「まぁ、お前の気持ちは分かった。覚えておくよ」

未練を残すな、チャンスは掴め。そういうことを言っているのだと、勇は解釈した。

「いえ、分かります、なんとなく」

12

自分の呼吸音と、冷たい風を切る音、足下の〝サクッサクッ〟という音が、心地良かった。実家に帰って一カ月余り。毎朝ここを走っているのに、その朝、勇は酷く懐かしい感覚を覚えていた。

『たかだか一年なのにな……』

凍てついた河川敷の悪路を踏みしめながら、勇は何度もそんなことを考えていた。

「ちょっと勇、あの青いのどうすんの？　使わない自転車、二台も置く場所ないからね」

「買えって言ったの姉ちゃんだろ。今度の寮は駅が近いし、試合も練習も送り迎えがあるし、いらないんだよ」

「じゃあ、誰かにあげてくればいいでしょ」

「あぁ……涼にやればよかったかな……」

「誰誰、リョウって？　彼女？」

「違《ちげ》ーよ。中学生男子」

「あらやだ。勇、そっち行っちゃ駄目よ」

「そっちってどっちだよ。行かねーよ」

勇の部屋の戸口で、美緒は相変わらずからかうようなことばかり言った。機嫌がいいに違いなかった。

二月。勇は実家に帰り、二年連続の引越し準備に追われていた。

ＪＦＬシーズン終了後、武山ＦＣは来季、桐山勇と選手契約を交わさないと発表した。それが、残りたいと申し出た勇に対する赤瀬の答えだった。

勇の獲得に動いたのは、東葛エスパーダだけではなかった。複数のＪ１、Ｊ２チームが接触して来た。その中には、エスペランサ加賀もあった。

峰山南高校の暴力事件に関する訂正記事は、地方新聞の片隅に小さく掲載されただけだが、東葛以外のチームはそれを見て動いたようだった。「なにも変わらない」という森山の予想は、サッカー部にとってはその通りだったが、勇個人にとっては違ったことになる。

勇は、記事とは無関係で最初に声を掛けてくれた東葛エスパーダに加入を決めた。「ボランチとしての君の可能性を、もう少し見てみたい」という強化担当の言葉も、決め手の一つとなった。

「去年、出て行く時にはＪＦＬなんか不本意だって言ってたじゃない。今度はなにが気に入らなくて、そんなに苛立ってんのよ」

「別に気に入らないわけじゃないし、苛立ってもない。勝手に決め付けんな」

武山ＦＣとの契約は十一月末で切れたが、武山マートの方は新しい従業員が見付かるまでいてくれと頼まれ、勇は年末まであのコーポで暮らし、仕事をした。その間、身体を動かすために武山ＦＣの練習に混ぜて貰うことは、近江の「俺は見てないからな」という計らいで黙認された。涼との朝練も、年末までは続けた。

そんなこんなで、実家で過ごしたのは一カ月余りだ。すぐに東葛の独身寮へ入寮することが決まっていたため、荷物は殆ど段ボールに収まったまま勇の部屋に積んである。

荷造りそのものは昨年ほど大変ではないのだが、僅か十一カ月の間に武山で手に入れた物が予想外に多く、どれを持って行ってどれを実家に置いて行くかで頭を悩まされた。

『雑』と書いた段ボール箱の中には、サッカー関連の本、雑誌、ＤＶＤのほか、エロＤＶＤやチャイナドレスまである。エロＤＶＤはともかく、ドレスの方は美緒に見付かったらなにを言われるか分かったものではない。

「ちょっと、出てってくんないかな。俺にだってプライバシーってものがあるんだよ」

そう言って追い返そうとしたが、美緒は戸口に立ったまま動こうとしない。

「迷ってんだ」

美緒に背中を向けて作業を続けながら、勇は「迷うもなにもない」と答えた。

「ほかに行くとこないんだから、行くしかないだろ」

「ほら、その言い方。成長しない子ねぇ、ホントに」

「うるせぇな！」

振り向き様にぬいぐるみを投げつけたが、扉はいつの間にか閉じられていた。なんという危機察知能力だ。

跳ね返って床に落ちたトンビのぬいぐるみが、笑いながら勇を見ているような気がした。

それは神辺戦後半の翌日、パラフレンチ武山で行なわれた報告会兼打ち上げのビンゴ大会で当たった、武山ＦＣのキャラクターグッズだった。

「桐山には、東葛エスパーダをはじめ複数のＪ１とＪ２所属チームからオファーが来ている」

シーズンの結果報告の最後に赤瀬は、選手、スタッフ、サポーターを前にそう発表した。

大野を除く選手達はもちろん、ノロ達もイサクも武山マートの社長達も、暫く言葉を失っていた。だが数秒後には「マジかよ！」「そりゃ凄《すげ》ぇ！」「やったな、桐山クン！」と、祝福の拍手を送ってくれた。

子供達が固まっていた禁煙席で、涼は驚きの余りポカンとした顔で勇の方を見ていた。

珍しくパラフレンチに来ていた咲田も、さすがに東葛エスパーダの名前くらいは知っていたようで、社長の「四国アイランドリーグから巨人に入るようなもんだ」という正しいのか間違っているのかよく分からない解説に、手を叩いて喜んでいた。

「感想はどうですか〜、桐山せんしゅ〜」

結果報告の際もこっそりシャンパンを呑んでいた中条が、甘ったるい息を吐きかけながらマイクを向けて来た。勇がマイクを持って立ち上がると、一斉に指笛や拍手が浴びせられた。

「俺……僕は来季も武山に残って、ＪＦＬの優勝を……」

そう言い掛けた勇の言葉に、

「そんな社交辞令はいいから、率直な感想を言えよ。抱負でもいい」

隣に座っていた江藤までが、笑顔でそう言った。

少し離れた席から、大野だけが真顔でこちらを見ていた。

『そうか、そういうものか……』

勇はそんなことを考え、「頑張ります」とだけ言ってマイクを置いた。

「来季、天皇杯でやろうぜ」

「おう、ギッタンギッタンにしてやる」

ノロ達がそんなことを言い、

「小せぇよ。ＡＣＬとか言えないもんかね」

「あぁ、そしたらホーム&アウェイだ。桐山、武山スタジアムに帰って来い」

「そうだ。盛大なブーイングで迎えてやる」

ほかのサポーター達も、当事者の気持ちを他所に、わいわい盛り上がった。

その後、報告会は打ち上げへ移行し、比嘉の「乾杯！」と同時にただの飲み会になった。

勇がいる席の周辺では、橘に三人目の子供が出来たという話題が中心となった。

「男の子？　女の子？」

「三カ月だぞ。まだ分かんねぇよ」

「じゃあシーズン中じゃん！　なにやってんの！」

「うるせぇ」

「けどけど、男、女と来たら、やっぱ男じゃない？」

「よーし、俺は男に五枚！」

賭けが成立しそうだったが、誰かが「伊勢さんはどっちだと思う？」と訊ね、伊勢が「男だな」と答えた途端に全員が「じゃあ女！」と言い始め、結局、成立しなかった。

「元気ないな」

そんな騒ぎの中、勇の肩を叩いたのは江藤だった。

「別に、元気ですよ」

「嘘を吐くな」

江藤は、勇がまだ踏ん切りがつかない気持ちを分かってくれていた。

「ひょっとして、ビビってるのか？」

なにも答えないでいると、江藤が悪戯っぽい目付きで言った。これには勇も、「まさか」と即答した。すると江藤は、予測していたように「だよな」と笑った。

「いまより若い頃に、あの橋さんがあと一歩で届かなかった。大野さんさえもサブとしてベンチに残ることすら出来なかった。そんな世界とはいえ、お前がビビるわけないよな」

「え？」

勇は、Ｊ１をそんなふうに捉えたことがなかった。実力を知っている選手の名を具体的に出された途端、それまで漠然と思い描いていた「国内最高峰」が、「あの二人でも通用しない」という具体的なレベルになった。

二人がＪ１に残ることが出来なかったのは、実力以外の様々な事情があってのことだろう。しかし一つの尺度としては、武山ＦＣでずば抜けた実力者であるあの二人がはじき出された世界と言うことは出来る。

「お前、後ろばっか見て悩んでるだろ」

声のトーンを落とし、江藤が勇の目を見て言った。もう、悪戯っぽい色は消えていた。

江藤の言う通りだった。勇は武山ＦＣのことばかり気にして、東葛エスパーダのことを殆ど考えていない。

東葛に行っても、レギュラーはおろかベンチ入りも保証されていない。それどころか、練習にすら付いて行けない世界なのかもしれない。

分かっているつもりだったが、改めてその現実を突き付けられたような気がした。

「ふざけるなよ」

絞り出すような声だった。

大野が言っていた通りだ。勇は赤瀬と大野以外には残りたいと言っていないが、迷っている素振りを見せただけで江藤には伝わってしまった。

高校在学中にプロ契約を結び、二年を掛けて大切にＦＷとして育てられ、やっとワントップとして固定されたと思ったら、高卒一年目がボランチのレギュラーになり、あまつさえ一シーズンでＪ１に引き抜かれた。

小学生の頃とは比べ物にならないほどの嫉妬、羨望、自己嫌悪があって当然だ。

「うだうだ考えてないで、行け」

続いて発せられた江藤のその言葉には、嫉妬、羨望、自己嫌悪、それらすべてを含みながら、突き抜けたその先にある、祈りにも似たニュアンスがあった。

「俺達の誇りも、一緒に持って行け」

勇は唇を嚙み、項垂れた。様々な感情が溢れ出し、なにをどう言えば良いのか分からなかった。気を使ってくれたのか、江藤は馬鹿騒ぎを続けている伊勢達の方に目を向けた。

勇は顔を上げ、一つ息を吐いてから答えた。

「はい、行きます。Ｊ１に、目にもの見せてやります」

江藤は伊勢達の方を向いたまま「よし、それでいい」と笑い、勇は「待ってますよ、アキッチさん」と答えた。


一通り荷物の整理を終え、勇は一階に降りた。

正午を過ぎ、少し腹が減っていた。

「ごめ〜ん、父さん。すぐ出来るから」

背後の気配を父と勘違いしたらしい美緒が、台所でそう言った。

扉が開いたままだった父の書斎兼寝室を覗くと、誰もいなかった。トイレか散歩、若しくは庭でゴルフの素振りでもしているのかもしれない。

「いいなぁ、自由人は」

そんなことを呟いて、勇は誰もいない部屋の中へ入った。

洋間の真ん中に、大きな製図台がある。壁際にそれより小さなベッド、窓際によくある事務用デスクが据えられている。

広さは十畳ほどある筈だが、久々に見るそこは狭苦しい印象だった。

製図台に、描き掛けの図面があった。

中心に長方形が描かれ、そこを楕円形が取り囲んでいる。更にその外側に、もっと大きな楕円形が幾重にも描かれていた。

アンモニア臭のするその薄い紙をめくると、なにかのスケッチと思しきフリーハンドの画が目に飛び込んで来た。

曲線が混じり合い分かり難いが、メインスタンドを覆う鉄骨の屋根のように見えた。

「どうした、珍しいな」

突然、背後から声を掛けられ、勇は首をすくめてしまった。

「ごめん、誰もいなかったから」

「いいよ、お前の家だ」

父はそう言って、汗を拭いながらデスクの椅子に座った。昼食前の素振りだったらしい。

「これ、どこかのスタジアム?」

「あぁ、よく分かったな。峰山の市営陸上競技場が改装されるとかで、設計デザインを公募してるんだ。ま、採用はされないだろうが、趣味みたいなもんだ」

「なんで、採用されないの?」

父は少し考えて椅子から立ち上がると、勇と正対する形で製図台の前に立った。

父のアイデアでは、エントランス周辺とメインスタンドの屋根に、木の廃材を使うということだった。

「木造建築の廃材が処理に困るくらい出てることは、お前も知ってるよな？　それを流用しようと思うんだ」

一般の住宅に使われる木材は、規格も樹種も多種多様だ。従って、同一の規格に加工するには大変な費用と時間が掛かる。しかも、木材は三十年周期くらいで取り替え工事を行なわなければならない。廃材で異なる樹種を組み合わせた場合では、それが十年周期になるかもしれない。

「だからこれは、まぁ、いわゆる夢だな」

建築の知識などない勇でも、メインスタンド上部の大屋根が木造というのは、途方もないことだと分かった。

だが同時に、そんなスタジアムがあれば、是非ともプレーしてみたいとも思った。

「いいんじゃないかな。町の財産になる」

そう言うと、父の目が『お？』と見開かれた。

「お前もそう思うか？　そうなんだ。ここでプレーしたいと思うサッカーやラグビー、陸上選手なんかが増えれば、使用料に修繕費が上乗せされてても、文句は言わないと思うんだよな」

「うん、俺もやってみたいと思う」

「だろ？　このデザインの肝は、そこなんだよ」

勇の記憶にある限り、父と息子で意見が合致したのは初めてのことだった。

それに気付いたのか、雄弁だった父は急に黙り込み、デスクの椅子に戻った。

「親父の専門って、ビルとか工場だよな？　趣味の延長かもしんないけど、なんでスタジアムの設計なんか？」

勇のその問いに、父は「いいか？」と断わってから、煙草に火を点けた。

昼間でも薄暗い部屋に、薄紫の煙が棚引いた。

「俺も、多くのことを学んだような気がする」

ズキンと、勇の胸の奥に届くものがあった。

「お前のことは、いちばん近くで見て来たつもりだが、近過ぎてなにも見えていなかった」

「そんなこと……」

急遽、勇の送別会も兼ねることとなった打ち上げで、赤瀬が言っていた。

父親に感謝しろと。

偶然の賜物かもしれないが、勇が普通のスポーツ少年団から中学高校のサッカー部、それも決して強豪校ではないチームでプレーを続けられたのは、父のおかげだ。その判断の根底には、確かにサッカーに対する無理解があったかもしれない。だがしかし、それ抜きには、今日の桐山勇は存在しないのだから。

「そんなことないよ。ホントに……」

勇は、絞り出すような声でそう繰り返した。

窓の外を見詰めていた父が椅子を回転させ、勇に向き直った。

「教えてくれないか？　あそこでの十一カ月で、どんなことを教わった？」

分からないことがあれば、素直に人に教えを乞う。人の思いを想像する。そして、自分を客観視して状況を俯瞰で見る。

自分で口にしてみて、父に対しても、美緒に対しても、そのように接して来なかったことに気付かされた。

勇はそれらを、相手に求めてばかりだった。

父はゆっくりと煙を吐き出し、何度か頷いた。そして、また窓の外へ目を向けて言った。

「サッカーを通じて、いい人達に出逢えたんだな」

勇は、図面を見下ろしながら「うん」と呟いた。

「母さんのおかげだな」

「うん、そう、だな……」

タイミングが良いのか悪いのか、台所から美緒の「お待たせ〜」という声が聞こえた。

アンモニア臭の立ち籠める部屋に、微かに出汁の匂いが漂ってきた。

「またうどんか？　もっと精の付くものはないのか、美緒」

父がそんな文句を言いながら部屋を出て、勇もその後を追った。

三人で遅い昼食を摂っている最中、美緒はずっと喋りっ放しだった。

寮には食事が付いているのか、千葉であればホームゲームも応援に行き易い、選手の家族はチケット割引があるのか、チームカラーは黄色だがアウェイのユニホームは何色か……。

勇は分かる範囲で質問に答えたり相槌を打ったりし、父はいつものように無言でうどんをすすっていた。

「あのさ、姉ちゃん」

美緒の話はいつまで待っても終わりそうにないので、勇は箸を置いた。発言権を得るには、これしかない。

「ごめん、うるさかった？」

「いや、そうじゃない。一つ、頼みがあんだけど」

そう言ってみたものの、なかなか続きが言えなかった。箸を持ち直し、浅漬けを口に運んでいる間、美緒は我慢強く待ってくれていた。父も箸を止めて、勇を見ていた。

「なに？　紹介したい子がいるとか？」

「ちげーよ。あのさ、明日の朝なんだけど、弁当作ってくれる？」

数秒沈黙した後で、美緒は「なによ、そんなこと？」と笑った。

去年、武山に発つ朝は、弁当を渡すと「今日はこんなの」と言っていたと指摘され、勇は素直に詫びた。

「明日は作って欲しいんだ」

「いいわよ。いつものでいい？」

勇は「いや」と言って、また間を置いた。

「二段の弁当箱、上下とも握り飯でパンパンにしてくれ」

美緒も父も、箸を止めたまま勇を見ていた。勇はたいして食べたくもない浅漬けを、何度も口に運んだ。

一分ほど沈黙が続き、〝ずる〟という音が聞こえた。顔を上げなくても、うどんをすする音でないことは分かった。

「分かった。了解。かしこまりました。具材、なんでもいい？　チョコとか入れちゃおうかな」

美緒が少し濡れた声で、そう言った。

美緒は、眉を下げつつ口角を上げて、困ったような笑顔をしていた。

『困るのはこっちだよ』

勇はそんなふうに思いながら、美緒から目を逸らした。

父も美緒の顔をまともに見ることがないが、その理由が分かったような気がした。美緒は、ふとした表情、ちょっとした仕草が、日を追う毎にどうしようもなく母に似てくる。


気付いたら、いつもより長い距離を走っていた。

そこは十年前、母の初七日を過ぎた頃に、一人で泣いていた場所だった。

「母さん……」

足を止め、勇は小さく呟いてみた。

白い息が、ゆるやかな風に乗って流れていく。

なにかから立ち直るということは、すべてを忘れたり、なかったことにすることではない。すべてを受け入れ、それでも前へ進むことだ。

勇は、それをこの一年に起こった様々なことを通じて理解したような気がする。

どれだけ辛く悲しい出来事があったとしても、振り切ることも、忘れることも、なかったことにすることも出来ない。

すべてを受け入れ、前へ進む。顔を上げて。

武山FCを忘れて東葛エスパーダへ行くわけではなく、武山FCの誇りを持って東葛エスパーダへ行くように。

ありがとう。もう、母さんのことを思ってサッカーをやることはないと思う。全部受け入れる覚悟が出来た。やっとだ。

二月の晴れ上がった空に、太陽が昇ろうとしていた。

勇は顔を上げ、朝が夜を西へ追いやるのを見た。

でも、見ていてくれ。ハットトリックなんか小さい。もっと凄い景色を、母さんに見せてやる。

かつて雨に濡れ、泣きながらボールを蹴っていた少年が、同じ場所で笑って空を見上げた。

初出 「小説新潮」二〇一五年四月号〜二〇一六年二月号

ユニフォーム印刷　ＯＹＡ ＰＲＥＳＳ
写真　広瀬達郎（新潮社写真部）
装幀　新潮社装幀室

ヘダップ！

著者
三羽 省吾《みつば・しょうご》

発行
2016年11月20日

発行者｜佐藤隆信

発行所｜株式会社新潮社
〒162-8711
東京都新宿区矢来町71
電話　編集部 03-3266-5411
　　　読者係 03-3266-5111
http://www.shinchosha.co.jp

印刷所｜株式会社光邦

製本所｜株式会社大進堂

ISBN 978-4-10-456802-4　C0093

明るい夜に出かけて　佐藤多佳子

わたしの隣の王国　七河迦南

何様　朝井リョウ

杏奈は春待岬に　梶尾真治

新任巡査　古野まほろ

許されようとは思いません　芦沢央

青くない海の街、コンビニのバイト、深夜ラジオ、期間限定の逃亡。『一瞬の風になれ』（本屋大賞受賞）著者がデビュー前から温めてきたイメージを結実させた青春小説。

現実と夢の国、二つの密室の犯人消失、パズルと魔法、消去法とねじれた論理、天文学的数字とただ一つの答え——。ミステリラバーズに捧げる、夢の国からの挑戦状！

光を求めて進み、熱を感じて立ち止まる。何者かになっただなんて何様のつもりなんだ——。その先をみつめる『何者』アナザーストーリー、六篇の作品集。

いつの間にか歳下になった少女。人生最初で最後の恋。時間の檻に囚われた彼女を救うためにはクロノスを——。タイムトラベルロマンスの帝王が贈る究極の初恋小説！

警察学校を卒業したばかりの二人の新任巡査。成長し続けなければ、生きていけない。やがて試練と陰謀が——。元警察キャリアのミステリ作家、入魂の大河小説！

どんでん返しの連続！　あなたは絶対にこの「結末」を予測できない——凄惨な事件を起こした女たちの真情を、端整な文章と磨き抜かれたプロットで描き出す全5篇。